108 課綱、全民英檢初／中級

8 課綱
統測

統測
關鍵字彙

・贈送**英文三民誌App**・

東大英語編輯小組 彙整

東大圖書公司

贏戰統測

統測關鍵字彙隨身讀

彙　　　整	東大英語編輯小組	
發 行 人	劉仲傑	
出 版 者	東大圖書股份有限公司	
地　　　址	臺北市復興北路 386 號 (復北門市)	
	臺北市重慶南路一段 61 號 (重南門市)	
電　　　話	(02)25006600	
網　　　址	三民網路書店 https://www.sanmin.com.tw	
出版日期	初版一刷 2017 年 8 月	
	二版一刷 2021 年 6 月	
	二版四刷 2023 年 2 月	
書籍編號	E804920	
I S B N	978-626-307-176-6	

給 讀 者 的 話

　　各種英文升學考試不外乎重視文法和句型，卻常忽略最基本的單字。然而小小的單字卻能在各大試題中掌握得分之鑰，不可不慎。

　　本書共有 80 個單元，每個單元收錄了 25 個主單字和其詞類變化。這些單字主要篩選自大考中心高中英文參考詞彙表之重要字彙，以及近 10 年來四技二專統一入學測驗在字彙題所出現的高頻率單字集結而成，以期許將豐富的內容精華濃縮在迷你的篇幅中。

　　本書採表格條列式編排，搭配精心撰寫例句，能使讀者準確了解每個單字的重要搭配用法。此外，更貼心補充同反義字，以期許本書能為讀者立下基石，培養出紮實的字彙實力。

　　本書另提供行動學習 APP「英文三民誌」，隨時隨地將「統測關鍵字彙」帶著走，學習不受限！

　　本書編纂力求詳盡完備，然疏漏之處或所難免，如有未盡善之處，請不吝指教。

英文三民誌2.0 APP

使用說明

步驟 1
搜尋「英文三民誌2.0」
或掃描QR-Code下載APP

步驟 2
進入"英文學習叢書"

最新消息

APP全面資料改版！
改版內容
教材資料全新改版
技術高中教材新增：B版 六課版 IV、V
英文學習叢書新增：嚴選！學測懶人包、英文中級
字彙王全冊
歡迎多加利用！
2018-10-02 13:33:46

高中教材	技術高中教材	英文學習叢書
三民/東大easy測	學習資源	搜尋

步驟 3
選擇本書封面

英文學習叢書

統測關鍵字彙2000

統測關鍵字彙

Book 1   Book 2

Book 3   Book 4

步驟 4
依畫面提示輸入序號

驗證下載序號

請輸入Unit1的第一個單字

[　　　　　] 確定

步驟 5
完成下載(可離線使用)

統測關鍵字彙: Book 1	
Unit 1	A̅ 單字
Unit 2	A̅ 單字
Unit 3	A̅ 單字

3大特色

✦ 我的最愛 ✦ 功能
標記不熟的單字,彙整列表,
考前迅速複習。

我的最愛

統測關鍵字彙: Book 1

Unit1

1. **able** adj.　　　　　　　有能力的 ♥
　　　　　　　　　　　Words for Production

2. **cast** n. [C]　　　　　　演員陣容 ♥
　　　　　　　　　　　Words for Production

3. **curious** adj.　　　　好奇的,想知道的 ♥
　　　　　　　　　　　Words for Production

✦ 雲端備份 ✦ 功能
Facebook帳號綁定,輕鬆登入
資料備份最安心。

筆記本設定

Note

資料清空

備份資料

還原資料

分享筆記

登入

筆記本

期中考必考!

[SYN] capable

✦ 筆記本 ✦ 功能
業界首創匯出、匯入分享功能,
同儕分享筆記最方便!

猶太人大屠殺不只是一段血淋淋的歷史，也是法
西斯主義的寫照。

bleed [blid]	*vi.* 流血

* Debby cut her finger by accident, and the cut has
been ***bleeding*** for a while.
Debby 不小心切到手指，傷口已經出血一會兒了。

4. **cast** [kæst]	*vt.* 投射 (視線等)；*n.* [C] 演員 陣容

* Michael ***cast*** a look at the beautiful girl as she
passed.
Michael 在這個美女經過時，看了她一眼。

5. **colony** [`kɑlənɪ]	*n.* [C] 殖民地

* This country used to be one of the British ***colonies***.
這個國家以前曾是英國的殖民地之一。

6. **curious** [`kjʊrɪəs]	*adj.* 好奇的，想知道的

* Kids are always ***curious*** about the world around
them.　孩童對周遭的世界總是很好奇。

curiosity [ˌkjʊrɪ`ɑsətɪ]	*n.* [U] 好奇心

* Out of ***curiosity***, these boys crept into the old
man's house.
出於好奇，這些男孩悄悄溜進老人的房子。

7. **double** [ˋdʌbl̩]　*adj.* 兩倍的；*vi.*；*vt.* 加倍

＊ The meeting today has a *double* purpose —
reflection and encouragement.
今天的會議有雙重目的──反思與鼓勵。

8. **evidence** [ˋɛvədəns]　*n.* [U] 證據　同義 proof

＊ *Evidence* shows that smoking is greatly related
to lung cancer.
證據顯示抽菸和肺癌有很大的關聯。

9. **flow** [flo]　*vi.* 流動

＊ I like to sit by the river, watching the water
flowing.　我喜歡坐在河邊看著河水流動。

10. **haircut** [ˋhɛr͵kʌt]　*n.* [C] 理髮

＊ My mother suggested that I have a *haircut* before
the interview.　我媽媽建議我面試前先去剪頭髮。

11. **impress** [ɪmˋprɛs]　*vt.* 使印象深刻

＊ Staying confident is the key to *impressing*
interviewers.
保持自信是讓面試考官印象深刻的關鍵。

impressive　*adj.* 令人印象深刻的
[ɪmˋprɛsɪv]

* The Eiffel tower is indeed an *impressive* building. You should have a look some day.
艾菲爾鐵塔確實是令人印象深刻的建築。你將來真該去看看。

---

impression [ɪm`prɛʃən] *n.* [C] 印象

* Hannah does her best to make a good *impression* on the professor.
Hannah 盡她所能地給教授好印象。

---

12. **knee** [ni]　　　*n.* [C] 膝蓋

* Getting down on his *knees*, Gary managed to beg for forgiveness.
Gary 雙膝下跪，設法乞求原諒。

---

13. **luggage** [`lʌgɪdʒ]　*n.* [U] 行李　同義 baggage

* Be careful not to take someone else's *luggage* from the conveyer belt by mistake.
小心別從輸送帶上錯拿行李。

---

14. **mission** [`mɪʃən]　*n.* [C] 任務　同義 task

* A party of soldiers was sent to the island for a military *mission*.
一隊士兵被送到島上進行軍事任務。

---

15. **occur** [ə`kɝ]　　*vi.* 發生　同義 happen

* Those earthquakes *occurring* late at night would result in more deaths and injuries.

發生在半夜的地震會造成更多的傷亡。

---

16. **penny** [ˋpɛnɪ]   *n.* [C] 一分錢硬幣

* There are a significant number of *pennies* thrown into the fountain.

噴泉裡被投入數量可觀的硬幣。

---

17. **potato** [pəˋteto]   *n.* [C][U] 馬鈴薯

* I need some *potatoes* and carrots to make vegetable soup.

我需要一些馬鈴薯和紅蘿蔔來煮蔬菜湯。

---

18. **rag** [ræg]   *n.* [C] 碎布，破布

* The towel Ted uses looks like a *rag*.

Ted 用的毛巾看起來像破布。

---

19. **reward**   *vt.* 獎勵，酬謝；*n.* [C] 報酬，
[rɪˋwɔrd]   獎賞 同義 prize

* The professor *rewarded* Lisa with a meal for her excellent performance in class.

教授請 Lisa 吃飯獎勵她在課堂上傑出的表現。

---

20. **seek** [sik]   *vt.* 尋找 同義 look for

* The scientist is *seeking* financial support for his

project. 科學家為他的研究計劃尋求財務支援。

21. **sleepy** [ˋslipɪ]	*adj.* 想睡的　**同義** drowsy

* I felt *sleepy* after taking the medicine.
  吃完藥後我昏昏欲睡。

22. **stationary** [ˋsteʃənˌɛrɪ]	*adj.* 靜止的，不動的　**同義** still **反義** moving

* Check how much the box weighs until the needle remains *stationary*.
  直到指針靜止不動時，再確認這箱子有多重。

23. **swing** [swɪŋ]	*vi.* 搖晃，擺動

* The flags are *swinging* in the wind.
  旗幟在風中飄揚。

24. **tour** [tʊr]	*n.* [C] 旅遊；*vt.; vi.* 旅行

* Jack will go on a cycling *tour* around Taiwan this summer vacation.
  Jack 今年暑假將要進行一趟單車環台的旅遊。

tourist [ˋtʊrɪst]	*n.* [C] 觀光客

* The beautiful beach is crowded with *tourists* on weekends.　這美麗的海灘每到周末就擠滿觀光客。

25. **virus** [ˋvaɪrəs]	*n.* [C] 病毒

* The flu *virus* this year is spreading widely among kids in few days.

今年的流感病毒短短幾日內就在孩童間廣為擴散。

Unit ▶ 2

1. **aboard** [əˋbord]　*adv.* 在船 (飛機、列車) 上

* The train stopped because of the heavy snow, and the passengers *aboard* looked impatient.　火車因大雪而停駛了，列車上的乘客看起來很不耐煩。

2. **arrive** [əˋraɪv]　*vi.* 到達　同義 reach

* The plane *arrived* at the Tokyo Haneda Airport on time.　飛機準時抵達了東京羽田機場。

arrival [əˋraɪvl]　*n.* [U] 到達

* The fans felt so excited about the singer's *arrival* on the stage.

粉絲們對於這位歌手來到舞臺上感到很興奮。

3. **blow** [blo]　*vi.*; *vt.* 吹

* Sadie *blew* the dust off her glasses and then put them on.

Sadie 吹掉眼鏡上面的灰塵，然後再戴上。

4. **casual** [ˋkæʒuəl]　*adj.* 漫不經心的　反義 serious

* Though Mark acts in a *casual* manner, he actually has a strong sense of responsibility.

雖然 Mark 總是表現出一副漫不經心的樣子，他其實很有責任感。

---

5. colorful [ˋkʌlɚfəl]   *adj.* 富有色彩的

* I put many *colorful* stones at the bottom of the fish tank.   我在魚缸底部放了許多彩色的石頭。

---

6. current [ˋkɝənt]   *adj.* 當前的   同義 present

* The *current* issue in this speech is how to save energy in daily life.

這場演講當前的議題是如何在日常生活中節能。

---

7. doubt [daʊt]   *n.* [U][C] 懷疑；*vt.* 懷疑   反義 certainty

* The side effects of this new medicine are still in *doubt*.   這種新藥的副作用仍不確定。

....

doubtful [ˋdaʊtfəl]   *adj.* 懷疑的，不明確的   同義 uncertain

* Richard is *doubtful* about the news his friend told him.   Richard 對他朋友告訴他的消息存疑。

---

8. evil [ˋivḷ]   *adj.* 邪惡的   同義 wicked；*n.* [U] 邪惡

* It is said that an *evil* spirit would take souls from human beings. 據說惡魔會奪走人類的靈魂。

---

9. **flu**   *n.* [U] 流行性感冒

  [flu]   同義 influenza

* Linda got the *flu* and took a day off yesterday.
  Linda 得了流行性感冒，昨天請了一天假。

---

10. **hairdresser** [ˈhɛrˌdrɛsɚ] *n.* [C] 美髮師

* I asked my *hairdresser* to cut my hair short.
  我叫美髮師把我的頭髮剪短。

---

11. **improve**   *vt.; vi.* 改進，改善

  [ɪmˈpruv]   反義 worsen

* The company has a new policy to *improve* the output of their products.
  這間公司實行新政策來改善產品的產量。

---

12. **kneel** [nil]   *vi.* 跪下，屈膝

* Emily *knelt* on the floor to look for her ring.
  Emily 跪在地上找戒指。

---

13. **lullaby** [ˈlʌləˌbaɪ]   *n.* [C] 催眠曲，搖籃曲

* Every time Joanne hears her mom humming *lullabies*, she feels relaxed and calm.
  每當 Joanne 聽到她母親哼搖籃曲時，她感到放鬆

且平靜。

14. **mist** [mɪst]	*n.* [U][C] 薄霧

＊ The mountaintop is covered in ***mist*** and looks beautiful.　山頂籠罩在薄霧中，看起來好美。

15. **odd** [ɑd]	*adj.* 古怪的　同義 strange

＊ There is an ***odd*** man wandering around the area. 有一個古怪的人在這地區附近徘徊。

16. **pepper** [ˋpɛpɚ]	*n.* [U] 胡椒粉

＊ Cindy suggested that I add some ***pepper*** to my roast beef.　Cindy 建議我在烤牛肉上加一些胡椒粉。

17. **pottery** [ˋpɑtərɪ]	*n.* [U] 陶器；製陶

＊ There's an exhibition of hand-painted ***pottery*** at the museum.　現在博物館有手繪陶器的展覽。

18. **railroad** [ˋrel͵rod]	*n.* [C] 鐵路　同義 railway

＊ During our trip in Osaka, we stayed at a hotel close to the ***railroad*** line.
在大阪旅行期間，我們住在離鐵道線很近的飯店。

19. **ribbon** [ˋrɪbən]	*n.* [C][U] 緞帶

＊ Jill wore a red ***ribbon*** bow in her hair to go with her jumper skirt.　Jill 在頭髮上繫上紅色蝴蝶結

緞帶來搭配她的連身背心裙。

| 20. **seem** [sim] | *vi.* 似乎，好像　同義 appear |

* Roger *seems* to enjoy life in the countryside.
  Roger 似乎很喜歡鄉下的生活。

| 21. **sleeve** [sliv] | *n.* [C] 袖子 |

* Todd rolled up his *sleeves* and washed the dishes.
  Todd 捲起袖子開始洗碗。

| 22. **statue** [ˋstætʃʊ] | *n.* [C] 雕像，塑像 |

* The *statue* was built as a memorial to the great poet.
  這尊雕像是為紀念這位偉大的詩人而豎立的。

| 23. **switch** [swɪtʃ] | *vi.; vt.* 轉換　同義 change；
vi. 開關 (燈、電器等) |

* The movie star *switched* over to the business world.　這位電影明星轉換跑道進入商場。
* Would you please *switch* off the light?
  能不能請你關一下燈？

| 24. **tow** [to] | *vt.* 牽引 (船、車等) |

* Find a legal parking space, or your car might be *towed* away.
  找個合法的停車位，否則你的車可能會被拖走。

25. **visible** [ˋvɪzəbl̩]   *adj.* 看得見的   反義 invisible

* Darkness at night makes the road barely *visible*.
夜晚的黑暗讓這條路幾乎看不清楚。

Unit ▶ 3

1. **abroad** [əˋbrɔd] *adv.* 在 (往) 國外   同義 overseas
* Claire has grown up *abroad*.   Claire 在國外長大。

2. **arrow** [ˋæro]   *n.* [C] 箭
* An *arrow* pierced the king's heart and took his life.   一支箭刺穿國王的心臟，奪走他的性命。

3. **board** [bord]   *n.* [C] (木頭、紙、塑膠等) 板
* Remember to chop up vegetables and raw meat on different cutting *boards* to avoid meat juices staining vegetables.   記得在不同的砧板上切蔬菜和生肉，以避免肉汁沾到蔬菜。

4. **cattle** [ˋkætl̩]   *n.* (*pl.*) 牛
* Mr. Beck keeps a large number of *cattle* on his farm.   貝克先生在農場裡養了大群牛。

5. **column** [ˋkɑləm]   *n.* [C] 欄；(報紙、雜誌的) 專欄

* There are three *columns* on every page of this book.　這本書每頁有三欄。

6. **curtain** [`kɝtn̩]　*n*. [C] 窗簾

* In order to lighten my mood, Tom suggested replacing dark *curtains* with light ones.
  為了使我心情好轉，Tom 建議將暗色系的窗簾換成淺色的。

7. **doughnut** [`donət]　*n*. [C] 甜甜圈

* The bakery around the corner is having a sale on *doughnuts* today.
  轉角那家麵包店今天有甜甜圈特賣。

8. **exact** [ɪg`zækt]　*adj*. 準確的　同義 precise

* The *exact* time of the meeting is 10:00 a.m. next Tuesday.
  這場會議準確的時間是下周二的上午十點。

exactly [ɪg`zæktlɪ]　*adv*. 精確地　同義 precisely

* Nobody would know *exactly* how others feel.
  沒人能確切地知道別人的感受。

9. **focus**　*vi*.; *vt*. 集中注意力　同義
   [`fokəs]　concentrate；*n*. [C] (*sing*.) 焦點

* The study *focuses* on the shortages of natural

resources. 這篇研究著重在自然資源的短缺。

---

10. **hall** [hɔl]　　　　　*n.* [C] 門廳，走廊　　同義 hallway

* The entrance **hall** of the airport is crowded with passengers. 機場的入口大廳擠滿了旅客。

---

11. **inactive**　　　　　*adj.* 不活動的，不活躍的
[ɪnˋæktɪv]　　　　　　反義 active

* Clark has been politically **inactive** for over twenty years since he devotes himself to his career. Clark 二十年來一直對政治不熱衷，因為他專心致志於事業當中。

---

12. **knight** [naɪt]　　　*n.* [C] 騎士

* In fairy tales, a princess always waits for a **knight** or a prince to save her.
童話故事中，公主總是等待騎士或是王子來救她。

---

13. **luncheon**　　　　　*n.* [C] 午餐，午宴
[ˋlʌntʃən]　　　　　　同義 lunch

* The pop singer is going to have a **luncheon** with her fans. 這位流行歌手將與她的歌迷共進午餐。

---

14. **mister**　　　　　　*n.* [U] 先生　　同義 sir
[ˋmɪstɚ]　　　　　　　反義 miss, madam

* Sometimes it is rude to call a man "**mister**" in

English. 在英文中，稱呼男子為 mister 有時候是很不禮貌的。

15. **offer**
['ɔfɚ]
vt. 提出，提供 同義 provide；
n. [C] 提議 同義 suggestion

* The police ***offered*** a good sum of money for any information about the killer.
警方提供一大筆賞金，徵求關於兇手的任何消息。

16. **per** [pɚ]
prep. 每 同義 each

* The bus to Taipei City Hall comes five times ***per*** hour. 到台北市政府的公車每小時五班。

17. **pour** [por]
vt. 倒，傾注；*vi.* 雨傾盆而下

* The servant ***poured*** a cup of coffee for his master. 執事為他的主人倒一杯咖啡。

18. **rainbow** ['ren,bo]
n. [C] 彩虹

* A ***rainbow*** appeared in the sky after a shower of rain. 陣雨過後天空出現一道彩虹。

19. **riches**
['rɪtʃɪz]
n. (*pl.*) 財富
同義 wealth, fortune

* The young man set his heart on pursuing ***riches***.
這個年輕人一心一意要追求財富。

20. **seize** [siz]
vt. 抓住，緊握住 同義 grab

* Success belongs to those who can *seize* opportunities.　成功屬於能抓住機會的人。

| 21. **slender** | *adj.* 苗條的，修長的 |
| [ˋslɛndɚ] | 同義 slim　反義 fat |

* The key to keeping the body *slender* is regular exercise.　保持身材苗條的關鍵是規律的運動。

| 22. **steady** | *adj.* 穩定的　同義 stable |
| [ˋstɛdɪ] | 反義 unsteady |

* It's of great importance to run a marathon at a *steady* pace.
以穩定的速度跑馬拉松是非常重要的。

| 23. **sword** [sord] | *n.* [C] 劍 |

* The dancer drew the *sword* and started her performance of *sword* dance.
舞者拔出劍並開始她的劍舞表演。

| 24. **toward** [təˋword] | *prep.* 朝向　同義 towards |

* After finishing lunch, my grandparents went *toward* the park for a stroll.
用完午餐後，我的祖父母走向公園去散步了。

| 25. **vision** | *n.* [U] 視力　同義 sight；遠見 |
| [ˋvɪʒən] | 同義 foresight |

* As a result of the eye disease, the patient is losing his **vision**.　因為眼疾的關係，病人逐漸喪失視力。

Unit ▶ 4

1. **absent** [ˋæbsn̩t]　*adj.* 缺席的　反義 present

* Never be **absent** from school without any reason.
不要無故缺課。

　　absence [ˋæbsn̩s]　*n.* [C][U] 缺席　反義 presence

* In my **absence**, Teddy will take my place and do my job.
當我不在的時候，Teddy 會代替我處理工作。

2. **article** [ˋɑrtɪkl̩]　*n.* [C] 文章

* The magazine published **articles** on fashion design.　這本雜誌刊登了關於時尚設計的文章。

3. **boil** [bɔɪl]　　　*vt.; vi.* 煮沸，沸騰

* I **boiled** some potatoes to make salad for breakfast.
我煮了一些馬鈴薯做成沙拉當早餐。

4. **cause**　　　*vt.* 引起，導致　同義 lead to；
[kɔz]　　　　*n.* [C][U] 原因　同義 reason

* Blood clots will probably **cause** heart attacks.
血液凝塊很有可能導致心臟病發。

17

* The police are trying hard to find the victim's *cause* of death.

警方正努力找出被害人的死因。

| 5. comb [kom] | *vt.* 梳理；*n.* [C] 梳子 |

* Sydney got up so late that she had no time to *comb* her hair.

Sydney 太晚起床以至於沒時間梳頭髮。

| 6. custom [ˋkʌstəm] | *n.* [C][U] (社會的) 習俗，風俗 |

* *Customs* vary from one culture to another.

習俗因文化而異。

| 7. downstairs [ˋdaʊnˋstɛrz] | *adv.* 在 (往) 樓下 反義 upstairs |

* The couple living *downstairs* often has fights.

住樓下的那對夫妻經常吵架。

| 8. examine [ɪgˋzæmɪn] | *vt.* 檢查，調查 同義 check |

* The study *examined* the effects of a low-salt diet on our health.

這項研究調查了低鹽飲食對健康的影響。

examination [ɪg‚zæməˋneʃən] *n.* [C][U] 檢查，審查；[C] 考試 同義 exam

18

* The government encourages the people to have a medical *examination* every year.
政府鼓勵人民每年接受體檢。

9. fog [fɑg]	*n.* [U][C] 霧　同義 mist

* We are forced to stop driving because of the heavy *fog*.　因為濃霧，我們被迫暫停行駛。

- -

foggy [ˋfɑgɪ]	*adj.* 有霧的，多霧的

* It's dangerous to drive on a *foggy* day.
在多霧的時候開車很危險。

10. hallway [ˋhɔl,we]	*n.* [C] 門廳，走廊　同義 hall

* During the breaks, some students will chat with classmates in the *hallway*.
休息時間，一些學生會在走廊上跟同學聊天。

11. inch [ɪntʃ]	*n.* [C] 英寸

* Give him an *inch* and he'll take a mile.
【諺】得寸進尺。

12. knit [nɪt]	*vt.*; *vi.* 編織

* Maggie is *knitting* her boyfriend a scarf for his birthday.　Maggie 給男友織圍巾當生日禮物。

13. **lung** [lʌŋ] *n.* [C] 肺

∗ It is believed that painters run a higher risk of getting *lung* diseases.

據信，油漆工罹患肺部疾病的風險較高。

14. **misuse** [mɪsˋjuz] *vt.* 誤用，濫用 [同義] abuse

∗ It may cause terrible results if the medicine is *misused*.　這個藥如果被誤用可能會造成可怕後果。

15. **official** *adj.* 正式的，官方的；*n.* [C] 官
[əˋfɪʃəl] 員

∗ The *official* language in Brazil is Portuguese.

巴西的官方語言是葡萄牙語。

16. **perfect** [ˋpɝfɪkt] *adj.* 完美的 [反義] imperfect

∗ Don't worry about it! Practice makes *perfect*. Let's practice more.

別擔心！熟能生巧。讓我們繼續練習吧。

17. **poverty** [ˋpɑvɚtɪ] *n.* [U] 貧窮 [反義] wealth

∗ Ivan spends a lot of money buying video games, which causes him to live in *poverty*.　Ivan 花了很多錢買電玩遊戲，導致他生活於貧困之中。

18. **raise** [rez] *vt.* 舉起；提高；扶養；募集

∗ The strong man can *raise* a big rock with one

hand. 這個壯漢可以用單手舉起大岩石。

19. **rid** [rɪd]	*adj.* 擺脫，解除

* Janice is trying to start a new life by getting *rid* of the painful memories.
Janice 試著藉由擺脫痛苦的回憶來開始新的生活。

20. **seldom** [ˋsɛldəm]	*adv.* 很少，不常　同義 rarely　反義 often

* My father *seldom* travels by plane.
我父親很少搭飛機旅遊。

21. **slice** [slaɪs]	*n.* [C] 薄片，一片；*vt.* 把…切成薄片

* I would like to buy a *slice* of chocolate cake for my brunch.
我要買一片巧克力蛋糕當作我的早午餐。

22. **steak** [stek]	*n.* [U][C] 牛排

* How would you like your *steak* cooked?
您的牛排要幾分熟？

23. **symbol** [ˋsɪmbḷ]	*n.* [C] 象徵

* The shape of a heart is often seen as a *symbol* of love.　心形常被視為愛情的象徵。

24. tower [`tauɚ]　　*n.* [C] 塔，塔樓

∗ On top of the church stands a bell *tower*.
教堂頂端有一座鐘塔。

25. vitamin [`vaɪtəmɪn]　　*n.* [C] 維他命，維生素

∗ A diet deficient in *vitamin* A may cause night blindness.
飲食若缺乏維生素 A 可能會導致夜盲症產生。

Unit ▶ 5

1. accept [ək`sɛpt]　　*vt.* 接受　反義 refuse, reject

∗ It is of great importance to learn to *accept* one's apology and forgive someone.
學會接受道歉與原諒他人是非常重要的。

2. ash [æʃ]　　*n.* [C][U] 灰，灰燼

∗ The whole apartment burned to *ashes* last night.
整棟公寓昨晚都燒成灰燼。

3. bold [bold]　　*adj.* 大膽的　反義 timid

∗ Natasha dreams of being a *bold* and fearless climber.
Natasha 夢想成為一名勇敢無畏的登山者。

4. cautious　　*adj.* 謹慎的，小心的

[ˋkɔʃəs]　　　　同義 careful　反義 incautious

* The government deals with the issue of gender identity in a ***cautious*** way.
  政府以謹慎的方式處理性別認同的議題。

caution [ˋkɔʃən]　*n.* [U] 謹慎

* A firm's accounts should be treated with extreme ***caution***.　對待公司帳目應當特別謹慎小心。

5. **combine**　*vt.; vi.* (使) 聯合，(使) 結合
　[kəmˋbaɪn]

* The writer ***combines*** experience and imagination to create a wonderful work.
  這個作家結合經驗和想像力，創造出很棒的作品。

combination　*n.* [U][C] 聯合，結合
[ˌkɑmbəˋneʃən]

* The two companies work well in ***combination***.
  兩家公司合作得很好。

6. **cycle** [ˋsaɪk!]　*n.* [C] 循環

* Life is a ***cycle*** of birth, growth, and death.
  生命是誕生、成長和死亡的循環。

7. **downtown**　*adv.* 在 (城鎮) 中心；*adj.* 市中
[ˋdaʊnˋtaʊn]　心的　反義 uptown

23

* Albert works ***downtown*** so he commutes every day.

Albert 在市中心工作，所以他每天通勤上班。

8. **example** [ɪgˋzæmpl̩]	*n.* [C] 實例 同義 instance；模範 同義 model

* To support your argument, it is necessary for you to give ***examples*** in the report.

為了支持你的論點，必須在報告中提供實例。

9. **fold** [fold]	*vt.* 摺疊

* You should ***fold*** the clothes neatly so as to make room for more clothes.

你應該把衣服摺整齊，以便騰出空間放更多衣服。

10. **ham** [hæm]	*n.* [U][C] 火腿

* I would like to have a bowl of corn chowder with diced ***ham*** for breakfast.

我想喝一碗有火腿丁的玉米濃湯當早餐。

11. **include** [ɪnˋklud]	*vt.* 包括 反義 exclude

* This guidebook ***includes*** all the necessary information about the place. 這本旅遊指南包括所有和這個地方有關的必要訊息。

including	*prep.* 包括… 反義 excluding

[ɪnˋkludɪŋ]

∗ Any bug could drive Fanny crazy, *including* ants.
任何蟲子都可以讓 Fanny 抓狂，包括螞蟻在內。

12. **knob** [nɑb]　　　　　*n.* [C] 球形把手，旋鈕

∗ I tried to turn the door *knob*, but it got stuck.
我想轉動門把，但是它卡住了。

13. **luxurious** [lʌgˋʒʊrɪəs]　*adj.* 奢華的

∗ It costs a lot to stay in a *luxurious* hotel for a night.
在奢華旅館住一晚花費高昂。

luxury [ˋlʌkʃərɪ]　*n.* [U][C] 奢侈 (品)

∗ The billionaire lives in *luxury*.
這位億萬富翁生活奢侈。

14. **mix** [mɪks]　　*vt.; vi.* (使) 混合　同義 combine

∗ I *mixed* lemon juice with some honey to make a tasty drink.
我混合檸檬汁和蜂蜜，調製成好喝的飲料。

mixture [ˋmɪkstʃɚ]　*n.* [C] 混合物

∗ On receiving the gift, Sarah's face showed a *mixture* of surprise and joy.
一收到禮物，Sarah 的臉上出現又驚又喜的表情。

15. **Olympic** [oˋlɪmpɪk]   *adj.* 奧林匹克運動會的

* It is a dream of every athlete to be awarded an
   Olympic medal.
   獲頒奧運獎牌是每個運動員的夢想。

16. **perform** [pɚˋfɔrm]   *vt.* 表演，演出

* To make a living, Darcy ***performs*** magic tricks
   on the street.
   為了謀生，Darcy 在街上表演魔術。

- -

performance   *n.* [C] 表演，演出
[pɚˋfɔrməns]

* There's an evening ***performance*** of an opera
   today in the theatre.
   這間劇院今天有晚場的歌劇表演。

17. **powder** [ˋpaʊdɚ] *n.* [U][C] 粉，粉末

* I asked the clerk to grind coffee into ***powder***.
   我要求店員把咖啡豆磨成粉。

18. **raisin** [ˋrezn̩]   *n.* [C] 葡萄乾

* My daughter likes to add ***raisins*** to her cereal.
   我女兒喜歡在麥片粥中加葡萄乾。

19. **riddle** [ˋrɪdl̩]   *n.* [C] 謎，謎語   同義 puzzle

* The person who solves the *riddle* can win twenty thousand dollars.

解開這道謎題的人可以贏得兩萬元獎金。

20. select [sə`lɛkt]　　*vt.* 挑選　同義 choose, pick

* All the participants in this research are randomly *selected*.

在這份研究中，所有受試者皆為隨機挑選的。

selection　　*n.* [C][U] 選擇　同義 choice
[sə`lɛkʃən]

* The store has a wide *selection* of fabrics.

這間店有多種式樣的布料可供選擇。

21. slide [slaɪd]　　*vi.; vt.* (使) 滑行

* Some children *slid* on the frozen lake for fun.

一些小孩在結冰的湖面上滑行取樂。

22. steal [stil]　　*vt.* 偷竊

* The burglar was caught *stealing* jewelry.

竊賊偷珠寶時被逮到。

23. symptom [`sɪmptəm]　　*n.* [C] 症狀，徵兆

* A runny nose, coughing, and sneezing are common *symptoms* of a cold.

流鼻水、咳嗽和打噴嚏都是感冒常見的症狀。

24. **trace** [tres]   *vt.* 追蹤；*n.* [U][C] 痕跡

* The police *traced* the robber for weeks and finally arrested him in a deserted house.
  警方追蹤強盜幾個禮拜 ，最後在一間廢棄的屋子裡逮捕他了。

25. **vivid** [ˋvɪvɪd]   *adj.* 逼真的，生動的；鮮艷的

* Frank wrote a *vivid* description of his time in his foreign travels.
  Frank 生動地描述他在外國遊歷的生活。

Unit ▶ 6

1. **accident**
   [ˋæksədənt]   *n.* [C] 交通事故，意外事件

* Driving with care is a key factor in avoiding car *accidents*. 小心駕駛是避免車禍的關鍵因素。

2. **asleep** [əˋslip]   *adj.* 睡著的　反義 awake

* I fell *asleep* as soon as I lay in my bed last night.
  昨晚我一躺上床就睡著了。

3. **bomb** [bɑm]   *n.* [C] 炸彈

* According to the latest news, the terrorists have planted a *bomb* in the downtown area.

根據最新消息，恐怖份子已在市中心安裝了炸彈。

4. cave [kev]	n. [C] 洞穴

* The soldier hid himself in a *cave* to avoid the attack.　士兵躲在洞穴裡以躲避攻擊。

5. comfort [ˋkʌmfət]	n. [U] 安慰；舒適；vt. 鼓勵，安慰

* When I was sad, my mother always said words of *comfort* to me.
當我沮喪的時候，媽媽總會對我說些安慰的話。

6. daily [ˋdelɪ]	adj. 每日的　同義 everyday；adv. 每日　同義 every day

* The novel best depicts the *daily* lives of the people in modern times.
這本小說絕佳地描述了現代人們的日常生活。

7. dozen [ˋdʌzn̩]	n. [C] 一打，十二個

* Tommy can drink half a *dozen* beers in an hour.
Tommy 能在一小時內喝掉半打啤酒。

8. excellent [ˋɛksl̩ənt]	adj. 優秀的

* Gavin handed in an *excellent* paper to save his grades in science.
Gavin 交了一份優秀的報告來拯救他理科的分數。

excellence [ˈɛkslҙns] *n.* [U] 優秀，傑出

* The college is considered a center of *excellence* in English learning.
這所大學被視為成就卓著的英語學習中心。

9. **folk** [fok]	*n.* (*pl.*) 人們　同義 people

* The *folks* of the village don't agree with the idea of building a factory.
村民們並不同意興建工廠的主意。

10. **hammer** [ˈhæmə]	*n.* [C] 鐵鎚，鎚子；*vt.* 用鎚子敲擊

* Hazel bored a hole in the wall with a *hammer*.
Hazel 用鐵鎚在牆上鑿出一個洞。

11. **income** [ˈɪn‚kʌm]	*n.* [C][U] 收入　同義 wage, salary

* The government offers people with low *incomes* an allowance.　政府提供低收入戶補助津貼。

12. **knock** [nɑk]	*vi.*; *vt.* 敲，打；*n.* [C] 敲擊聲

* It's good manners to *knock* on the door before coming in the room.
進房間前先敲門是禮貌的表現。

13. **mad**	*adj.* 發怒的　同義 angry；

| [mæd] | 瘋狂的 同義 crazy |

* The director was ***mad*** at the actress for her lateness. 導演因女演員遲到而生氣。

| 14. mob [mɑb] | *n.* [C] 烏合之眾 同義 gang |

* A ***mob*** of reporters were waiting at the airport for the pop singer to arrive.
一群記者守在機場等待流行歌手到達。

| 15. omit [o`mɪt] | *vt.* 省略，遺漏 同義 leave out |

* Matt ***omitted*** to wash his hands before he had lunch. Matt 吃午飯前沒有洗手。

| 16. perhaps | *adv.* 或許 |
| [pə`hæps] | 同義 maybe, possibly |

* ***Perhaps*** you should do the homework before the weekend. 或許你該在週末前就把作業完成。

| 17. power [`pauə] | *n.* [U] 權勢；力量 |

* Mr. Johnson is a man of ***power*** in the company.
Johnson 先生是這個公司有權勢的人。

| powerful | *adj.* 強而有力的 |
| [`pauəfəl] | 反義 weak, powerless |

* The ***powerful*** typhoon caused a lot of damage to the city. 強勁的颱風對這座城市造成很大的損害。

18. **range**　　　　*vi.* (在某範圍內) 變動；
[rendʒ]　　　　*n.* [C] (*usu. sing.*) 範圍

＊ The jeans *range* in size from petite to extra-large.
牛仔褲的尺碼從小號到特大號，一應俱全。

19. **ripe** [raɪp]　　　*adj.* 成熟的　　同義 mature

＊ The corn field is *ripe* for harvest.
這片玉米田都成熟可以採收了。

20. **self** [sɛlf]　　　*n.* [C] (*usu. sing.*) 自己，自身

＊ Audrey would never be her real *self* with others.
Audrey 從不會在人前表現出真實的自己。

21. **slim**　　　　　*adj.* 苗條的，修長的
[slɪm]　　　　　同義 slender　反義 chubby

＊ A tip for having a *slim* figure is regular exercise.
擁有苗條身材的祕訣是規律的運動。

22. **steam** [stim]　　*n.* [U] 蒸氣，水汽；*vi.* 冒出熱氣

＊ Some boats and trains were powered by *steam* in
the 19th century.
十九世紀時，一些船和火車都由蒸氣驅動。

23. **system** [ˋsɪstəm]　*n.* [C] 系統，制度

＊ An apartment with a central heating *system* is
needed for us to stay here in winter.

我們冬天要留在這裡的話，需要一間有中央暖氣系統的公寓。

24. **track** [træk]	*n.* [C] 小徑；(鐵路) 軌道；足跡

* I found a secret *track* leading to a beautiful lake.
我發現了一條可以通往一座美麗湖泊的秘密小徑。

25. **vocabulary** [və`kæbjə‚lɛrɪ]	*n.* [C][U] 詞彙，詞彙量

* There's a need to have a wide *vocabulary* to read this historical novel.
想要閱讀這本歷史小說，需要有廣大的詞彙量。

Unit ▶ 7

1. **according** [ə`kɔrdɪŋ]	*prep.* 根據，依照 (和 to 連用)

* *According* to the schedule, Thomas is leaving for New York today.
根據行程，Thomas 今天要前往紐約。

2. **assist** [ə`sɪst]	*vt.*; *vi.* 幫助　同義 aid, help

* I'm willing to *assist* you in finishing the research.　我很樂意協助你完成這項研究。

assistant	*n.* [C] 助理，助手

[ə`sıstənt]　　　同義 helper

* An opening for an *assistant* editor is released on the publisher's website.
  這間出版社的網站上發布了助理編輯的職缺。

3. **bone** [bon]　　*n.* [C] 骨頭

* After standing outside for a long time on such a cold day, I am frozen to the *bone*.　在這麼冷的天裡長時間站在外面，我感到寒氣刺骨。

bony　　　　*adj.* 骨瘦如柴的
[`bonı]　　　　同義 thin, skinny

* The *bony* boy suffered the long-time child abuse and starved to death in the end.　這個骨瘦如柴的男孩遭受長期的虐待，最後被餓死了。

4. **ceiling** [`silıŋ]　*n.* [C] 天花板

* I painted a moon and stars on the *ceiling* of my room.　我在房間天花板上畫了月亮和星星。

5. **command**　　　*vt.* 命令；*n.* [C] 命令
[kə`mænd]　　　同義 order

* The police officer *commanded* that we show our passports to him.　警察命令我們拿出護照給他看。

6. **dairy** [`dɛrı]　　*adj.* 乳製的；*n.* [C] 乳品店

* ***Dairy*** products include milk and foods made from milk such as cheese and butter. 乳製品包括牛奶及用牛奶製成的食物，像是起司和奶油。

7. **drag** [dræg]   *vt.* 拖，拉

* The elderly woman ***dragged*** the cart loaded with beverage cans and bottles.
  這名老婦人拉著一台載滿易開罐和瓶子的推車。

8. **except** [ɪkˋsɛpt]   *prep.* 除了⋯之外   反義 besides

* I didn't reveal the news to others ***except*** you.
  除了你之外，我沒有將這消息透露給其他人知道。

9. **following**
   [ˋfɑləwɪŋ]   *adj.* 接著的   反義 preceding

* The weatherman gave the weather forecast for the ***following*** week.
  氣象播報員播報接下來一周的天氣預報。

10. **handful** [ˋhænd͵fʊl]   *n.* [C] (用手掬) 一把

* These orphans felt so excited when they had a large ***handful*** of candy on Christmas day.
  當這群孤兒在聖誕節當天拿到一大把糖果時 ， 他們感到非常興奮。

11. **increase**   *vi.; vt.* (使) 增加

[ɪn`kris]　　　　反義 decrease, reduce

* In order to *increase* sales, there's a special promotion in the fashion store.

　為了增加銷售量，這間服飾店推出特別促銷活動。

---

increase　　　*n.* [U][C] 增加　同義 rise

[`ɪnkris]　　　　反義 decrease

* Employees are cheered by the announcement of a five percent pay *increase*.

　加薪百分之五的公告使員工受到鼓舞。

---

12. **knot** [nɑt]　　　*n.* [C] 結

* We tied a *knot* in both ends of the rope.

　我們在繩子兩端各打一個結。

---

13. **magic** [`mædʒɪk]　*n.* [U] 魔法，魔術

* In the story, the liars were turned into stones by *magic*.　在故事中，說謊的人被魔法變成石頭。

---

magical [`mædʒɪkl̩]　*adj.* 魔法的，魔力的

* The spring is believed to have *magical* powers to cure diseases.　這泉水被認為具有治病的魔力。

---

magician [mə`dʒɪʃən]　*n.* [C] 魔術師

* My friends hired a *magician* to perform tricks at

my birthday party. 我的朋友僱用魔術師在我的
生日派對上表演魔術。

---

14. **mobile** [ˋmobl̩] *adj.* 可移動的　同義 movable

* ***Mobile*** diners have become more popular in
recent years. 移動式餐車近年來變得更流行了。

---

15. **onion** [ˋʌnjən] *n.* [C][U] 洋蔥

* As Alice came home last night, her mom cooked
French ***onion*** soup for her. 當 Alice 昨晚回家
時，她媽媽為她煮了法式洋蔥湯。

---

16. **period** [ˋpɪrɪəd] *n.* [C] 時期，期間

* The investigation into the murder has been
carried out over an eight-month ***period***, but the
truth remains unknown. 凶殺案調查已經持續了
八個月，但真相仍舊成謎。

---

17. **practical**　　　*adj.* 實務的；實用的
   [ˋpræktɪkl̩]　　　反義 impractical

* There's not any ***practical*** application of the new
invention. 這項新發明沒有實際用途。

---

18. **rank**　　　*vi.* 位居，列於…；*vt.* 排列；*n.*
   [ræŋk]　　　[C][U] 等級，社會階層

* The album ***ranks*** as one of the most popular in

the history of pop music.

這張專輯名列流行音樂史上最暢銷專輯之一。

19. **rise** [raɪz]	*vi.* 上升，增加　同義 go up； *n.* [C] 上升，增加 同義 increase　反義 fall

* The death toll in the air crash has *risen* to 150.
  空難死亡人數持續增加至 150 人。
* The number of young entrepreneurs has been on the *rise* for a few years.
  數年來，青年創業人數持續增長。

20. **selfish** [`sɛlfɪʃ]	*adj.* 自私的　反義 unselfish, selfless

* A *selfish* person would not have true friends.
  一個自私的人不會有真正的朋友。

21. **slip** [slɪp]	*vi.* 滑倒

* Amy *slipped* on the wet floor and sprained her ankle.　Amy 在潮濕的地板上滑倒，扭傷了腳踝。

22. **steel** [stil]	*n.* [U] 鋼，鋼鐵

* This ten-story apartment building is built of concrete with *steel* rods.
  這棟十樓的公寓是用鋼筋混凝土建造而成的。

23. **table tennis** [ˋtebḷ͵tɛnɪs]　*n.* [U] 桌球

* If it rains tomorrow, we will play ***table tennis*** in the gym.

如果明天下雨，我們就在體育館裡打桌球。

24. **trade** [tred]	*n.* [U][C] 買賣，生意　同義 business；*vi.* 做生意，買賣

* Any arms ***trade*** under the table in this country is illegal.

任何私下進行的軍火交易在這國家都是違法的。

25. **vocational** [voˋkeʃənl]　*adj.* 職業的

* The ***vocational*** school is an ideal choice for those who want to learn practical skills.　對那些想學習實用技能的人而言，職業學校是理想的選擇。

Unit ▶ 8

1. **account** [əˋkaʊnt]　*n.* [C] 報導，敘述；帳戶

* The killer gave a detailed ***account*** of the crime.
這名殺人犯詳細描述了犯罪的過程。

2. **associate** [əˋsoʃɪ͵et]	*vt.* 與…聯想在一起，使結合 同義 connect

* Summer is always ***associated*** with water

activities.　夏天經常與水上活動聯想在一起。

association　　*n.* [U][C] 聯合，結合
[ə‚sosɪˋeʃən]

* The college has a close association with this hotel, and students have to work in the hotel as interns before graduation.

這所大學和這間飯店有密切的關聯，學生在畢業前必須作為實習生到飯店工作。

3. **boot** [but]　　　*n.* [C] 靴子

* Riding *boots* in this store are very expensive.
這間店的馬靴非常昂貴。

4. **celebrate** [ˋsɛlə‚bret]　*vt.* 慶祝

* A fireworks festival is held to *celebrate* New Year in the city.　這座城市舉辦煙火節慶祝新年。

celebration　　*n.* [U][C] 慶祝 (活動)
[‚sɛləˋbreʃən]

* My parents took a trip to Japan in *celebration* of their wedding anniversary.
我父母去日本旅行以慶祝結婚周年。

5. **comment**　　*n.* [C][U] 評論；*vi.* 發表意見
[ˋkɑmɛnt]　　　同義 remark

* Darren was the only one that made no ***comment*** about my new dress.

  Darren 是唯一一個沒對我的新洋裝做評論的人。

* It's impolite to ***comment*** on others' romances privately.

  私下議論其他人的情史是很不禮貌的。

---

6. dam [dæm]   *n.* [C] 水壩

* It took more than five years to build the ***dam*** across the river.

  在河上建造水壩花了超過五年的時間。

---

7. drain   *vt.*; *vi.* (使) 流出；*vt.* 耗盡

   [dren]   同義 exhaust

* Place the dishes on the rack to ***drain*** the water from them.   把盤子放在架上濾乾水分。

---

8. exchange   *n.* [U][C] 交換；*vt.* 交換

   [ɪks`tʃendʒ]

* The farmer gave peaches in ***exchange*** for milk.

  農夫拿桃子交換牛奶。

---

9. fond [fɑnd]   *adj.* 喜好的，愛好的

* The girl is ***fond*** of painting and dancing.

  這個女孩喜歡畫畫和跳舞。

10. **handkerchief** *n.* [C] 手帕　同表 hankie
    [ˋhæŋkɚtʃɪf]

* Marvin wiped the sweat from his forehead with a
  handkerchief.
  Marvin 用手帕擦去額頭上的汗。

11. **indeed** [ɪnˋdid] *adv.* 確實　同表 definitely

* A friend in need is a friend ***indeed***.
  【諺】患難見真情。

12. **knowledge** [ˋnɑlɪdʒ] *n.* [U] 知識

* ***Knowledge*** is power.　【諺】知識就是力量。

13. **magnet** [ˋmægnɪt] *n.* [C] 磁鐵

* I put a reminder on the refrigerator with a
  magnet.　我用磁鐵將備忘錄貼在冰箱上。

14. **model** [ˋmɑdl̩] *n.* [C] 模型；模特兒；模範

* A ***model*** of the castle is on display in the museum.
  城堡的模型在博物館中展示。

15. **online**　　　*adj.* (電腦) 連線的；*adv.* 電腦連
    [ˋɑnˏlaɪn]　　　線地

* Nowadays, many hotels offer ***online*** booking
  service.
  現今，許多飯店都會提供網路訂房的服務。

16. **permit** [pɚˋmɪt]　*vt.* 允許　同義 allow

* The professor doesn't *permit* students to hand in an overdue paper.

這名教授不允許學生遲交報告。

permission [pɚˋmɪʃən]　*n.* [U] 允許，許可

* People in Taiwan can't enter the nature reserves without *permission*.

在台灣，未經許可不能進入自然保護區。

17. **praise** [prez]　*vt.* 稱讚；*n.* [U] 讚美，表揚

* The boy was highly *praised* for his brave action.

小男孩因為勇敢的行為而備受讚揚。

18. **rapid** [ˋræpɪd]　*adj.* 迅速的　同義 fast, quick

* Many old people cannot deal with the *rapid* change of modern life.

許多老人無法適應現代生活的快速改變。

19. **risk** [rɪsk]　*n.* [C][U] 危險　同義 danger；*vt.* 冒險做…

* People surfing at the beach on a typhoon day are at *risk* of drowning.

在颱風天到海邊衝浪的人都有溺水的危險。

20. **semester** [səˋmɛstɚ]　*n.* [C] 學期

43

* Students in this course have to take a few quizzes this *semester*.
修這門課的學生這學期必須接受一些小測驗。

21. slipper [ˋslɪpɚ]　　*n.* [C] 拖鞋

* The Japanese restaurant offers *slippers* to customers.　這家日本餐廳提供拖鞋給顧客穿。

22. steep [stip]　　　*adj.* 陡峭的

* We have to climb a *steep* hill to see the valley below.
我們必須爬上陡峭的山丘才能看見下面的山谷。

23. tablet [ˋtæblɪt]　*n.* [C] 藥片　同義 pill

* I took a *tablet* to relieve my headache.
我吃了一顆藥來減輕我的頭痛。

24. tradition [trəˋdɪʃən]　　*n.* [C][U] 傳統

* Breaking with *tradition* is the slogan of the advertising department in our company.
打破傳統是我們公司廣告部的口號。

traditional [trəˋdɪʃən!]　　*adj.* 傳統的

* The Amis people would wear *traditional* dress at their Harvest Festival.
阿美族人在豐年祭上會穿著傳統的服裝。

25. volume [ˋvɑljəm]　*n.* [U] 音量

* You can turn the *volume* up or down by pressing
  the button.　你可以按這個按鈕把音量調大或調小。

Unit ▶ 9

1. accurate [ˋækjərɪt]	*adj.* 精準的　同義 correct, exact, precise　反義 inaccurate

* *Accurate* figures are demanded in a company's
  accounts.　公司帳目要求精準的數字。

2. athlete [ˋæθlit]　*n.* [C] 運動員

* The *athlete* is receiving strict training for the
  Olympics.
  這個運動員為了奧運，正在接受嚴格的訓練。

3. border [ˋbɔrdɚ]　*n.* [C] 國界，邊界

* A great wall was built along the *border* to keep
  the enemy away.
  一座巨大城牆沿著國界築成，以防止敵人入侵。

4. cell [sɛl]　*n.* [C] 細胞

* The nucleus of a *cell* is covered by a nuclear
  membrane.　細胞核被核膜所包覆。

5. commercial　*adj.* 商業的

[kə`mɝ·ʃəl]　　　反義 non-commercial

* The design is creative but of no *commercial* value.　這項設計有創意但沒有商業價值。

---

6. **damage**　　n. [U] 損壞　同義 harm；

[`dæmɪdʒ]　　vt. 損害　同義 harm, ruin

* The violent storm caused great *damage* to the crops.　這猛烈的暴風雨對農作物造成巨大損害。

---

7. **drama** [`drɑmə]　n. [C][U] 戲劇　同義 play

* Bard is fond of historical *dramas*.
Bard 喜歡歷史劇。

......

dramatic [drə`mætɪk]　　adj. 戲劇的，戲劇性的

* A *dramatic* change in comments on the news has occurred since more inside details were revealed.
自從更多內幕消息被爆出來後，這新聞的評論有了戲劇性的變化。

---

8. **excitement**　　n. [U] 興奮，激動

[ɪk`saɪtmənt]

* Soon after learning the good news, Elaine cried with *excitement*.
一得知這個好消息，Elaine 激動地哭了。

---

9. **fool**　　n. [C] 傻瓜　同義 idiot；

[ful]   *vt.* 愚弄

* Don't make a *fool* of people for fun, or it will lead to others' revenge someday.

   別以愚弄人為樂，否則有一天會招來報復。

- -

foolish [ˋfulɪʃ]   *adj.* 愚蠢的   同義 silly, stupid

* People unavoidably make *foolish* mistakes in their lives.

   人在一生中難免會犯些愚蠢的錯誤。

10. handle [ˋhændl̩]   *vt.* 處理   同義 deal with

* Mark got promoted because he *handled* the crisis well.   Mark 獲得升遷，因為他把這次的危機處理得很好。

11. independent   *adj.* 獨立的，自治的
[͵ɪndɪˋpɛndənt]   反義 dependent

* Amanda has been very *independent* since an early age.   Amanda 從小就很獨立。

- -

independence   *n.* [U] 獨立，自立
[͵ɪndɪˋpɛndəns]   反義 dependence

* Bill asked to move out to prove his *independence* from his family.

   Bill 要求搬出去，以證明他脫離家庭而自立。

| 12. **label** | *n*. [C] 標籤　同義 tag；*vt*. 在… |
| ['lebl] | 貼上標籤 |

* Holly forgot to take off the price *label* on the gift. It's really embarrassing!　Holly 忘了把禮物上的價格標籤拿掉。這真的很尷尬！

* The files were *labeled* as "Priority," "Standard," or "Confidential."
這些文件上標明「速件」、「普通件」、或「密件」。

| 13. **maid** [med] | *n*. [C] 女僕 |

* The little princess is carefully attended to by *maids*.　小公主被女僕們小心翼翼地照料著。

| 14. **moist** [mɔɪst] | *adj*. 濕潤的 |

* The air in the greenhouse is warm and *moist*.
溫室裡的空氣是溫暖、濕潤的。

| 15. **operate** ['ɑpə,ret] | *vt*.；*vi*. (使) 運轉，操作 |

* Read the instructions carefully before you *operate* any electrical appliance for the first time.
在你首次操作電器用品之前，請仔細閱讀說明書。

operation [,ɑpə'reʃən]　*n*. [U] 操作，運轉

* There's a deafening noise when the washing machine is in *operation*.

當這台洗衣機在運轉時，會發出震耳欲聾的雜音。

16. **perplexed** [pɚˋplɛkst]	*adj.* 感到困惑的 同義 confused, puzzled

* Not understanding what I said, Gilbert looked completely *perplexed*. Gilbert 無法理解我說了什麼，他看起來完全一頭霧水。

17. **pray** [pre]	*vi.* 祈禱，祈求

* Let's *pray* for a victory. 讓我們祈求勝利。

prayer [prɛr]   *n.* [C] 禱告

* The worried mother says *prayers* every day for her son's recovery.
這位憂心的母親每天祈禱兒子身體康復。

18. **rare** [rɛr]	*adj.* 罕見的 同義 unusual

* The poor child is suffering from a *rare* disease.
這可憐的小孩罹患罕見疾病。

19. **roach** [rotʃ]	*n.* [C] 蟑螂 同義 cockroach

* Even a small *roach* can make me scream.
即使一隻小蟑螂也會讓我尖叫。

20. **sense** [sɛns]	*n.* [C] 感覺；*vt.* 意識到

* Animals are said to have special *senses* to help

them escape from disasters.
動物據說有特殊的感覺可幫助牠們逃離災難。

---

21. **slippery** [ˈslɪpərɪ] *adj.* 滑溜的

* The floor became smooth and *slippery* after being waxed. 打蠟之後地板變得平順又滑溜。

---

22. **step** [stɛp] *n.* [C] 步驟；腳步；*vi.* 步行

* Doing things *step* by *step* is the short cut to success. 按部就班地做事才是成功的捷徑。

* Although Jill *stepped* backwards immediately, she bumped into the man walking in front of her. 雖然 Jill 馬上向後退，她仍然撞上走在她前面的那個男人。

---

23. **tack** [tæk] *n.* [C] 大頭針；*vt.* 用平頭釘釘住

* The worker used some *tacks* to attach the carpet to the floor. 工人用平頭釘將地毯固定在地板。

---

24. **trail** [trel] *n.* [C] 小徑 同義 path

* The mountain *trail* leads to a valley.
這條山間小徑通往山谷。

---

25. **vote** [vot] *vi.* 投票；*n.* [C] 投票，表決

* Many elderly people in the United Kingdom *voted* for the withdrawal from the European

Union. 許多英國的老年人投票贊成退出歐盟。

Unit ▶ 10

1. **ache** [ek]	*vi.* 持續作痛；*n.* [C] 疼痛 同義 pain

* Greg's teeth *ache* whenever he drinks something cold or hot.
每當 Greg 喝熱的或冷的東西時，他總會牙痛。

2. **attack** [ə`tæk]	*n.* [C][U] 攻擊　反義 defense； *vt.*; *vi.* 攻擊　反義 defend

* The World Trade Center and the Pentagon were under terrorist *attack* on September 11th, 2001.
世界貿易中心和五角大廈在 2001 年 9 月 11 日時遭受恐怖攻擊。

3. **bother** [`bɑðə-] *vt.* 煩擾　同義 trouble

* Tom usually *bothers* me with stupid questions.
Tom 經常拿一些蠢問題來煩我。

4. **cellphone** [`sɛl͵fon]	*n.* [C] 手機　同義 cell phone, mobile phone

* The telecom companies offer various unlimited 4G data plans for new *cellphone* users.

電信業者推出各式各樣的 4G 吃到飽方案給新的
手機用戶。

| 5. **committee** [kə`mɪtɪ] | *n.* [C] 委員會 |

* Some teachers were invited to attend the
education ***committee*** meeting.
有些老師受邀參加教育委員會議。

| 6. **dare** [dɛr] | *vi.* 膽敢;*aux.* 膽敢 (用於否定或疑問句) |

* Angela would never ***dare*** complain about
working overtime to the manager face to face.
Angela 絕不敢當面跟主管抱怨工作超時。

* My little brother ***dare*** not watch horror films at
night.　我弟弟不敢在晚上看恐怖片。

| 7. **drape** [drep] | *vt.* 披,蓋　同義 cover |

* The swimmer got out of the pool and ***draped*** a
towel over his shoulder.
泳者離開泳池,披了條毛巾在肩上。

| 8. **exhibition** [ˌɛksə`bɪʃən] | *n.* [U][C] 展覽 (會) 同義 display |

* The sculptures of the Hellenistic period have
been on ***exhibition*** for months.

希臘文化時期的雕塑已經展出幾個月了。

exhibit [ɪgˋzɪbɪt]　*vt.* 展示，陳列

* The City Government plans to *exhibit* modern paintings at the museum.
市政府計畫在博物館展出現代油畫作品。

9. **force** [fors]　*vt.* 強迫；*n.* [U] 力量

* Financial difficulty *forced* the company to go bankrupt.　經濟困難迫使該公司破產。

10. **handy** [ˋhændɪ]　*adj.* 在手邊的，立即可用的

* Keep the first aid kit *handy* for an emergency.
把急救藥箱放在手邊以因應緊急情況。

11. **indicate** [ˋɪndəˏket]　*vt.* 顯示，表示　同義 show

* Hebe's expression *indicated* that she didn't believe what I said.
Hebe 的表情顯示她並不相信我說的話。

12. **lack**
[læk]　*n.* [U] 缺乏，不足 同義
shortage；*vt.* 缺乏

* Nancy was forced to give up her studies for *lack* of money.　由於缺錢，Nancy 被迫放棄學業。

13. **main** [men]　*adj.* 主要的，重要的

* The ***main*** idea of this article is the importance of energy conservation.

這篇文章的大意是節能的重要性。

14. **monk** [mʌŋk]   *n.* [C] 修道士，僧侶

* In general, Buddhist ***monks*** shouldn't have meat and alcohol.   一般而言，佛教僧侶不該吃肉喝酒。

15. **opinion** [əˋpɪnjən]   *n.* [C][U] 意見   同義 view

* Students asked the professor for his ***opinion*** about when to have the next meeting.

學生詢問了教授關於下次何時開會的意見。

16. **personal**   *adj.* 個人的，私人的
   [ˋpɝsn̩l]   同義 private, individual

* Never reveal ***personal*** information to strangers.

絕不要把個人資料透露給陌生人知道。

17. **precious** [ˋprɛʃəs]   *adj.* 珍貴的   同義 valuable

* Water is one of the most ***precious*** natural resources.   水是最珍貴的天然資源之一。

18. **rat** [ræt]   *n.* [C] 老鼠 (體型比 mouse 大)

* Dan keeps cats to hunt ***rats*** in the barn.

Dan 養貓來捕獵穀倉裡的老鼠。

19. **roar** [ror]   *vi.* 吼叫；*n.* [C] 吼叫聲

* To frighten the hyenas off, the lion *roared* at them.　為了嚇跑鬣狗，獅子對著牠們咆哮。

| 20. **sensible** | *adj.* 明智的，合情理的 |
| [`sɛnsəbl] | 同義 wise, reasonable |

* It's not *sensible* to argue with your boss.
和老闆爭論是不明智的。

| 21. **slope** [slop] | *n.* [C] 斜坡，坡度 |

* Be careful when walking down the steep *slope*.
走下陡坡時要小心點。

| 22. **stereo** [`stɛrɪo] | *n.* [C] 立體音響設備 |

* The car *stereo* is broken, so there is no sound when you turn it on.
車上的音響壞了，所以打開時沒有聲音。

| 23. **tag** | *vt.* 在⋯加標籤；*n.* [C] 標籤 |
| [tæg] | 同義 label |

* Each of the seats was *tagged* with a guest's name.　每一個座位都貼上了賓客的名字。

| 24. **transfer** [træns`fɝ] | *vi.*; *vt.* 轉移，調動 |

* Mike will be *transferred* to another department next month.　Mike 下個月將被調往其他部門。

25. wage [wedʒ] *n.* [C] 薪水 同義 pay, income

* As a part-time worker, Pearl gets a weekly *wage* on Friday.

身為一名兼職人員，Pearl 在週五領每週的薪水。

Unit ▶ 11

| 1. achieve | *vt.* 完成，實現 |
| [ə`tʃiv] | 同義 accomplish, reach |

* Abby has made every effort to *achieve* her lifelong ambition of being a singer.

Abby 盡一切努力要實現成為歌手的終身夙願。

| achievement | *n.* [C][U] 成就，達成 |
| [ə`tʃivmənt] | 同義 accomplishment |

* Set a goal and try hard to reach it, which will give you a sense of *achievement*.   訂下一個目標並努力去完成它，這會給你一種成就感。

| 2. attempt | *vt.* 試圖 同義 try；*n.* [C] 企圖 |
| [ə`tɛmpt] | |

* Mars *attempted* to finish his term paper this week.   Mars 試圖在本週內完成他的學期論文。

| 3. bow [baʊ] | *vi.* 鞠躬；*n.* [C] 鞠躬 |

* The chess players *bowed* to each other before the game.　棋士們在比賽開始之前互相鞠躬。

4. cent [sɛnt]	n. [C] (美國、加拿大等國的貨幣單位) 一分

* My uncle won't waste a *cent* on useless things.
我叔叔絕不會在沒用的東西上浪費一分錢。

5. communicate [kə`mjunə,ket]	vi. 交流思想 (或信息等)，通訊

* For those who are not good at speaking, *communicating* with written words helps them a lot.　對於那些不擅長說話的人，用書面文字溝通幫助他們很多。

- -

communication [kə,mjunə`keʃən]	n. [U] 傳達，溝通

* For a counselor, it is essential to have good *communication* skills.
對輔導員而言，擁有良好的溝通技巧是必要的。

6. dash [dæʃ]	vi. 急衝，猛衝

* All the guests *dashed* out of the hotel when the alarm went off.
當警鈴響起時，所有的房客都衝到旅館外。

7. draw [drɔ]　　vi.; vt. 畫，描繪

* Zora always **draws** a picture of the scenery as a memory when touring foreign countries.　Zora 到不同國家旅遊時，總是會畫幅風景圖當作紀念。

drawing [`drɔɪŋ]　　n. [C] 圖畫，素描

* Brad sent his girlfriend a **drawing** of her as a birthday gift.
  Brad 送給女朋友一張她的素描作為生日禮物。

8. exist [ɪg`zɪst]　　vi. 存在，生存

* Dinosaurs **existed** on Earth in the distant past.
  在遙遠的過去，恐龍曾生存在地球上。

existence [ɪg`zɪstəns]　　n. [U] 存在，生存

* What is the largest animal in **existence**?
  現存體型最大的動物是什麼？

9. forehead [`fɔr,hɛd]　　n. [C] 額頭

* Dolly wiped the sweat from her **forehead**, waiting for the result of the check-up with anxiety.　Dolly 擦掉額頭上的汗，焦急地等待健康檢查結果出爐。

10. hang [hæŋ]　　vt. 掛，懸

* The teacher **hung** a world map on the wall to

teach students geography.

老師在牆上掛了一幅世界地圖來教學生地理。

hanger [ˈhæŋɚ]　　*n.* [C] 衣架

* I need a **hanger** to hang my coat.

我需要衣架掛外套。

11. **individual**　　　*adj.* 個人的　同義 personal；
[ˌɪndəˈvɪdʒʊəl]　　*n.* [C] 個人　同義 person

* Sherry wishes to have an **individual** office.

Sherry 希望有一間個別的辦公室。

12. **ladder** [ˈlædɚ]　　*n.* [C] 梯子

* Alan fell off a **ladder** and sprained his ankle.

Alan 跌下梯子，扭傷了腳踝。

13. **maintain** [menˈten]　　*vt.* 維持　同義 keep

* The security guards did their best to **maintain**
order at the pop concert.

警衛盡全力維持流行音樂會中的秩序。

14. **monster** [ˈmɑnstɚ]　　*n.* [C] 怪獸，怪物

* James is writing a novel full of scary **monsters**.

James 正在寫一本充滿可怕怪獸的小說。

15. **opportunity**　　　*n.* [C][U] 機會　同義 chance

[ˌɑpɚˋtjunətɪ]

* The basketball player missed a good *opportunity* to score.　這個籃球選手錯失了一個得分的好機會。

---

16. **persuade** [pɚˋswed]　*vt.* 說服，勸說

* The manager tried in vain to *persuade* the hard-working employee not to resign.　經理試著勸說這名辛勤的員工不要辭職，但沒有成功。

---

17. **predict** [prɪˋdɪkt]　*vt.* 預言，預測　同義 foretell

* The witch in the story *predicts* that the princess will die at 16.
故事中的巫婆預言公主會在十六歲時死去。

---

18. **rate** [ret]　*n.* [C] 比率

* The birth *rate* keeps dropping every year.
出生率每年持續下降。

---

19. **roast** [rost]　*vt.*; *vi.* 烤 (肉等)；*adj.* 烤好的

* Meat *roasted* in butter would be more appetizing.
用奶油烤過的肉會更香味四溢。

---

20. **sensitive**
[ˋsɛnsətɪv]　*adj.* 敏感的，善於理解的　反義 insensitive

* The government has to be *sensitive* to the people's

needs.　政府必須要善於體察人民的需求。

---

21. **smooth** [smuð]　*adj.* 平滑的　反義 rough

* The baby's skin is as *smooth* as silk.
這個嬰兒的皮膚就跟絲綢一樣光滑。

---

22. **stick** [stɪk]　　　*vt.; vi.* 黏貼

* The boy tried to *stick* the torn page back into the
book.　男孩試著把被撕下的書頁黏回書本上。

sticky [`stɪkɪ]　　*adj.* 黏的，黏糊的

* Melting ice cream made my hands *sticky*.
溶化的冰淇淋讓我的手黏答答的。

---

23. **tail** [tel]　　　*n.* [C] 尾巴，尾部

* Wagging her *tail* softly, the cat kept mewing for
food.　貓咪輕搖著尾巴，不斷喵喵叫討食物吃。

---

24. **transit**　　　*n.* [U] 運輸，運送
[`trænsɪt]　　　同義 transportation

* Those valuable paintings were lost in *transit*.
那些珍貴的畫在運送途中遺失了。

---

25. **wagon** [`wægən]　*n.* [C] (四輪的) 運貨馬車

* A *wagon* full of goods got stuck on the railroad
tracks.　一輛載滿貨物的馬車卡在鐵軌上。

Unit ▶ 12

1. **act** [ækt] *vi.* 舉動，表現 同義 behave

* For Clark, it's time to *act* like an adult.
  Clark 是時候表現得像大人一樣了。

action [`ækʃən] *n.* [U] 行動，實行

* We should take immediate *action* to save endangered animals.
  我們該立即採取行動拯救瀕危動物。

2. **attend** [ə`tɛnd] *vt.; vi.* 出席，參加

* All teachers have to *attend* the meeting on Friday. 所有老師必須出席週五的會議。

attention [ə`tɛnʃən] *n.* [U] 注意，在意

* As a student, you should pay *attention* in class.
  身為學生，你該專心聽課。

3. **bowling** [`bolɪŋ] *n.* [U] 保齡球

* I like to go *bowling* with friends on Sundays.
  我星期天喜歡和朋友去打保齡球。

4. **centimeter** *n.* [C] 公分 (可簡稱為 cm)
   [`sɛntə,mitɚ]

* I need a ribbon about 20 *centimeters* long.

我需要一條大約二十公分長的緞帶。

| 5. **community**
[kəˋmjunətɪ] | *n.* [C] 社區；(宗教、種族等相同的) 集體 |

* Many immigrants from Vietnam moved to the village and formed a ***community***. 許多來自越南的移民搬到村子並組成了一個社區。

| 6. **data**
[ˋdetə] | *n.* [U] (*pl.*) 資料，數據
同義 information |

* This ***data*** will be used for the research only.
這些資料僅供研究使用。

| 7. **drawer** [drɔr] | *n.* [C] 抽屜 |

* My sister locked the ***drawer*** where she put her jewelry. 我姊姊把放珠寶的抽屜鎖上。

| 8. **exit** [ˋɛgzɪt] | *n.* [C] 出口 反義 entrance |

* The passage to the emergency ***exit*** should be kept clear. 通往緊急出口的通道應該保持淨空。

| 9. **foreign** [ˋfɔrɪn] | *adj.* 外國的 同義 overseas |

* A ***foreign*** currency trade isn't allowed in the country. 這國家不允許外幣交易。

| **foreigner** [ˋfɔrɪnɚ] | *n.* [C] 外國人 |

* The country forbids *foreigners* from visiting the military bases.

這個國家禁止外國人參觀軍事基地。

---

10. **harbor** [ˈhɑrbɚ]　*n.* [C] 港口，港灣

* Fishing boats, ferries and yachts lay at anchor and crowd the *harbor*.

漁船、渡輪和遊艇停滿了港口。

---

11. **indoor** [ˈɪnˌdor]　*adj.* 室內的　反義 outdoor

* Ashley dreams of living in a house with an *indoor* swimming pool.

Ashley 夢想著住在有室內游泳池的房子裡。

indoors [ˈɪnˈdorz]　*adv.* 室內地　反義 outdoors

* In Taiwan, pets are usually kept *indoors*.

在台灣，寵物通常都被養在室內。

---

12. **lamb** [læm]　　*n.* [C] 小羊，羔羊；[U] 羔羊肉

* Bill has become as gentle as a *lamb* after marriage.　Bill 結婚後就變得像羔羊一樣溫馴。

---

13. **major** [ˈmedʒɚ]　*adj.* 主要的　反義 minor

* The *major* problem of this country is the high unemployment rate.

這國家最主要的問題是高失業率。

majority [mə`dʒɔrətɪ]	*n. (sing.)* 多數，大多數 反義 minority	

* The *majority* of their workers are college graduates. 他們的員工大多數是大學畢業生。

---

14. **mood** [mud]   *n.* [C] (一時的) 心情，情緒

* Delia lost her smartphone yesterday. She is in no *mood* for shopping with you. Delia 昨天丟了智慧型手機。她沒心思跟你一起去購物。

---

15. **opposite** [`ɑpəzɪt]   *adj.* 相反的，對立的

* The twins have *opposite* personalities.
這對雙胞胎個性完全相反。

---

16. **pessimistic**   *adj.* 悲觀的 反義 optimistic
[ˌpɛsə`mɪstɪk]

* Those farmers are *pessimistic* about their future.
農民們對未來感到悲觀。

---

17. **prefer** [prɪ`fɝ]   *vt.* 更喜歡…

* I *prefer* noodle soup to fried noodles.
我喜歡湯麵勝過炒麵。

---

18. **recipe** [`rɛsəpɪ]   *n.* [C] 食譜，烹飪法

* Adrian looked up *recipes* online in order to cook

for his wife.

Adrian 為了做料理給他太太吃，上網查了食譜。

---

19. **rob** [rɑb]   *vt.* 搶奪

* The businessman was **robbed** of his car, wallet, and watch.   這個商人被搶走了車、皮夾和手錶。

robber [ˋrɑbɚ] *n.* [C] 強盜，盜賊

* The police promised to catch the bank **robber** in three months.

警方承諾要在三個月內抓到銀行強盜。

robbery [ˋrɑbrɪ] *n.* [U][C] 搶劫，搶案

* The **robbery** took place in the early morning.

搶案是在清晨發生的。

---

20. **separate** [ˋsɛprɪt] *adj.* 分開的，個別的

* Every student in the dormitory has a **separate** room.   宿舍內每個學生都有單獨的房間。

separate   *vt.* 使分開，把…隔開
[ˋsɛpəˌret]   同義 divide

* You'd better **separate** the lights from the darks while doing laundry.

你在洗衣服時最好把淺色跟深色的衣服分開。

21. **snack** [snæk]　　 *n.* [C] 點心，零食

* You should not eat *snacks* if you want to lose weight.　假如想減重，你就不應該吃零食。

22. **stiff** [stɪf]　　　 *adj.* 僵硬的，不靈活的

* I've got a *stiff* back from sitting in front of the computer for eight hours.
因為坐在電腦前八小時，我的背很僵硬。

23. **tailor** [`telɚ]　　 *n.* [C] 裁縫師

* The *tailor* made a wedding gown for his fiancée.
這名裁縫師為未婚妻做了一件婚紗。

24. **transport** [træns`port]　 *vt.* 運送，運輸

* The hotel provides free shuttle buses to *transport* guests to and from the train station.
飯店提供免費接駁車載送旅客往返火車站。

transportation　　 *n.* [U] 運輸 (系統)
[ˌtrænspɚ`teʃən]　 同義 transit

* Convenient *transportation* is essential for a big city.　便利的運輸系統對大都市是必要的。

25. **waist** [west]　　 *n.* [C] 腰部

* Ivan has a scar on his *waist*.　Ivan 腰上有疤。

Unit ▶ 13

1. **active** [ˋæktɪv]　*adj.* 活躍的　反義 inactive

* Taking an *active* part in school would create good memories for you.
  積極參加學校活動對你而言會成為很好的回憶。

2. **attendant** [əˋtɛndənt]　*n.* [C] 服務員

* The museum *attendant* told me not to bring any food into the building.
  博物館接待員告訴我不可攜帶食物入內。

3. **brain** [bren]　*n.* [C] 腦，腦袋

* Aphasia is proved a symptom caused by damage to the *brain*.
  失語症被證實是由於腦部損傷所造成的症狀。

4. **central** [ˋsɛntrəl]　*adj.* 中央的，中心的

* Nantou County is located in the *central* part of Taiwan.　南投縣位在台灣的中央。

5. **company**
   [ˋkʌmpənɪ]　*n.* [U] 陪伴，伴隨；[C] 公司　同義 business, firm

* Thank you for keeping me *company* while I was in a bad mood.

謝謝你在我心情不好的時候來陪我。

6. dawn [dɔn]	n. [U][C] 黎明　同義 daybreak

* To catch the flight, we set out for the airport at
dawn.　為了趕飛機，我們天剛亮就出發前往機場。

7. dress [drɛs]	vi. 打扮；vt. 給…穿衣

* Jessica ***dressed*** up for the first date with Matt.
Jessica 為了和 Matt 的第一次約會精心打扮。

8. expand [ɪk`spænd]	vt.; vi. 擴大，擴張　反義 contract

* The chain stores ***expanded*** too rapidly to handle
cash-flow problems.　連鎖店擴展太快以至於無
法處理資金周轉的問題。

9. forgive [fɚ`gɪv]	vt. 原諒　同義 pardon

* Learning to ***forgive*** and forget helps you lead a
happier life.
學會不念舊惡有助於你過更快樂的生活。

10. hardly [`hɑrdlɪ]	adv. 幾乎不　同義 scarcely, seldom

* The room was so dark that I could ***hardly*** see
anything.　房間很暗，我幾乎看不見東西。

11. **industry** [ˈɪndəstrɪ] *n.* [U] 工業，產業

* The computer plays an important role in modern *industry*. 電腦在現代工業中扮演重要角色。

industrial [ɪnˈdʌstrɪəl] *adj.* 工業的，產業的

* Germany is one of the leading *industrial* countries. 德國是先進的工業國家之一。

12. **lamp** [læmp] *n.* [C] 燈

* My little sister always leaves a small *lamp* on when sleeping.
我妹妹睡覺的時候總是留一盞小燈亮著。

13. **male** [mel] *adj.* 男性的，雄的 反義 female

* *Male* birds usually have bright and colorful feathers. 雄鳥通常有鮮艷多彩的羽毛。

14. **mop** [mɑp] *n.* [C] 拖把；*vt.* 用拖把拖地

* You can clean the floor with either a *mop* or a rag. 你可以用拖把或抹布把地板擦乾淨。

15. **optimistic** [ˌɑptəˈmɪstɪk] *adj.* 樂觀的 反義 pessimistic

* Be *optimistic*! Remember to look on the bright side of life. 要樂觀！記得多看人生的光明面。

16. **pest** [pɛst]　　*n.* [C] 害蟲

＊ Laura set up a business to offer *pest* control services.
　 Laura 建立了一間提供害蟲防治服務的公司。

17. **prepare** [prɪ`pɛr]　　*vt.* 準備

＊ Alfred *prepared* boxed meals and snacks for the picnic today.
　 Alfred 為今天的野餐準備了便當和點心。

preparation [ˌprɛpə`reʃən]　　*n.* [U] 準備

＊ Students study hard in *preparation* for college entrance examinations.
　 學生們努力念書，為大學學測做準備。

18. **raw** [rɔ]　　*adj.* 生的　同義 uncooked

＊ To stay healthy, we had better not eat anything *raw*.　為了健康，我們最好別吃任何生的東西。

19. **robe** [rob]　　*n.* [C] 長袍，浴袍　同義 bathrobe

＊ Leo just put on a *robe* after his shower.
　 Leo 洗完澡後只穿一件袍子。

20. **servant** [`sɝvənt]　　*n.* [C] 僕人，傭人

＊ Anna is a faithful and reliable *servant*.

Anna 是個既忠誠又可信賴的僕人。

21. **snail** [snel]　　*n.* [C] 蝸牛

* ***Snails*** usually appear on a rainy day.
蝸牛通常在下雨天出現。

22. **sting** [stɪŋ]　　*vt.* 刺，螫；*n.* [C] 刺痛

* Be careful not to get ***stung*** by bees when you
pick flowers in the garden.
在花園摘花時，小心不要被蜜蜂螫到。

23. **tale** [tel]　　*n.* [C] 故事　　同義 story

* Moral ***tales*** usually deal with the interaction
between good and evil.
寓言故事通常是關於善與惡之間的相互作用。

24. **trap** [træp]　　*n.* [C] 陷阱；*vt.* 困住

* Laying a ***trap*** to catch animals in the nature
reserves is strictly forbidden.
在自然保護區嚴禁設置陷阱捕獵動物。

25. **waiter** [`wetɚ]　　*n.* [C] 男服務生

* Tammy asked the ***waiter*** for another fork.
Tammy 向男服務生要了另一支叉子。

waitress [`wetrɪs]　　*n.* [C] 女服務生

* I raised my hand to catch the *waitress'* attention.
我舉起手以引起女服務生的注意。

Unit ▶ 14

1. activity [æk`tɪvətɪ]	n. [C] (usu. pl.) (學校、團體等的) 活動；[U] 活動，活力

* To relieve stress, you can try to do some leisure *activities*.
為了緩解壓力，你可以試試做些休閒活動。

2. attitude [`ætə,tjud]	n. [C][U] 態度

* I admire Daniel's positive *attitude* toward learning. 我敬佩 Daniel 對學習的積極態度。

3. brake [brek]	n. [C] 煞車

* When the rock fell right in front of my car, I put on the *brakes* just in time.
岩石在我的車子正前方落下時，我及時地踩煞車。

4. century [`sɛntʃərɪ]	n. [C] 世紀，百年

* The Olympic Games can be traced back to the 8th *century* BC.
奧林匹克運動會可追溯到西元前 8 世紀。

5. compare [kəm`pɛr]	vt. 比較

* The report *compares* the advantages of building the nuclear plant with disadvantages.

這份報告比較建造核電廠的優點與缺點。

comparison [kəm`pærəsn̩]　*n.* [U][C] 比較

* In *comparison* with John, May studies English much harder.

和 John 比起來，May 更認真學英文。

6. deaf [dɛf]　*adj.* 聾的，失聰的

* *Deaf* people use sign language to communicate.

聽障人士用手語來交談。

7. dressing [`drɛsɪŋ]　*n.* [C][U] (沙拉的) 調味汁

* This restaurant offers various kinds of salad *dressing*, such as Thousand Island, French, vinaigrette, etc.　這間餐廳提供各種種類的沙拉醬，例如千島、法式、油醋醬等等。

8. expect [ɪk`spɛkt]　*vt.* 預計，預期

* We *expect* to publish the musician's autobiography in May.　我們預計在五月出版這個音樂家的自傳。

expectation　*n.* [C][U] 預期，預料
[͵ɛkspɛk`teʃən]

* Against all *expectations*, Carol was admitted to

the top college. 出乎所有人的預料，Carol 被這所頂尖大學錄取了。

9. **form** [fɔrm]　　　*vt.* 形成；*n.* [C] 種類；表格

* Students with the same interests *form* a group soon. 有相同興趣的學生很快就形成一個團體。

10. **harm** [hɑrm]　　*n.* [U] 傷害　同義 damage, injury；*vt.* 危害

* It does no *harm* to go for a stroll after meals. 飯後散步沒有害處。

harmful [`hɑrmfəl]　*adj.* 有害的

* Smoking heavily is seriously *harmful* to human health. 大量吸菸嚴重危害人體健康。

11. **infection** [ɪn`fɛkʃən]　*n.* [U] 感染

* Getting a flu shot is the best way to prevent *infection*. 打流感疫苗是預防感染的最佳方法。

infect [ɪn`fɛkt]　*vt.* 傳染，感染

* Medical personnel are easily *infected* with diseases when taking care of patients.
醫護人員在照顧患者時容易感染疾病。

12. **lane** [len]　　　*n.* [C] 小巷，小道

* You will get lost in these *lanes*, if there's no one guiding you. 如果沒有人幫你帶路，你很可能會在這些小巷中迷路。

---

13. **mall** [mɔl]   *n.* [C] 購物商城

* There is a Ferris wheel on the top of the shopping *mall*. 在購物商場的頂端有一座摩天輪。

---

14. **moral** [ˋmɔrəl]   *adj.* 道德的

* Few people have high *moral* standards like Mr. Lin. 很少人像林先生一樣抱持高道德標準。

---

15. **option** [ˋɑpʃən]   *n.* [C] 選擇   同義 choice

* We had no *option* but to accept his offer.
我們除了接受他的提議外沒有別的選擇。

---

16. **pet** [pɛt]   *n.* [C] 寵物

* Alex prefers adopting a dog from a shelter to buying one in a *pet* shop.
比起在寵物店買狗，Alex 更想從收容所認養一隻。

---

17. **prescribe** [prɪˋskraɪb]   *vt.* (醫師) 開處方

* Ivy was *prescribed* skin cream for a rash last night. 醫生昨晚給 Ivy 開了藥膏治紅疹。

---

18. **ray** [re]   *n.* [C] 光線，光束

---

* Your luggage will be scanned by X-*rays* before you get on the airplane.

在上飛機之前，你的行李會讓 X 光掃描檢查。

19. **robot** [`robət] *n.* [C] 機器人

* I wish to have a *robot* which can take care of all the housework.

我希望有一個機器人可以包辦所有的家事。

20. **serve** [sɝv]　　*vt.* 供應

* From now on, the school restaurant will stop *serving* French fries.

從現在開始，學校餐廳將不再供應薯條。

service [`sɝvɪs]　*n.* [U] (對客人的) 服務，招待

* The restaurant is famous for its delicious food and good *service*.

這家餐廳以美味的食物和良好的服務而出名。

21. **snap** [snæp]　　*vt.*; *vi.* 斷開　同義 break

* Fred had a quarrel with the other band member and *snapped* a drumstick in a fury.

Fred 和另一個團員有點口角，一怒之下把鼓棒啪的一聲折斷了。

22. **stir** [stɝ]　　　*vt.* 攪拌；激發 (情感等)

✻ To cool the hot tea quickly, Sandra kept *stirring* it. 為了讓熱茶快點變涼，Sandra 一直攪動它。

---

23. talent [`tælənt]　*n.* [C][U] 天賦　同義 gift

✻ People are born with their own *talents*. You should be more confident in yourself.
人天生有自己的長才。你該對自己更有自信點。

························

talented [`tæləntɪd]　*adj.* 有才能的　同義 gifted

✻ Yo-Yo Ma has been known as a *talented* cellist for many years. 馬友友多年來一直以才華洋溢的大提琴家而聞名。

---

24. trash
[træ∫]
　n. [U] 垃圾　同義 garbage, rubbish

✻ Be sure to throw the *trash* into the trash can.
務必把垃圾丟進垃圾桶裡。

---

25. wake [wek]　*vi.* 醒來；*vt.* 喚醒　同義 waken

✻ I *woke* up at dawn. 天一亮我就醒來了。

Unit ▶ 15

1. actor [`æktɚ]　*n.* [C] (男) 演員

✻ Paul Walker, who died in 2013, has been noted as a great *actor* around the world.

於 2013 年去世的保羅・沃克，作為偉大的演員聞名於全世界。

- -

actress [ˈæktrɪs]　　*n.* [C] 女演員

＊ Leila dreams of becoming an *actress* and playing a leading role in a Hollywood movie.

Leila 夢想成為主演好萊塢電影的女演員。

2. **attract** [əˈtrækt]　　*vt.* 吸引

＊ A sudden cry *attracted* everybody's attention.

突然的一聲大喊引起所有人的注意。

- -

attractive [əˈtræktɪv]　　*adj.* 吸引人的，迷人的

＊ Helen looks *attractive* in that red dress.

Helen 穿著那件紅色洋裝，看起來很迷人。

3. **branch** [bræntʃ]　　*n.* [C] 分店，分支機構

＊ Byron works in the local *branch* of a well-known telecom company.

Byron 在一家知名電信公司的當地分行工作。

4. **cereal** [ˈsɪrɪəl]　　*n.* [U][C] 穀類食品

＊ Mom bought two boxes of *cereal* on sale at the supermarket last night.

媽媽昨晚在超市買了兩盒在特價的麥片。

5. compete [kəm`pit] *vi.* 競爭，競賽

* Juliet always *competes* with Julian for their parents' attention.
  Juliet 總是和 Julian 爭奪父母的寵愛。

competition
[ˌkɑmpə`tɪʃən]
n. [C] 競賽　同義 contest；[U]
競爭，爭奪

* Dean is the champion of last month's national swimming *competition*.
  Dean 是上個月全國游泳競賽的冠軍。

6. debate
[dɪ`bet]
n. [U][C] 辯論；*vt.*; *vi.* 辯論，
討論　同義 argue

* The issue of same-sex marriage has been under *debate* for a few years.
  同性婚姻這議題已經爭論了幾年了。

7. drip [drɪp] *vi.*; *vt.* (使) 滴下

* Frank was all wet. Water was *dripping* from his hair.　Frank 全身濕透了。水從他的頭髮上滴下來。

8. expense [ɪk`spɛns] *n.* [U][C] 費用，支出

* Bella bought a new car at great *expense*.
  Bella 花了一大筆錢買新車。

9. formal [`fɔrml] *adj.* 正式的　反義 informal

* The guests who are invited to the party must wear *formal* clothes.

受邀參加派對的賓客必須穿著正式服裝。

10. **harvest** [`hɑrvɪst]　　*n.* [C][U] 收穫，收成

* The villagers hold a ceremony for a bumper *harvest* every year.

村民每年都舉行儀式祈求豐收。

11. **inferior** [ɪn`fɪrɪɚ]　　*adj.* 較差的　反義 superior

* Meals in this restaurant are considered *inferior* to those in others on the same street.　這間餐廳的餐點被認為不如同一條街上的其他餐廳。

12. **language** [`læŋgwɪdʒ]　　*n.* [C][U] 語言

* Clara has a talent for learning foreign *languages*.
Clara 有學習外語的天賦。

13. **manage** [`mænɪdʒ]　　*vt.* 管理；設法做到

* With so much work to do, you should *manage* your time more effectively.

有這麼多工作要做，你應該更有效地管理時間。

14. **motel** [mo`tɛl]　　*n.* [C] 汽車旅館

* After a long drive, we finally found a *motel* to stay in.　開車開了好久之後，我們終於找到一間

汽車旅館可住。

---

15. **orchid** [`ɔrkɪd]　*n.* [C] 蘭花

＊ The gardener grew different kinds of *orchids* in the greenhouse.

園丁在溫室裡種了各種不同的蘭花。

---

16. **photo**　　　*n.* [C] 照片
[`foto]　　　同義 photograph, picture

＊ I took many *photos* during this trip.

這趟旅行中我拍了許多照片。

---

17. **presence**　*n.* [U] 出席，到場
[`prɛzn̩s]　　反義 absence

＊ Robert's *presence* at my birthday party was a great surprise to me.

在我的慶生會上，Robert 的出現是個大驚喜。

. . . .

present [`prɛzn̩t]　*adj.* 出席的　反義 absent

＊ The teacher called the roll to make sure that every student was *present*.

老師點名確認每一個學生都出席。

---

18. **razor** [`rezɚ]　*n.* [C] 刮鬍刀

＊ Gavin is used to shaving himself with an old-style *razor* instead of an electric one.　比起電動

刮鬍刀，Gavin 更習慣用開式剃刀刮鬍子。

19. **rock** [rɑk]　　　*n.* [C][U] 岩石；*vt.*; *vi.* 搖晃

* Volcanic **rocks** are formed from lava cooling down rapidly.
火山岩是由岩漿急速冷卻而形成的。

rocky [`rɑkɪ]　　*adj.* 多岩石的

* Harry fell down on the ground filled with **rocky** soil and scraped his knees.
Harry 摔在混著岩石的土壤地上，把雙膝蹭破了。

20. **settle** [`sɛtl]　　*vt.*; *vi.* 解決　　同義 resolve

* The two men finally **settled** their argument.
這兩個男人最後終於解決了他們的爭論。

settlement [`sɛtlmənt]　　*n.* [C] 協議，和解

* The employer and his employees reached a **settlement** over the wages.
關於工資，雇主和員工們達成了協議。

21. **snowy** [`snoɪ]　　*adj.* 下雪的，積雪的

* If you can't stand the cold weather in Japan, you'd better not stay outdoors on **snowy** days.
如果你不能忍受日本寒冷的天氣，你還是最好別在下雪的日子待在戶外。

22. stitch [stɪtʃ]	n. [C] (縫紉的) 一針

* My grandmother put a few *stitches* in to fix the loose buttons.
我祖母縫了幾針，把鬆脫的鈕釦固定。

23. talkative ['tɔkətɪv]	adj. 健談的，喜歡說話的 反義 quiet

* Emily is the most *talkative* woman that I have ever known.　Emily 是我所知最健談的女人。

24. travel ['trævl]	vi. 旅遊；n. [U] 旅遊，旅行 同義 tour

* Kent spent a year *traveling* around the world soon after he graduated from college.
Kent 大學畢業後不久，花了一年的時間環遊世界。

traveler ['trævlɚ]　n. [C] 旅行者　同義 tourist

* The Millers are frequent *travelers* to Greece and familiar with its cultures.　Miller 一家人是希臘的旅遊常客，他們也很熟悉那裡的文化。

25. wallet ['wɑlɪt]	n. [C] 皮夾

* The man took out a ten-dollar bill from his *wallet*.　這個男人從皮夾掏出一張十元鈔票。

Unit ▶ 16

1. **actual** [ˋæktʃʊəl]　　*adj.* 實際的　同義 real

＊ The ***actual*** number of people who died in the terrorist attack remains unknown.
死於這次恐怖攻擊的實際人數仍未可知。

actually
[ˋæktʃʊəlɪ]
adv. 實際上，事實上
同義 in fact

＊ Although the paper is due on Friday, I haven't ***actually*** started to work on it.　雖然這份報告禮拜五要交，但我實際上還沒開始動工。

2. **audience** [ˋɔdɪəns]　*n.* [C] 觀眾，聽眾

＊ The ***audience*** coming to watch the show are more than I have expected.
前來欣賞表演的觀眾比我預期的還多。

3. **brand** [brænd]　*n.* [C] 品牌

＊ What ***brand*** of shampoo do you use? Your hair smells good.
你用什麼牌子的洗髮精？你的頭髮聞起來很香。

4. **certain**
[ˋsɝtṇ]
adj. 確定的　同義 sure　反義
uncertain；某一，某些

* I am *certain* that Rod will take over his father's business.　我確定 Rod 會接掌他父親的事業。

5. complain [kəm`plen]　　*vi.; vt.* 抱怨

* Ben always *complains* to friends about working overtime without payment.

Ben 總是向朋友抱怨加班沒有加班費。

complaint [kəm`plent]　*n.* [C][U] 抱怨

* Adam made a *complaint* about having too much homework.　Adam 抱怨作業太多。

6. debt [dɛt]　　　　*n.* [C] 欠款，借款；[U] 負債

* The poor young man has to pay off his father's *debts*.　這個可憐的年輕人必須償還他父親的欠債。

7. drop [drɑp]　　*vt.; vi.* (使) 落下；*n.* [C] (一) 滴

* The girl was shocked and *dropped* her glass onto the floor.　女孩受到驚嚇而將玻璃杯掉到地上。

8. experiment
[ɪk`spɛrəmənt]　　*n.* [C] 實驗；*vi.* 實驗

* The doctor did *experiments* on patients with different treatments.

醫生在病人身上施行不同療法的實驗。

9. **former**
['fɔrmə]
pron. 前者　反義 latter ； *adj.*
以前的　同義 previous

∗ I have eaten burgers and sandwiches here, and I prefer the *former*.
我吃過這裡的漢堡跟三明治，而我比較喜歡前者。

10. **hasty** ['hestɪ]　*adj.* 匆忙的　同義 hurried, rushed

∗ Jane got a terrible stomach ache owing to a *hasty* meal.　由於倉促用餐，Jane 胃痛得厲害。

11. **inflate** [ɪn'flet]　*vt.*; *vi.* (使) 膨脹，(使) 充氣

∗ Chad *inflated* the inflatable pool with an air pump.　Chad 用打氣筒讓充氣泳池膨脹起來。

12. **lantern** ['læntən]　*n.* [C] 提燈，燈籠

∗ In Taiwan, eating yuanxiao and guessing *lantern* riddles are customs during *Lantern* Festival.
在台灣，吃元宵和猜燈謎都是元宵節的習俗。

13. **Mandarin** ['mændərɪn]　*n.* [U] 中文

∗ More and more foreigners learn to speak *Mandarin*.　越來越多外國人學說中文。

14. **motion** ['moʃən]　*n.* [U] 移動，運動

∗ It's dangerous to get off the bus when it is still in *motion*.　當公車還在移動時，下車是很危險的。

15. **ordinary**   *adj.* 平凡的，普通的
    [ˈɔrdn̩ˌɛrɪ]   同義 usual, common

* Not every ***ordinary*** person desires a remarkable life. Take Dawn, for example. She enjoys peace and quiet.　並非每個普通人都渴望非凡生活。以 Dawn 為例，她享受和平與寧靜。

16. **photograph**   *n.* [C] 照片　同義 photo,
    [ˈfotəˌgræf]   picture；*vt.* 拍照，攝影

* Craig put a ***photograph*** of his family in his wallet.　Craig 的皮夾內放了一張全家人的相片。

photographer [fəˈtɑgrəfɚ]   *n.* [C] 攝影師

* The publisher is looking for a new ***photographer***. 出版社正在尋找新的攝影師。

17. **present** [prɪˈzɛnt]   *vt.* 贈與；呈現

* Friends ***presented*** Kelly with a smartphone on her birthday.
朋友們在 Kelly 生日時送她智慧型手機。

presentation   *n.* [U] 呈現；[C] 演出
[ˌprɛzn̩ˈteʃən]

* To attract customers' attention, it's important to arrange the ***presentation*** of a new product well.

為了吸引顧客的注意 ， 安排好新產品的呈現方式很重要。

18. **reach** [ritʃ]	*vt.* 到達；*vi.*；*vt.* 伸出手；*n.* [U] 伸手可及的範圍

* Since the train was delayed, Eliot couldn't *reach* the city hall until ten.
  因為火車誤點，Eliot 在十點前都到不了市政府。

* Females should keep pepper spray within their *reach* for safety while walking in darkness alone.
  為了安全，女性晚上獨自行走時，應把防狼噴霧器放在伸手可及之處。

19. **rocket** [ˈrɑkɪt]	*n.* [C] 火箭；*vi.* 飆升

* A *rocket* loaded with the first satellite to space was launched in 1957.
  裝載著第一個人造衛星的火箭發射於 1957 年。

20. **sew** [so]	*vt.* 縫製，縫補

* Sherry *sewed* up a hole in her jeans.
  Sherry 縫補牛仔褲上的破洞。

21. **soap** [sop]	*n.* [U][C] 肥皂

* Can you give me a bar of *soap* to wash my handkerchief?

你可以給我一塊肥皂讓我洗我的手帕嗎？

22. stock [stɑk]	n. [C] 貯藏；[U][C] 存貨

* Mrs. Wang always keeps a good *stock* of snacks for her children.
王太太總是為孩子囤積大量零食。

* I'm sorry that the shirt of your size is out of *stock*. 很抱歉，符合你尺寸的襯衫已經沒貨了。

23. tame [tem]	adj. 溫馴的　反義 wild

* Since the owl has been kept for few years, it has become as *tame* as a rabbit. 因為這頭貓頭鷹已經被豢養幾年，牠現在變得跟兔子一樣溫馴。

24. tray [tre]	n. [C] 托盤

* Party servers walked around with a *tray* of cocktails.
派對服務生端著裝滿雞尾酒的托盤四處走動。

25. wander [`wɑndɚ]	vi. 徘徊，漫遊

* I spent the whole day *wandering* around the city.
我一整天都在城裡閒逛。

Unit ▶ 17

1. add [æd]	vt. 添加

* Tina **adds** cream to black coffee in order to make it smoother.

  Tina 在黑咖啡中加了奶油，讓它喝起來更順口。

---

addition [əˈdɪʃən]　*n.* [C][U] 添加 (物)

* The cookies taste sweeter and more delicious because of the **addition** of salt.

  由於添加了鹽，餅乾嘗起來更甜也更好吃了。

---

additional [əˈdɪʃənl]　*adj.* 附加的，另外的

同義 extra

* This coffee maker features an **additional** automatic cleaning function.

  這台咖啡機以附加的自動清洗功能為特色。

---

2. **author** [ˈɔθɚ]　*n.* [C] 作家　同義 writer

* J. K. Rowling is the **author** of the fantasy novel series, *Harry Potter*.

  J・K・羅琳是系列奇幻小說《哈利波特》的作者。

---

3. **brave** [brev]　*adj.* 勇敢的　同義 courageous

* Arthur made a **brave** decision to have heart surgery.

  Arthur 做了個勇敢的決定，接受心臟手術。

---

bravery [ˈbrevərɪ]　*n.* [U] 勇敢，勇氣

* The firefighter saved the boy trapped in the fire, and his *bravery* won everyone's respect.
這名消防員救了受困火場的男孩，他的英勇贏得所有人的尊敬。

4. chain [tʃen]	*vt.* 用鏈子拴住；*n.* [C] 鏈條

* The fierce dog was *chained* to the post to keep it from attacking people.　這條凶惡的狗被拴在柱子上，以防止牠攻擊旁人。

5. complete [kəm`plit]	*adj.* 完整的　同義 whole　反義 incomplete；*vt.* 完成　同義 finish

* Cathy has the *complete* works of Conan Doyle.
Cathy 收集了整套柯南道爾的著作。

6. decade [`dɛked]	*n.* [C] 十年

* It has been *decades* since I left my hometown.
自從我離開家鄉，已經過好幾十年了。

7. drown [draʊn]	*vi.*; *vt.* (使) 溺死

* The little boy fell into the river and nearly *drowned*.　小男孩跌進河裡，差點淹死。

8. expert [`ɛkspɚt]	*n.* [C] 專家；*adj.* 內行的　反義 inexpert

* Kevin is an *expert* in ancient Egyptian culture.
  Kevin 是古埃及文化的專家。
* My brother is *expert* at telling jokes.
  我哥哥對說笑話很內行。

| 9. forth [forθ] | *adv.* 向前 同義 forward |

* As soon as my sister came back, my niece rushed
  forth into her arms.
  我妹妹一回來，外甥女就向前衝進了她的懷抱。

| 10. hatch [hætʃ] | *vt.*; *vi.* 孵 (蛋)，孵化 |

* Don't count your chickens before they are
  hatched.　【諺】勿打如意算盤。

| 11. influence [ˈɪnfluəns] | *n.* [C][U] 影響；*vt.* 影響 |

* It's believed that parents' divorce has a strong
  influence on their children.
  據信，雙親離婚對小孩會造成強大的影響。

| 12. lap [læp] | *n.* [C] (坐時) 腰以下到膝為止的大腿部 |

* The boy sat on his father's *lap*, playing with a toy
  quietly.　小男孩坐在他父親膝上，安靜地玩玩具。

| 13. mankind [mænˈkaɪnd] | *n.* [U] 人類 同義 man, human being, humankind |

* It is *mankind* that should be responsible for global warming.　人類該為全球暖化負責。

14. **motion picture** *n.* [C] 電影
[`moʃən,pɪktʃə`]　　　同義 movie, film

* The cinema is showing a 3D *motion picture*.
戲院正在上映一部 3D 電影。

15. **organ** [`ɔrgən`]　*n.* [C] 器官

* The crash severely damaged Ivy's internal *organs* and caused her to nearly die.
這車禍嚴重損傷 Ivy 的內臟，並導致她差點死亡。

16. **phrase** [frez]　*n.* [C] 片語，慣用語

* A prepositional *phrase* is formed by a preposition and a noun.
介詞片語由介詞和名詞組成。

17. **president** [`prɛzədənt`]　*n.* [C] 總統

* George Washington was the first *President* of the United States.　喬治・華盛頓是美國第一任總統。

18. **react** [rɪ`ækt`]　*vi.* 反應　同義 respond

* Larry's mother *reacted* angrily to his decision to drop out of school.
Larry 的母親對他休學的決定很生氣。

reaction [rɪˋækʃən]	*n.* [C][U] 反應	同義 response

* Screaming is a natural *reaction* when you are terrified.　當你受到驚嚇時，尖叫是很自然的反應。

19. **role** [rol]　　　　*n.* [C] 角色

* Nita played the leading *role* in the opera. She's really excellent!
Nita 在這齣歌劇中演主角。她真的棒極了！

20. **sex** [sɛks]　　　　*n.* [U] 性別

* In Taiwan, *sex* discrimination does exist in some private firms that pay male employees higher salaries.　台灣某些私人公司實際上有性別歧視，給男性員工較高的薪資。

sexual [ˋsɛkʃʊəl]　　*adj.* 性別的

* A beard and an Adam's apple are both *sexual* characteristics of a man.
鬍子和喉結都是男人的性別特徵。

sexy [ˋsɛksɪ]　　*adj.* 性感的

* Sally sent her sister *sexy* underwear as a wedding gift.　Sally 送她姐姐性感內衣作為結婚禮物。

21. **soccer** [ˋsɑkɚ]　*n.* [U] 足球

* Buck was selected for the national *soccer* team this year.　Buck 今年入選了國家足球隊。

22. **stocking** [`stɑkɪŋ]　　*n.* [C] (*usu. pl.*) 絲襪

* I think a pair of black *stockings* will go well with your dress.　我覺得黑絲襪和你的洋裝會很配。

23. **tolerate** [`tɑlə,ret]	*vt.* 容忍，忍受　同義 bear, stand, put up with

* No one could *tolerate* such an insulting remark. 沒有人能忍受這麼侮辱人的評論。

24. **treasure** [`trɛʒɚ]	*n.* [U] 寶藏　同義 valuables；*vt.* 珍惜　同義 value, cherish

* In the story, people tried in vain to search for sunken *treasure* in the shipwrecks.　故事中的人們試著從沉船中尋找沉沒的寶藏卻徒勞無功。

25. **warmth** [wɔrmθ]　　*n.* [U] 溫暖

* The teacher's encouraging words gave us *warmth* and hope.　老師鼓勵的話給了我們溫暖和希望。

Unit ▶ 18

1. **address** [`ædrɛs]　*n.* [C] 地址

* Return of the registered mail was due to the

wrong *address*.

這封掛號信的退回主要是因為地址錯誤。

2. **automatic**   *adj.* 自動的   反義 manual
[ˌɔtə`mætɪk]

* An ***automatic*** dishwasher is a great help to homemakers.　全自動的洗碗機對料理家務的人而言是很好的幫手。

3. **breast** [brɛst]　*n.* [C] (女性的) 乳房，胸部

* It's rare but not impossible for a male to suffer from ***breast*** cancer.　對男性而言，罹患乳癌很少見，但並非完全不可能。

4. **chalk** [tʃɔk]　*n.* [C][U] 粉筆

* The waiter wrote down the menu with colored ***chalk*** on a small blackboard.

服務生用有顏色的粉筆在小黑板上寫下菜單。

5. **complex**   *adj.* 複雜的
[kəm`plɛks]   同義 complicated 反義 simple

* It's impossible to do the ***complex*** calculation without the help of a computer.

沒有電腦的協助，根本不可能做這種複雜的計算。

6. **decorate**   *vt.* 佈置，裝飾   同義 adorn

[ˋdɛkəˏret]

* Doris *decorated* the birthday cake with cream and strawberries for her daughter.
Doris 用鮮奶油和草莓為她女兒裝飾生日蛋糕。

decoration　　*n.* [C] (*usu. pl.*) 裝飾品
[ˏdɛkəˋreʃən]

* The newlyweds' family put up party *decorations* in the house to welcome them.　這對新人的家人們在家中掛上派對裝飾來迎接他們。

7. drug [drʌg]　　*n.* [C] 藥物；毒品

* Greg is used to taking *drugs* to ease his headaches.　Greg 習慣吃藥來減輕頭痛。

8. explain [ɪkˋsplen]　　*vt.*; *vi.* 解釋，說明

* The teacher is *explaining* how an earthquake happens.　老師正在解釋地震是如何發生的。

explanation　　*n.* [C][U] 解釋，說明
[ˏɛkspləˋneʃən]

* The electric power company didn't give a clear *explanation* for this power failure.
電力公司並沒有清楚說明停電的原因。

9. fortune　　*n.* [C] 大筆財富；[U] 幸運，運

[`fɔrtʃən]　　　氣　同義 luck

* Alice's uncle left her a large *fortune*.
　Alice 的舅舅留給她一大筆財富。

* We had the good *fortune* to buy the house at a
　low price.　我們很幸運能以低價購得這棟房屋。

10. haven [`hevən]　　　*n.* [C] 避難所　同義 shelter

* The church is used as a *haven* for typhoon
　victims.　這間教堂被當作颱風災民的避難所。

11. inform [ɪn`fɔrm]　　*vt.* 通知　同義 notify

* The firm *informed* employees of a typhoon day
　off.　公司通知員工放颱風假。

information　　*n.* [U] 資訊，消息
[ˌɪnfə`meʃən]

* The college provides *information* about the
　application for entrance on their website.
　這間大學在網站上提供申請入學的資訊。

12. latest [`letɪst]　　*adj.* 最新的，最近的

* The sales of the singer's *latest* album broke the
　record.　這歌手最新專輯的銷售破記錄。

13. manner [`mænɚ]　　*n.* (*sing.*) 方式，態度

* Dylan always deals with work in a careful and serious *manner*.
Dylan 總是以一副謹慎又認真的樣子處理工作。

manners [`mænɚz] *n. (pl.)* 禮貌，禮節

* It is bad *manners* to cut in line at the checkout.
在結帳處插隊很沒禮貌。

14. **motor** [`motɚ] *n.* [C] 馬達，發動機

* There is a mini *motor* in the toy truck.
在玩具卡車中有一個迷你馬達。

15. **organize** [`ɔrgən‚aɪz] *vt.* 籌備，安排

* Peter was chosen to *organize* the welcoming party. Peter 獲選要籌劃這次的歡迎會。

organization *n.* [C][U] 團體，組織
[‚ɔrgənə`zeʃən]

* Many charitable *organizations* offered help and supplies to the disaster area.
許多慈善團體提供協助與補給品給受災地區。

16. **philosophy** [fə`lɑsəfɪ] *n.* [C][U] (人生) 哲學

* People should lead a life based on their own *philosophy* of life, which can make them less stressed. 人應該根據自己的人生哲學過活，這會

讓他們較沒壓力。

. . . .

philosopher [fə`lɑsəfɚ]   *n.* [C] 哲學家

* You need to read more and more books to learn to think like a *philosopher*.   你需要閱讀更多書籍才能學會像哲學家一樣思考。

---

17. **press** [prɛs]   *vt.* 按，壓   同義 push

* Eric *pressed* the cut until it stopped bleeding.
  Eric 壓著傷口直到不再流血為止。

---

18. **reality** [rɪ`æs>ætɪ]   *n.* [U] 現實，真實

* Joan has been escaping *reality* since she broke up with her lover.
  Joan 自從與戀人分手後一直在逃避現實。

---

19. **roll** [rol]   *vt.; vi.* (使) 滾動，(使) 轉動

* The timber worker *rolled* logs toward the truck to load them onto it.
  伐木工人將圓木滾向卡車以將他們裝上車。

---

20. **shade**   *n.* [U] 蔭，陰涼處   反義
    [ʃed]   sunlight；*vt.* 遮蔽

* Come into the *shade* of the big tree, or you will get a sunburn.   快到樹蔭下來，否則你會曬傷。

21. social [ˋsoʃəl]   *adj.* 社交的；社會的

* Students can learn some *social* skills from taking part in various activities.   學生可以從參與各式各樣的活動中學習一些社交技巧。

---

   society [səˋsaɪətɪ]   *n.* [U][C] 社會

* Rules and laws should apply to all the members of *society*.
規則和法令應該要適用於社會中的所有人。

---

22. stomach [ˋstʌmək]   *n.* [C] 胃

* Grace often goes to work on an empty *stomach*.
Grace 經常空腹去上班。

---

23. tank [tæŋk]   *n.* [C] 槽，大桶

* We're running out of fuel. We have to fill up the fuel *tank* now.   我們的汽油快用光了。我們現在必須去把油箱加滿。

---

24. treat [trit]   *vt.* 對待；治療

* Many folks of the village *treated* foreign tourists badly.   許多村民惡劣地對待外國觀光客。
* The doctor *treated* the boy for his serious burns.
醫生治療小男孩嚴重的燒燙傷。

---

   treatment   *n.* [U] 對待，處理；[U][C] 治療

[`tritmənt]

* The chemical waste needs careful *treatment* to avoid pollution.

化學廢料需要謹慎處理以避免污染。

* Sandy was hit by a car and was sent to the hospital for *treatment*.

Sandy 被車撞了，因此被送到醫院作治療。

25. warn [wɔrn]　　*vt.*; *vi.* 警告

* The sign set up last week is to *warn* drivers of the hairpin turns in the mountain road.

上週設立的這個警示牌在警告駕駛小心山路上的髮夾彎。

Unit ▶ 19

1. admire [əd`maɪr]　*vt.* 欽佩　同義 respect

* I *admire* the man for his wisdom and courage.
我欽佩這個人的智慧和勇氣。

2. automobile [`ɔtəmə,bil]　*n.* [C] 汽車　同義 car

* A compressed air car, unlike other *automobiles*, is considered environmentally friendly.
與其他汽車不同，壓縮空氣車被認為是環保的。

3. **breath** [brɛθ]　　*n.* [C][U] 呼吸，吸一口氣

* After taking a deep **breath**, Diane calmed down and felt more relaxed.
深呼吸之後，Diane 冷靜下來，也放鬆一些。

breathe [brið]　　*vi.; vt.* 呼吸

* Carla **breathed** in some smoke and started coughing.　Carla 吸進了一些煙，而開始咳嗽。

4. **challenge**　　*vt.* 向⋯挑戰；*n.* [C][U] 挑戰
[ˋtʃælɪndʒ]

* Mike **challenged** me to swim across the river.
Mike 向我挑戰游到河的對岸。

5. **complicated**　　*adj.* 複雜的　同義 complex
[ˋkɑmplə͵ketɪd]　　反義 simple

* The **complicated** subway system confuses many tourists.　這複雜的地鐵系統令許多遊客困惑。

6. **decrease**　　*vt.; vi.* 減少，減小
[dɪˋkris]　　同義 reduce　反義 increase

* In order to **decrease** living expenses, Andy cooks by himself rather than eating out.　為了減少生活支出，Andy 自己下廚而不是吃外面。

decrease　　*n.* [C][U] 減少，減小

[`dikrɪs]　　　　同義 reduction　反義 increase

* The *decrease* in rainfall this year is due to fewer typhoons.
  今年雨量減少是由於颱風較少的緣故。

7. **drugstore**　　　*n*. [C] 藥房，藥局
   [`drʌg,stor]　　　同義 pharmacy, chemist's

* You can buy some skin cream for the mosquito bites from a *drugstore*.　你可以從藥局買些皮膚藥膏來擦蚊蟲咬傷的地方。

8. **explode** [ɪk`splod]　*vi.*; *vt.* (使) 爆炸

* The truck *exploded* after a crash and kept burning for two hours.
  這台卡車撞車後爆炸，並持續燒了兩個小時。

explosion [ɪk`sploʒən]　　*n*. [C] 爆炸

* A dust *explosion* usually occurs all of a sudden and causes severe injuries or even deaths.
  粉塵爆炸通常發生得很突然，並且會造成嚴重的傷害甚至是死亡。

9. **forward**　　　*adv*. 向前　反義 backward；
   [`fɔrwəd]　　　*vt*. 轉寄

* The guard asked people to stand in line and move

forward one by one.

警衛要求大家排隊，一個一個往前移動。

* I *forwarded* the interesting email to all of my friends.

我把這封有趣的電子郵件轉寄給所有的朋友。

10. headache [ˋhɛd͵ek]　*n.* [C] 頭痛

* Louise has been bothered by *headaches* for many years.　Louise 已經被頭痛困擾許多年了。

11. insult [ˋɪnsʌlt]　*n.* [C] 侮辱，辱罵

* The critic's comments were an *insult* to me.

這個評論家的評論對我是種侮辱。

insult [ɪnˋsʌlt]　*vt.* 侮辱

* The man *insulted* people against him by making an offensive gesture.

這個人做出非常無禮的手勢來侮辱反對他的人。

12. latter [ˋlætɚ]	*pron.* 後者 反義 former；*adj.* 後者的，後期的 反義 former

* Dunn couldn't decide between black tea and coffee, and the server recommended the *latter*.

Dunn 無法決定要紅茶或咖啡，而服務生推薦了後者。

13. **make-up** [`mek͵ʌp] *n.* [U] 化妝品

* Jess usually wears a little ***make-up*** when going out.　Jess 通常都化淡妝出門。

14. **movable** [`muvəbḷ] *adj.* 可移動的
　　　　　　　　　反義 immovable

* Mark added four wheels to his desk to make it ***movable***.　Mark 在書桌加上四個輪子讓它可移動。

15. **origin** [`ɔrədʒɪn] *n.* [C][U] 起源　同義 source

* Folk tales about the ***origin*** of humans are different around the world.
有關人類起源的民間傳說在世界各地都不相同。

original [ə`rɪdʒənḷ] *adj.* 本來的

* Aunt Belle has made every effort to keep the ***original*** look of her garden.
Belle 姑姑盡一切努力維持花園本來的樣貌。

16. **percent** [pɚ`sɛnt] *n.* (*sing.*) 百分之一

* Two glasses of milk can provide around 80 ***percent*** of the calcium a person needs a day.
兩杯牛奶大約可提供一個人一天所需鈣質的百分之八十。

percentage *n.* [C][U] 百分比，百分率

107

[pɚˋsɛntɪdʒ]

* A large ***percentage*** of people are not satisfied with their living conditions.
有很高比例的人不滿意自己的生活環境。

17. **pressure** [ˋprɛʃɚ]　*n.* [U][C] 壓力　同義 stress

* Many students complain about great ***pressure*** from study and exams.
許多學生抱怨課業和考試的壓力太大。

18. **realize** [ˋrɪəˏlaɪz]　*vt.* 瞭解　同義 understand

* I didn't ***realize*** the importance of health until I lost it.　直到失去健康，我才明白它有多重要。

19. **romantic** [roˋmæntɪk]　*adj.* 浪漫的，多情的

* Frank and his wife had a ***romantic*** candlelit dinner on the Valentine's Day.
Frank 和他太太在情人節時共進浪漫的燭光晚餐。

romance [ˋromæns]　*n.* [C] 羅曼史，風流韻事

* I guess that Ted doesn't mind having an office ***romance***. You can try to ask him out.　我猜 Ted 並不介意來段辦公室戀情。妳可以試著約他出去。

20. **shadow** [ˋʃædo]　*n.* [C] 影子

* It is said that ghosts, unlike living humans, don't have *shadows*.

據說鬼魂和活著的人不一樣，沒有影子。

21. **sock** [sɑk]　　　*n.* [C] 短襪

* Irene was too tired to notice herself wearing odd *socks*.　Irene 太累了，以至於沒有察覺自己穿著兩隻不成對的襪子。

22. **stool** [stul]　　　*n.* [C] 凳子

* Bridget sat on a *stool* by the window, staring at the sky.　Bridget 坐在靠窗的凳子上凝視天空。

23. **tap** [tæp]　　　*vt.; vi.* 輕敲；*n.* [C] 輕拍

* The police officer *tapped* his fingers on the wall, trying to find a secret room.

這名警官用手指輕叩牆壁，試著找出密室。

24. **tremble** [ˋtrɛmbl]　*vi.* 顫抖　同義 quiver, shiver

* The elderly couple *trembled* with sadness while hearing of their son's death.　當這對老夫妻聽到兒子的死訊時，傷心得止不住顫抖。

25. **waterfall**　　　*n.* [C] 瀑布
　　[ˋwɔtɚ͵fɔl]

* The national park is famous for its beautiful

waterfalls. 這座國家公園以美麗的瀑布聞名。

Unit ▶ 20

1. **admit** [əd`mɪt]	*vt.* 承認　同義 confess　反義 deny

* The young man ***admitted*** to selling drugs.
這個年輕人承認販毒。

2. **available** [ə`veləbl]	*adj.* 可得到的，可用的

* Today, tickets to exhibitions are readily ***available*** at convenient stores.
現今，展覽的門票可以很容易地從便利超商取得。

3. **breeze** [briz]	*n.* [C] 微風

* It is pleasant to take a walk in the cool ***breeze***.
在涼爽的微風中散步很怡人。

4. **champion** [`tʃæmpɪən]	*n.* [C] 冠軍得主

* Surprisingly, Hilda became the world boxing ***champion*** this year.
出人意料地，Hilda 成為今年的世界拳擊冠軍。

championship [`tʃæmpɪən͵ʃɪp]　*n.* [C] 冠軍地位

* Gary has made every effort to hold onto the

championship this year.

Gary 盡一切努力維持今年的冠軍地位。

---

5. compose   *vt.* 組成   同義 consist of；*vi.*；

[kəm`poz]   *vt.* 作曲

* A class in this school is *composed* of thirty students. 這所學校一個班級由三十個學生組成。

---

6. deed [did]   *n.* [C] 行為   同義 act, action

* Laura has done many evil *deeds* in the name of helping poor people for years.

Laura 多年來以幫助窮人的名義做了許多惡行。

---

7. drum [drʌm]   *n.* [C] 鼓

* Ricky plays the *drums* in a rock band.

Ricky 在搖滾樂團中打鼓。

---

8. export [ɪks`port]   *vt.*；*vi.* 出口   反義 import

* Saudi Arabia *exports* oil to other countries around the world.

沙烏地阿拉伯出口石油到世界其他國家。

- -

export   *n.* [C] (*usu. pl.*) 輸出品

[`ɛksport]   反義 import

* Dairy products are important *exports* of New Zealand. 乳製品是紐西蘭重要的輸出品。

9. **found** [faʊnd]   *vt.* 創建   同義 establish, set up

* Sophie ***founded*** a publishing company after quitting her first job.   Sophie 辭掉她的第一份工作後，創建了一間出版公司。

foundation   *n.* [U][C] 基礎，根據
[faʊn`deʃən]

* The theory presented in your study is completely without ***foundation***.
你研究中所提出的理論根本毫無根據。

10. **headline** [`hɛd‚laɪn]   *n.* [C] (報紙的) 標題

* I was attracted by the ***headlines*** "An Amazing Discovery" while walking by a newspaper stand.
當我經過報攤時，新聞標題《驚人的發現》吸引了我的注意力。

11. **injure**   *vt.* 受傷，傷害
[`ɪndʒə]   同義 harm, hurt, damage

* Last night, a big fire in the restaurant ***injured*** over ten people and caused two deaths.
昨晚在這間餐廳的一場大火，造成超過十人受傷，兩人死亡。

injury   *n.* [U][C] 傷害

[ˋɪndʒərɪ]　　　　　同義 harm, damage

* Luckily, Bruce received only minor *injuries* to his knees in the crash.

  幸好 Bruce 在這場車禍中只有膝蓋受到輕傷。

12. **laughter** [ˋlæftə]　*n.* [U] 笑聲

* The children's *laughter* at home makes me feel happy.　家裡孩子們的笑聲讓我覺得好幸福。

13. **manufacture** [͵mænjəˋfæktʃə]　*vt.* (大量) 生產；*n.* [U] (大規模的) 製造

* The company *manufactures* frozen food products.

  這家公司製造冷凍食品。

14. **movement** [ˋmuvmənt]　*n.* [C] 動作；(社會、政治的) 活動，運動

* The audience were carried away by the dancer's graceful *movements*.

  觀眾陶醉在舞者優美的動作中。

15. **orphan** [ˋɔrfən]　*n.* [C] 孤兒

* Andrew became an *orphan* at the age of five.

  Andrew 五歲時就成了孤兒。

　orphanage [ˋɔrfənɪdʒ]　*n.* [C] 孤兒院

* The boy was sent to an ***orphanage*** after his parents died.　男孩在雙親過世後被送到孤兒院。

16. **passive** [ˋpæsɪv]　*adj.* 消極的　反義 positive

* The teacher tried to change his students' ***passive*** attitude toward learning.
老師想要改變學生被動的學習態度。

17. **pretend** [prɪˋtɛnd]　*vt.; vi.* 假裝

* Kate ***pretended*** that she was doing homework in her room but she was actually playing games on her smartphone.　Kate 假裝她在房間裡做功課，但實際上是在用手機玩遊戲。

18. **reasonable**　*adj.* 合乎道理的
[ˋriznəbl]　　反義 unreasonable

* I will forgive you if you can give me a ***reasonable*** explanation.
如果你能提出合理的解釋，我就原諒你。

19. **roof** [ruf]　*n.* [C] 屋頂

* They built a garden on the ***roof*** of their house.
他們在房子屋頂蓋一個花園。

20. **shady** [ˋʃedɪ]　*adj.* 多蔭的，背陰的

* Since it's hot today, Bob suggests finding

somewhere *shady* for lunch.

因為今天很熱，Bob 提議找個多蔭的地方吃午餐。

21. **shelter** [ˈʃɛltɚ] *n.* [C] 遮蔽物 　同義　 haven

* After the earthquake, the government provided a *shelter* for the homeless. 　地震發生後，政府為無家可歸的人們提供了避難所。

22. **storm** [stɔrm] 　*n.* [C] 暴風雨

* Many trees in the park came down in the fierce *storm*.

公園裡許多樹在這場颱風的狂風暴雨中倒下了。

stormy [ˈstɔrmɪ] 　*adj.* 狂風暴雨的

* It's dangerous to sail the sea on a *stormy* night.
在狂風暴雨的夜晚到海上航行很危險。

23. **tape** [tep] 　　*n.* [U] 膠帶；[C] 錄音 (影) 帶

* I need *tape* to stick the poster to the wall.
我需要膠帶把海報黏在牆上。

24. **trend** [trɛnd] 　*n.* [C] 趨勢，流行

* The investigation into adults suitable for marriage shows a *trend* toward late marriage in recent years. 　對適婚年齡的成年人所進行的調查中顯示了近年來晚婚的趨勢。

25. wave [wev]   *vi.*; *vt.* 揮手，揮動；*n.* [C] 波浪

* The climbers *waved* and shouted with excitement on the mountaintop.

登山客在山頂興奮地揮手大叫。

Unit ▶ 21

1. adopt [ə`dɑpt]   *vt.* 採納   同義 use；*vt.* 收養

* The government *adopted* a new approach to the environmental problems.

政府採用新方法以解決環境問題。

2. avenue [`ævə‚nu]   *n.* [C] 大街，大道

* Walk down Fifth *Avenue* and you'll see Central Park on your right.

沿著第五大道走，你會看到中央公園在你右手邊。

3. brick [brɪk]   *n.* [C][U] 磚

* If you take a trip to villages in Taiwan, you will see a few old dwellings made of red *bricks*.

如果你到台灣的鄉村旅行，你會看到一些由紅磚砌成的老房子。

4. chance [tʃæns]   *n.* [C] 機會   同義 opportunity

* Because of the business trip, Mark got the *chance*

to visit Paris.

因為出差，Mark 才有機會造訪巴黎。

5. **computerize** *vt.* 用電腦處理…
[kəm`pjutə‚raɪz]

∗ We *computerize* the data of each worker for easy use and storage. 我們用電腦處理每個員工的資料以利使用及儲存。

6. **deepen** [`dipən] *vt.*; *vi.* 加深

∗ The rumor *deepened* the misunderstanding between them. 謠言加深他們之間的誤會。

7. **drunk** [drʌŋk] *adj.* 酒醉的 反義 sober

∗ It's dangerous for people to drive when they are *drunk*. 人們酒醉時開車是很危險的。

8. **express** [ɪk`sprɛs] *vt.* 表達 同義 show

∗ Cindy sent me a small card to *express* thanks for my assistance.
Cindy 送我一張小卡來表示感謝我的幫忙。

expression *n.* [C][U] 表達，表示；[C] 表情
[ɪk`sprɛʃən] 同義 look

∗ Wendy didn't complain about the service right away but wrote a letter as an *expression* of dissatisfaction.　Wendy 沒有當場抱怨服務不好，而是寫信表達她的不滿。

9. **fountain** [`faʊntn̩] *n.* [C] 噴泉

* In the center of the ***fountain*** is a statue of Venus, which makes the whole scene gorgeous.　在噴泉中央有一座維納斯的雕像，讓整個場景美得驚人。

10. **headquarters** *n.* (*pl.*) 總公司，總部
[`hɛd`kwɔrtɚz]

* The ***headquarters*** of Starbucks is in Seattle.
星巴克的總部在西雅圖。

11. **ink** [ɪŋk]　　　*n.* [U] 墨水

* The fountain pen has run out. I have to fill it with ***ink*** to use it.　鋼筆已經沒墨水了。我必須把它裝滿墨水才能使用。

12. **laundry** [`lɔndrɪ]　*n.* [U] 待洗或剛洗好的衣服

* My husband and I take turns doing the ***laundry***.
我丈夫和我輪流洗衣服。

13. **marble** [`mɑrbl̩]　*n.* [U] 大理石

* Some people prefer a ***marble*** floor in order to avoid scratches left by dogs or cats.　有些人為了避免貓狗留下抓痕而偏好大理石地板。

14. **mud** [mʌd]　　　 n. [U] 泥，爛泥

* I could not move my car because the wheels got stuck in the ***mud***.
我無法開動車子，因為車輪陷在爛泥巴裡。

15. **outdoor** [ˋaʊtˏdor]　 adj. 戶外的　 反義 indoor

* The organizers decided to hold an ***outdoor*** concert in order to attract more people.　主辦單位為了吸引更多民眾，決定舉辦一場戶外音樂會。

outdoors　　　 adv. 在戶外　 反義 indoors
[ˋaʊtˋdorz]

* Bella got a sunburn because she walked ***outdoors*** all day long on a summer's day.
因為夏日時在戶外走了整天，Bella 曬傷了。

16. **peer** [pɪr]　　　 n. [C] 同輩，同儕

* Da Vinci is indeed a great scientist. There were few ***peers*** at that time as talented as he was.
達文西的確是個偉大的科學家，在當時少有同儕像他一樣有才能。

17. **pretty**　　　 adj. 漂亮的　 同義 beautiful,
[ˋprɪtɪ]　　　 attractive

* The ***pretty*** girl became the focus of attention as

soon as she showed up.

這個漂亮的女孩一出現就成為注目的焦點。

---

18. **rebellion** [rɪ`bɛljən]　*n.* [C][U] 叛亂，反叛

∗ The local government helped put down the *rebellion* in this area.

地方政府協助平定這一區的叛亂。

---

19. **rooster** [`rustɚ]　*n.* [C] 公雞

∗ I heard a *rooster* crowing at dawn.

黎明時，我聽到公雞啼叫。

---

20. **shake** [ʃek]　*vt.*; *vi.* 震動；*vi.* (因害怕、緊張而) 顫抖　同義 tremble

∗ Colin *shook* the glass to mix the coffee with milk before drinking it.　在喝咖啡前，Colin 搖了搖杯子讓咖啡跟牛奶混合在一起。

∗ Karen told her brother a scary story, which made him *shake* with fear.　Karen 跟她弟弟說了個恐怖故事，讓他嚇得直發抖。

---

21. **software** [`sɔft‚wɛr]　*n.* [U] 電腦軟體

∗ The website provides some useful *software* which is free to download.

這個網站提供一些實用的軟體可以免費下載。

| 22. stove [stov] | n. [C] 爐子 |

* On returning home, I smelled the chicken soup boiling on the *stove*.
一回到家，我就聞到爐子上烹煮雞湯的香味。

| 23. target [ˋtɑrgɪt] | n. [C] 目標　同義 aim, object, goal；vt. 以⋯為目標　同義 aim |

* Joseph tried hard to achieve the *target* of completing his studies in two years.
Joseph 努力達成在兩年內完成學業的目標。

| 24. trial [ˋtraɪəl] | n. [U][C] (法庭) 審判，審理 |

* The young girl stole bread from a bakery and she was going on *trial* for burglary.
這名年輕女孩從麵包店偷了麵包，並且將因竊盜罪而受審。

| 25. wax [wæks] | n. [U] 蠟；vt. 在⋯上塗蠟 |

* The maid dripped some candle *wax* on the tablecloth carelessly.
女僕不小心滴了一些燭蠟在桌布上。

Unit ▶ 22

| 1. adult [əˋdʌlt] | n. [C] 成人　同義 grown-up |

* Being an ***adult***, you should take full responsibility for what you have done.
身為成年人，你該為所做的事負起全部的責任。

2. average [ˋævərɪdʒ] *n.* [C] 平均 (數)；*adj.* 平均的

* I spend an ***average*** of one thousand NT dollars a month on snacks.
我每個月平均花新台幣一千元買零食。

3. bride [braɪd] *n.* [C] 新娘　反義 groom

* The ***bride*** wore a happy smile on her face throughout the wedding.
整場婚禮中，新娘臉上帶著幸福的微笑。

4. changeable *adj.* 易變的，變化無常的
[ˋtʃendʒəbl]

* Susan is known for her ***changeable*** mind. You'd better make sure of what she thinks before the trip.　Susan 心思善變是出了名的。你最好還是在旅行前再確認她的想法。

5. concentrate *vi.* 專心，全神貫注
[ˋkɑnsn̩͵tret]　同義 focus

* I wonder how Louis can ***concentrate*** on his studies with so much noise around.　我想知道為

何 Louis 在周圍這麼吵鬧的情況下還能專心讀書。

concentration *n.* [U] 專注，專心

[ˌkɑnsn̩`treʃən]

* It requires full *concentration* to drive on rainy days.　下雨天開車需要全神貫注。

6. **define** [dɪ`faɪn]　*vt.* 給⋯下定義，解釋

* Some people *define* marriage as a duty in one's life and become anxious under pressure to be unmarried.　有些人把婚姻定義為人生中的義務，並在未婚的壓力下感到焦慮。

definition [ˌdɛfə`nɪʃən]　*n.* [C] 定義

* The dictionary features simple and concise *definitions* of words.
這本字典以簡單扼要的單字定義為其特色。

7. **dryer** [`draɪɚ]　*n.* [C] 烘乾機

* I prefer to dry my clothes in a *dryer* during such a rainy season.
在這種雨季裡，我偏好用烘乾機烘乾衣服。

8. **extensive**　*adj.* 廣闊的，寬闊的

[ɪk`stɛnsɪv]　同義 broad

* Audrey dreams of living in a house with

extensive grounds for kids playing there.

Audrey 夢想住在一棟有廣闊庭院的房子，可以讓孩子在那裏玩耍。

9. frank [fræŋk]	*adj.* 坦白的 同義 honest

* To be *frank* with you, I am disappointed with your poor performance.

坦白跟你說，我對你糟糕的表現很失望。

10. heal [hil]	*vi.* 癒合；*vt.* 治癒 同義 cure

* The cut on his face *healed* up well and quickly.

他臉上的傷口癒合得很好又快速。

11. inn [ɪn]	*n.* [C] 小旅館

* We could just afford to stay at a cheaper *inn* instead of a luxurious hotel. 我們只付得起住便宜的小旅館而非豪奢的大飯店。

12. law [lɔ]	*n.* [C][U] 法律，法規

* In Taiwan, there are *laws* against selling or buying guns in private.

台灣的法律禁止私自買賣槍械。

13. march [mɑrtʃ]	*n.* [C] (表抗議的) 示威遊行；*vt.; vi.* 行進，前進

* Many people went on a *march* against the high

taxes. 許多人參加抗議高稅收的示威遊行。

---

14. **mug** [mʌg]　　　*n.* [C] 馬克杯，一大杯的容量

* I filled the ***mug*** with milk and heated it in the microwave.

我將牛奶倒進馬克杯，放到微波爐裡加熱。

---

15. **outer**　　　　　*adj.* 外面的　同義 external
[`autə]　　　　　　反義 inner

* Bard plans to travel around the ***outer*** suburbs of Paris to relax after finishing the project.

Bard 計畫在完成這個案子後，去巴黎外面的郊區放鬆地旅行。

---

16. **pile**　　　　　*n.* [C] 堆，疊；*vt.* 把⋯堆積起來
[paɪl]　　　　　　同義 heap

* Jack is doing preparation for moving to another apartment. That's why his room is occupied by ***piles*** of books.　Jack 在做搬家的準備。這就是為何他房間會堆了好幾疊書。

---

17. **prevent** [prɪ`vɛnt]　*vt.* 防止，阻止　同義 stop

* A special committee in this school is established to ***prevent*** students from being bullied.

這間學校的特設委員會是為了防止學生被霸凌而

設立的。

18. **receipt** [rɪ`sit]	*n.* [C] 收據

* Expenses on a business trip can be reimbursed by handing in *receipts*.
出差的費用可以繳交收據來報公帳。

19. **root** [rut]	*vi.*; *vt.* (使) 生根；*n.* [C] 根源

* The tree has been deeply *rooted* in the forest for over one hundred years.
這棵樹在森林裡深植已經超過百年了。

20. **shallow** [`ʃælo]	*adj.* 淺的　反義 deep

* The stream is so *shallow* that we can walk across it safely.　這條溪很淺，我們可以安全地走過去。

21. **soil** [sɔɪl]	*n.* [C][U] 土壤　同義 earth

* The *soil* in this area is too poor for crops to grow.
這地區土壤太貧瘠，農作物無法生長。

22. **straight** [stret]	*adj.* 直的；*adv.* 直接，立刻　同義 immediately

* I used a ruler to draw *straight* lines.
我用尺畫出直線。

* My mom demands that I go *straight* home after school.　我媽媽命令我放學後直接回家。

23. **task** [tæsk]   *n.* [C] 任務，工作 同義 job

* Selena was given the *task* of dealing with complaints from customers.
Selena 被指派處理顧客投訴的任務。

24. **triangle** [ˋtraɪˏæŋgl]   *n.* [C] 三角形

* Calvin made some sandwiches cut into *triangles* for a picnic tomorrow. Calvin 為了明天的野餐做了些切成三角形的三明治。

25. **weaken** [ˋwikən] *vt.*; *vi.* 減弱 反義 strengthen

* The mountain has *weakened* the force of the typhoon. 山脈削弱了颱風的威力。

Unit ▶ 23

1. **advance**   *vi.* 進步 反義 retreat；
[ədˋvæns]   *n.* [C] 進展 同義 progress

* Our knowledge of language learning has *advanced* because of linguistic studies. 由於語言學的研究，我們對語言學習的知識有所進步。

2. **avoid** [əˋvɔɪd] *vt.* 避開，避免 同義 prevent

* To lose some weight, you should *avoid* greasy food and sweet drinks.

若要減重，你應該避免油膩的食物或甜的飲料。

3. **brief** [brif]	*adj.* 簡短的 　同義 short

* The professor asked us for a ***brief*** summary of our presentation.

教授要我們為報告做個簡短的總結。

4. **channel** [ˋtʃænl̩]	*n.* [C] (電視、廣播) 頻道

* The cable TV provides more than a hundred ***channels*** to choose from.

有線電視有超過一百個頻道可供選擇。

5. **concern** [kənˋsɝn]	*vt.* 使…擔憂；*n.* [U][C] 擔心 　同義 worry

* It ***concerns*** people that the typhoon will cause terrible floods.

民眾很擔心颱風會引發嚴重的水患。

6. **delay** [dɪˋle]	*vt.* 拖延，延期 　同義 put off；*n.* [C] 延遲，延誤

* The baseball game was ***delayed*** until tomorrow because of the rain. 　棒球賽因下雨延期到明天。

7. **due** [dju]	*adj.* 預定的；到期的

* The train is ***due*** to leave for Taipei in ten minutes. 　火車預定十分鐘內出發開往台北。

8. extra [`ɛkstrə]   *adj.* 額外的   同義 additional

* Employees in this firm work overtime without
extra pay.
這間公司的員工加班沒有額外的薪水可以領。

9. freedom [`fridəm]   *n.* [U][C] 自由

* According to the constitution of Taiwan, people
have the *freedom* of speech and worship.
根據台灣的憲法，人民擁有言論以及信仰自由。

10. heap [hip]   *n.* [C] 堆；*vt.* 堆放   同義 pile

* When will you clean up the *heap* of garbage?
你何時要清理這堆垃圾？

11. inner [`ɪnɚ]   *adj.* 內部的   反義 outer

* As soon as Cathy got back home, she dashed into
the *inner* bedroom to get some sleep.   Cathy 一
回到家，就衝進裡面的臥房去睡一會兒覺。

12. lawn [lɔn]   *n.* [C] 草坪，草地

* Frank always plays with his dogs on the *lawn*
after school.   Frank 放學後總是和狗在草坪上玩。

13. mark [mɑrk]   *n.* [C] 污點；*vt.* 在…上做記號

* Lily knocked over a can of red paint, which left

marks on the white wall.

Lily 打翻了一罐紅色油漆，在白牆上留下了痕跡。

---

14. mule [mjul]　　　 *n.* [C] 騾子

* *Mules* are crossbred animals so they can't give birth to a baby mule.

騾子是雜種動物，所以牠們無法生育小騾子。

---

15. outline [`aʊt͵laɪn]　　 *n.* [C] 輪廓，外形

* Looking out of the window, I could see the *outline* of the castle in the distance.

從窗戶望出去，我可以看見遠方城堡的輪廓。

---

16. pill [pɪl]　　　 *n.* [C] 藥丸，藥片　　 同義 tablet

* Nina seems to depend on sleeping *pills* to sleep well.　　Nina 似乎要依賴安眠藥才能睡得安穩。

---

17. previous [`priviəs]　 *adj.* 先前的　　 同義 former

* The washing machine is more functional than my *previous* one.

這台洗衣機比我以前的洗衣機更實用。

---

18. receive [rɪ`siv]　　 *vt.* 收到　　 同義 get

* The police officer *received* a thank-you card from a boy who had asked him for help.　　這名警官收到曾向他尋求幫忙的男孩寄來的感謝卡。

19. **rope** [rop]　　　*n.* [C][U] 粗繩

* We tied the branches together with a *rope*.
我們用一條繩子把樹枝綑起來。

20. **shame**　　　*n.* [U] 羞愧；(*sing.*) 令人可惜的
[ʃem]　　　事　同義 pity

* The man committed a crime and brought *shame* on his family.
這名男子犯下罪行，讓他的家人蒙羞。

* It's a *shame* that you can't come to the party.
很可惜你不能來參加派對。

21. **soldier** [ˋsoldʒɚ]　*n.* [C] 士兵，軍人

* The old man used to be a brave *soldier*.
這老人以前曾是一位英勇的士兵。

22. **sportsman**　　*n.* [C] 運動員　同義 athlete
[ˋspɔrtsmən]

* Adrian is an excellent *sportsman*.
Adrian 是一個傑出的運動員。

sportsmanship　*n.* [U] 運動家精神
[ˋspɔrtsmən͵ʃɪp]

* In any competition, *sportsmanship* is more important than winning a prize.

在任何競賽中，運動家精神比得獎更重要。

| 23. **tasty** | *adj.* 美味的，好吃的 |
| [`testɪ] | 同義 delicious, yummy |

* The restaurant serves very *tasty* seafood pasta.
  這家餐廳供應美味的海鮮義大利麵。

| **taste** | *vi.* 嚐起來；*vt.* 品嚐；*n.* [C][U] |
| [test] | 味道　同義 flavor |

* The chicken soup Robin made *tastes* good.
  Robin 煮的雞湯嚐起來很不錯。

* My sister doesn't like the *taste* of carrots. That's why she picked at the dish.
  我妹妹不喜歡胡蘿蔔的味道。這就是為何她幾乎不吃這道菜。

| 24. **tribe** [traɪb] | *n.* [C] 部落 |

* The study is about the different lifestyles of African *tribes*.
  這份研究是關於非洲部落不同的生活方式。

| 25. **wealthy** [`wɛlθɪ] | *adj.* 富有的　同義 rich |

* Betty was born in a *wealthy* family. She doesn't know how it feels to be poor.
  Betty 出生於富裕家庭。她不知道貧窮的滋味。

wealth [wɛlθ]　*n.* [U] 財富　同義 fortune

* The country gets its great *wealth* by selling oil.
這個國家靠賣石油獲得巨大財富。

Unit ▶ 24

1. **advantage**　*n.* [C][U] 優勢，好處
[əd`væntɪdʒ]　反義 disadvantage

* One of the *advantages* of the laptop computer is
that it is easier to carry.
筆記型電腦的優勢之一是較方便攜帶。

2. **awake** [ə`wek]　*adj.* 醒著的　反義 asleep

* Last night, the noise from the neighbor living
upstairs kept me fully *awake*.
昨晚，樓上鄰居傳來的喧鬧聲讓我睡意全無。

awaken　*vt.*; *vi.* 喚醒，醒來
[ə`wekən]　同義 wake

* Darren was *awakened* by a phone call this
morning.　Darren 今天早上被一通電話吵醒。

3. **brilliant**　*adj.* 光彩奪目的　同義 bright
[`brɪljənt]

* Vicky showed off her *brilliant* diamond necklace

everywhere.

Vicky 到處炫耀她那光彩奪目的鑽石項鍊。

4. **chapter** [`tʃæptɚ]   *n.* [C] (書籍的) 章，篇，回

* The teacher asked his students to read the first three ***chapters*** on their own.

老師要求學生自己閱讀前三章。

5. **conclude** [kən`klud]   *vt.* 作出結論，推斷出

* The police ***concluded*** that the borrower set fire to the bank on purpose.

警方推斷是借款人蓄意對銀行縱火。

conclusion [kən`kluʒən]   *n.* [C] 結論

* After considerable discussion, we finally reached a ***conclusion***.

我們經過反覆討論後，最後終於得出一個結論。

6. **delight**
[dɪ`laɪt]   *n.* [U] 高興   同義 pleasure, joy；*vt.* 使高興   同義 please

* To my ***delight***, the college has accepted my application.

讓我很高興的是，那所大學接受了我的申請。

delighted
[dɪ`laɪtɪd]   *adj.* 高興的，快樂的   同義 happy

* We are ***delighted*** to hear the good news.
我們很高興聽到這個好消息。

7. **dull** [dʌl]　　　*adj.* 乏味的　同表 boring

* The trip was very ***dull*** because we spent most of the time on the tour bus.　這趟旅行很乏味，因為我們大部分時間都坐在遊覽車上。

8. **extreme** [ɪk`strim]　*adj.* 極度的

* Peoplc are likely to become anxious under ***extreme*** pressure.
人們處於極大的壓力之下可能會變得焦慮。

9. **freezer** [`frizɚ]　*n.* [C] 冷凍庫，冰櫃

* Put the fish into the ***freezer***, which can preserve it for more days.
把魚放進冷凍庫裡，可以貯藏更多天。

freeze [friz]　*vi.; vt.* (使) 結冰

* Unexpectedly, rivers in the city ***froze*** last winter.
去年冬天時，這座城市的河流竟出乎意料地結冰了。

10. **heater** [`hitɚ]　*n.* [C] 暖氣機，暖爐

* It's time to turn on the ***heater***. It's freezing today.
該把暖氣打開了。今天非常寒冷。

| 11. **innocent**
[`ɪnəsn̩t] | *adj.* 清白的 反義 guilty；純真
的 同義 naive |

* The old man claimed that he was **innocent** of burglary.
  這名老人宣稱他是無辜的，沒有偷東西。

| 12. **lawyer** [`lɔjɚ] | *n.* [C] 律師 |

* Richard asked a **lawyer** for advice on the contract.
  Richard 向律師諮詢關於合約的建議。

| 13. **marry** [`mærɪ] | *vt.* 和…結婚 反義 divorce |

* Jacob asked Mandy to **marry** him when they had dated for only one month.
  Jacob 才和 Mandy 交往一個月就向她求婚了。

| **marriage** [`mærɪdʒ] | *n.* [C] 婚姻 |

* Although Paul and Julie don't have any children, they have a happy **marriage**.　雖然 Paul 和 Julie 沒有小孩，但他們的婚姻很幸福。

| 14. **multiply**
[`mʌltə‚plaɪ] | *vi.*; *vt.* 增加 同義 increase；
(數學) 乘 反義 divide |

* The population of that country continues to **multiply**.　那個國家的人口數持續增加中。
* **Multiply** 3 and 8, and you get 24.

3 乘以 8 等於 24。

15. **outstanding**　　*adj.* 傑出的，優秀的

[ˋaʊtˋstændɪŋ]　　同義 excellent, brilliant

* The audience gave the dancers a big hand for their ***outstanding*** performance.
因為舞者傑出的表演，觀眾給予熱烈的鼓掌。

16. **pillow** [ˋpɪlo]　　*n.* [C] 枕頭

* James is always out like a light as soon as his head hits the ***pillow***.
James 總是頭一躺在枕頭上就呼呼入睡了。

17. **pride** [praɪd]　　*n.* [U] 驕傲，自豪

* The athlete became the ***pride*** of the whole nation after winning a gold medal in the Olympic Games.
在奧運得了金牌後，這位運動員成了全國的驕傲。

　　proud [praʊd]　　*adj.* 驕傲的，自豪的

* Andy's parents are ***proud*** of his success.
Andy 的父母對他的成功感到驕傲。

18. **receiver**　　*n.* [C] 電話聽筒　　同義 handset

[rɪˋsivɚ]

* Emily held the ***receiver*** close to her ear in order to hear more clearly.　　為了聽得更清楚點，Emily

將電話聽筒拿靠近她的耳朵。

19. **rot** [rɑt]	*vt.*; *vi.* (使) 腐爛	同義 decay

* Leaves and grass are left to *rot* in the fields and turn into natural fertilizer.
葉子和草被留在田裡腐爛，然後變成天然的肥料。

20. shampoo [ʃæmˋpu]	*n.* [U][C] 洗髮精；*vt.* 洗髮

* I like *shampoo* with the smell of lemon.
我喜歡有檸檬味道的洗髮精。

21. **solid** [ˋsɑlɪd]	*adj.* 固體的	反義 liquid

* The baby is too young to eat *solid* food.
這嬰兒年紀太小不能吃固體食物。

22. strategy [ˋstrætədʒɪ]	*n.* [C] 策略，計畫	同義 plan

* The police are working on new *strategies* to fight crime. 警方正在研擬新的策略來打擊犯罪。

23. tax [tæks]	*n.* [C][U] 稅

* The government planned to increase the *tax* on cigarettes. 政府打算要提高菸草稅。

24. trick [trɪk]	*n.* [C] 惡作劇；(騙人的) 詭計

* Ted always plays *tricks* on others, so his friends

regard him as a disaster.　Ted 老是對別人惡作劇，所以他的朋友都將他視為災禍。

25. **weapon** [ˋwɛpən]　*n.* [C] 武器

∗ People in Taiwan are not allowed to carry **weapons** such as guns in private.
在台灣，人們不得私自攜帶槍枝等武器。

Unit ▶ 25

1. **adventure** [ədˋvɛntʃɚ]　*n.* [C][U] 冒險 (經歷)

∗ Bard had a wonderful **adventure** in the aboriginal tribe of Indians.　Bard 在印第安人的一個土著部落經歷了一趟精彩的冒險。

2. **award**
[əˋwɔrd]　*vt.* 頒發；*n.* [C] 獎賞，獎品
同義 prize

∗ The university **awarded** a trophy to the winning team of the basketball game.
這所大學頒發獎盃給在籃球比賽獲勝的隊伍。

3. **British**
[ˋbrɪtɪʃ]　*n.* (*pl.*) (the～) 英國人；*adj.* 英國的

∗ The **British** usually have a tea break in the afternoon.　英國人通常下午有午茶時間。

4. character [ˋkærɪktɚ]	n. [C] 性格　同義 personality； (書或電影等中的) 人物

* Humor is viewed as one of Ada's **character** traits.　幽默被視為是 Ada 的性格特徵之一。

5. condition [kənˋdɪʃən]	n. [U] 狀況，狀態　同義 state

* Although the car was bought many years ago, it is in good **condition**.

雖然這台車是多年前買的，但是車況還很好。

6. deliver [dɪˋlɪvɚ]	vt. 遞送，傳送

* The boy **delivers** milk every morning in the community.　這男孩每天早上在社區送牛奶。

delivery [dɪˋlɪvərɪ]　　n. [C][U] 遞送

* The department store offers free **delivery** service during the annual sale.

這間百貨公司在週年慶期間提供免費送貨的服務。

7. dumb [dʌm]	adj. 說不出話的　同義 speechless；蠢的　同義 stupid

* The girl became **dumb** with shock.

這個女孩嚇到說不出話來。

8. eyebrow [ˋaɪ͵braʊ]	n. [C] 眉毛

* Peter raised his *eyebrows* to show his surprise.

Peter 揚起眉毛表示驚訝。

9. **French**
[frɛntʃ]
   adj. 法國的；*n. (pl.)* (the～) 法
國人；[U] 法語

* *French* food is famous for its delicate look and various sauces.

法式料理以精緻的外觀以及多樣的醬汁而聞名。

10. **heaven**
[ˋhɛvən]
   n. [U] 天堂　同義 paradise
反義 hell

* It is believed that those people doing good deeds will go to *heaven* after death.

一般相信，那些做善事的人死後會上天堂。

11. **insect** [ˋɪnsɛkt]　*n.* [C] 昆蟲

* Be careful! Some *insects* will sting and bite.

小心！有些昆蟲會叮咬人。

12. **lay** [le]　*vt.* 產 (卵、蛋)；放置　同義 place

* The hens *lay* fewer eggs when it is too hot.

天氣太熱時，母雞蛋下得比較少。

13. **marvelous**
[ˋmɑrvḷəs]
   adj. 絕妙的　同義 wonderful

* From hotel rooms there are *marvelous* views of

the sea. 從酒店客房可以看到大海的美景。

---

14. **murder** [ˋmɝdɚ] *vt.* 謀殺；*n.* [C][U] 謀殺 (案)

* The young man was sentenced to death because he *murdered* his parents cruelly. 這個年輕人因為殘酷地殺害他的父母而被判死刑。

murderer [ˋmɝdərɚ] *n.* [C] 謀殺犯，兇手

* The police promised to arrest the *murderer* in a week. 警方承諾在一週內逮捕兇手。

---

15. **offend** [əˋfɛnd] *vt.* 冒犯，觸怒

* Rock's rude attitude *offended* his teacher.
Rock 無禮的態度觸怒了他的老師。

offense [əˋfɛns] *n.* [U] 無禮，冒犯

* The clerk apologized to the customer for his *offense*. 這個店員為他的無禮向客人道歉。

---

16. **pilot** [ˋpaɪlət] *n.* [C] 飛行員

* To be a *pilot* requires good eyesight.
要當飛行員需要良好的視力。

---

17. **priest** [prist] *n.* [C] (基督教的) 牧師

* The *priest* led the people in the church in prayer.
神父帶領教堂裡的人禱告。

18. recent [ˋrisn̩t]   *adj.* 最近的

* A *recent* photo is required if you want to apply for a passport.　申請護照需要一張近照。

- -

recently [ˋrisn̩tlɪ]   *adv.* 最近　同義 lately

* Fiona has been working on her master's thesis *recently*.　Fiona 最近在努力完成她的碩士論文。

19. remedy   *n.* [C] 療法
[ˋrɛmədɪ]   同義 cure, treatment

* The villagers prefer folk *remedies* for their illnesses.　這些村民偏愛用民俗療法治病。

20. shape   *n.* [C] 形狀 同義 form；*vt.* 塑
[ʃep]   形，做成⋯的形狀

* There are cookies in all *shapes* and sizes in the box.　盒子裡有各種形狀和大小的餅乾。

21. solve [sɑlv]   *vt.* 解決，解答

* It took me an hour to *solve* the math problem.
我花了一個小時才解出這道數學題。

- -

solution [səˋluʃən]   *n.* [C] 答案，解決方法

* Ignoring the fact is not a good *solution* to this problem.　忽略事實不是解決這個問題的好方法。

22. straw [strɔ]　　　*n.* [U] 稻草；[C] 吸管

* Luffy, the main character in *ONE PIECE*, always wears a *straw* hat.
《航海王》的主角魯夫總是戴著一頂草帽。

23. taxicab　　　*n.* [C] 計程車　同義 taxi, cab
[ˈtæksɪˌkæb]

* I took a *taxicab* to the church just in time for the wedding.　我搭計程車到教堂，剛好及時參加婚禮。

24. troop　　　*n.* (*pl.*) 軍隊；[C] 一大群 (人或
[trup]　　　　動物)

* The *troops* marched into the city and occupied it.
軍隊行軍進入並佔領這座城市。

25. weave [wiv]　　　*vi.*; *vt.* 紡織，編織

* Rose *wove* three balls of wool into a scarf.
Rose 用三顆毛線球編織成一條圍巾。

Unit ▶ 26

1. advertise [ˈædvɚˌtaɪz]　　　*vi.*; *vt.* 登廣告，宣傳

* The bank *advertises* for a manager on their website.　這間銀行在網站上登廣告徵求經理。

advertisement　　　*n.* [C] 廣告 (可簡稱為 ad)

[ˌædvɚˋtaɪzmənt]

* The television *advertisement* for a dishwasher drew my attention to the convenience of technology.　這則洗碗機的電視廣告讓我意識到科技的便利。

2. aware [əˋwɛr]　*adj.* 知道的　反義 unaware

* The smoker is not *aware* of his health problems.
這個吸菸者沒有意識到他的健康問題。

3. broad [brɔd]　*adj.* 寬闊的　同義 wide

* The *broad* river flows across the city, forming a spectacular view.
寬闊的河流橫跨這座城市，形成壯觀的景色。

4. charge [tʃɑrdʒ]　*n.* [C][U] 費用；*vt.* 收費

* Every order in the online shop will be sent free of *charge*.　在這家網路商店購物一律免費寄送。

5. conductor [kənˋdʌktɚ]　*n.* [C] (火車) 列車員

* The *conductor* checked the passengers' tickets on the train.　列車員在火車上檢查乘客的車票。

conduct　*vt.* 實施，進行　同義 carry out
[kənˋdʌkt]

* The researcher ***conducted*** the experiments on certain patients. 研究員在某些病人身上做實驗。

6. **demand**   *vt.* 要求   同義 require；*n.* [U]
[dɪ`mænd]   [C] 需求，要求

* Molly ***demands*** that her husband clean the study once a month.
Molly 要求她老公一個月整理一次書房。

7. **dump** [dʌmp]   *vt.* 亂丟；*n.* [C] 垃圾場

* Eric always ***dumps*** his pens after using them. No wonder he can't find them in need of writing.
Eric 老是用完筆就亂丟。 怪不得他要寫字的時候都找不到筆。

8. **fable** [`febl]   *n.* [C] 寓言故事

* *The tortoise and the hare* is without doubt the most famous ***fable*** around the world.
《龜兔賽跑》無疑是世界上最著名的寓言故事了。

9. **frequent**   *adj.* 經常的，頻繁的
[`frikwənt]   同義 often   反義 rare

* After moving from home, the quarrels between Kelly and her parents have become less ***frequent***. 從家裡搬出來後，Kelly 和父母之間的

爭吵變得較不頻繁了。

10. **heel** [hil]　　　　*n.* [C] 腳後跟

∗ I felt a sudden pain in my *heel*.
我的腳後跟突然感到一陣疼痛。

11. **insist** [ɪn`sɪst]　　*vi.* 堅持，堅稱

∗ Ian *insists* that he pay for the bill.
Ian 堅持要請客。

12. **lead** [lid]　　　　*vi.* 導致；*vt.* 引領

∗ Maria's pride *led* to her downfall.
Maria 的自負導致她的失敗。

13. **mask**　　　　　*n.* [C] 面具，口罩；*vt.* 遮掩
[mæsk]　　　　　同義 cover, hide

∗ It's better for your health to wear a *mask* when
riding a motorcycle on roads.
在馬路上騎車時，戴著口罩對你的健康比較好。

14. **muscle** [`mʌsl]　*n.* [C][U] 肌肉

∗ You can strengthen your chest *muscles* by doing
push-ups.　你可以藉由做伏地挺身來鍛鍊胸肌。

15. **overcoat** [`ovə‚kot]　*n.* [C] 大衣，厚外套

∗ David wrapped himself in a warm *overcoat*.

David 把自己裹在溫暖的大衣裡。

| 16. **pin**
[pɪn] | *n.* [C] 別針；*vt.* (用別針) 把…
固定住 |

∗ The lady wore a brilliant ruby ***pin***.
那位女士戴著一個璀璨的紅寶石別針。

17. primary [`praɪ͵mɛrɪ] *adj.* 主要的　同義 main

∗ Laura's ***primary*** difficulty is how to take good care of her family and her work.
Laura 主要的難題是如何兼顧家庭和工作。

18. recharge [ri`tʃɑrdʒ] *vt.* 充電

∗ It takes only twenty minutes to ***recharge*** the battery of this cell phone.
這款手機的電池充電只需要二十分鐘。

19. rough [rʌf] *adj.* 粗糙的　反義 smooth

∗ Todd scratched his car when driving on the ***rough*** mountain road full of small stones.　Todd 在滿是碎石的崎嶇山路上開車時，刮傷了他的車。

20. signature [`sɪgnətʃɚ] *n.* [C] 簽名，簽署

∗ The shop owner was forced to put his ***signature*** to the document.　店主被迫在文件上簽名。

21. **sneeze** [sniz]　　*vi.* 打噴嚏；*n.* [C] 噴嚏

* I've heard my sister *sneezing* all day.　我聽到妹妹打了一整天的噴嚏。

22. **someday**　　*adv.* (將來) 有一天

　　[`sʌm,de]　　同義 some day, one day

* The blind man hopes that he can see the world again *someday*.

這個盲人希望有一天他能再看見這個世界。

23. **tear** [tɪr]　　*n.* [C] 眼淚

* These photos reminded the old woman of sad memories, and soon her eyes filled with *tears*.

這些照片使這位老婦人想起悲傷的回憶，她的眼裡很快地盈滿淚水。

　　tear [tɛr]　　*vt.* 撕開，扯掉　同義 rip

* Gale *tore* the newspaper to pieces in a fury.

Gale 在盛怒之下把報紙撕成碎片。

24. **tropical** [`trɑpɪkl]　*adj.* 熱帶的

* I keep some *tropical* fish in the tank.

我在魚缸裡養了一些熱帶魚。

25. **website** [`wɛb,saɪt]　　*n.* [C] 網站

* Wikipedia is a *website* with plenty of information.
維基百科是一個有大量資訊的網站。

Unit ▶ 27

1. advise [əd`vaɪz]　*vt.* 勸告，建議　同義 suggest

* The doctor *advised* Harry to stop smoking to prevent his health from getting worse.
醫生建議 Harry 停止抽煙以防止健康惡化。

advice [əd`vaɪs]　*n.* [U] 建議，忠告

* This article provides readers with some practical *advice* on stock market investment. 這篇文章提供讀者一些關於股市投資的一些實用建議。

2. awful [`ɔful]　*adj.* 糟透的　同義 terrible

* Though many people think stinky tofu smells pretty *awful*, it actually tastes delicious.
雖然許多人認為臭豆腐聞起來很糟，但事實上它嚐起來很美味。

3. broadcast
[`brɔd,kæst]　*vi.*; *vt.* 播送 (節目)；*n.* [C] 廣播節目

* My favorite radio program is *broadcast* at midnight. 我最喜歡的廣播節目在午夜時播送。

4. **charm** [tʃɑrm]　*n.* [U] 魅力　同義 attraction

* Though horror movies are scary, they have special *charm* to some people.　雖然恐怖片很嚇人，但是對有些人而言是具有魅力的。

....

charming
[`tʃɑrmɪŋ]
adj. 迷人的，有魅力的
同義 attractive

* Paris is the most *charming* city that I've ever visited.　巴黎是我所造訪過最迷人的城市。

5. **confident** [`kɑnfədənt]　*adj.* 有信心的

* With great fluency in spoken Japanese, Amelia is *confident* that she will definitely get the job.
憑藉著她流利的日語口說能力，Amelia 有信心她一定會錄取那份工作。

....

confidence [`kɑnfədəns]　*n.* [U] 信心

* The political scandal has resulted in the public's lack of *confidence* in the government.
這起政治醜聞已造成大眾對於政府缺乏信任。

6. **democracy** [dɪ`mɑkrəsɪ]　*n.* [U] 民主，民主制度

* A trend of *democracy* has spread to the whole world.　民主的風潮已經蔓延到全世界。

....

democratic [,dɛmə`krætɪk]　*adj.* 民主的

* People can enjoy freedom of speech in a *democratic* society.

在民主社會，人民享有言論自由。

---

7. dumpling [ˋdʌmplɪŋ] *n.* [C] 餃子

* The restaurant Din Tai Fung is famous for its xiaolongbao, which some people refer to as a kind of *dumpling*. 鼎泰豐餐廳以小籠包聞名，而有些人將其視為餃子的一種。

---

8. factor [ˋfæktɚ] *n.* [C] 因素，要素

* Economic depression is a major *factor* in high unemployment.

經濟不景氣是高失業的主要因素。

---

9. fridge [frɪdʒ] *n.* [C] 冰箱 同義 refrigerator

* Don't forget to put the cake in the *fridge* lest it go stale.

別忘了把蛋糕放入冰箱以免它變得不新鮮。

---

10. height [haɪt] *n.* [U] 身高，高度

* Tokyo Skytree, which is 634 meters in *height*, is a well-known landmark in Japan.

東京晴空塔全高 634 公尺，是日本著名的地標。

---

11. inspect [ɪnˋspɛkt] *vt.* 檢查 同義 examine

* Bob *inspected* the goods carefully to make sure there was no damage.

Bob 仔細檢查貨物，確認沒有任何損壞。

12. leader [ˋlidə]　　*n.* [C] 領袖

* Confidence and judgment are the important qualities of a *leader*.

自信心和判斷力是領袖的重要特質。

- -

leadership　　*n.* [U] 領導能力，領導地位
[ˋlidə‚ʃɪp]

* The crisis was regarded as a test of Morgan's *leadership*.

這場危機被認為是 Morgan 領導能力的考驗。

13. mass [mæs]　　*n.* [C] (*sing.*) 大批，眾多

* A large *mass* of passengers were trapped at the airport because of the snowstorm.

因為暴風雪，大批旅客被困在機場。

14. mushroom [ˋmʌʃrum]　　*n.* [C] 磨菇

* This kind of *mushroom* is not edible because it is poisonous.　　這種磨菇不能吃，因為它有毒。

15. overpass [ˋovə‚pæs]　　*n.* [C] 高架道路

* From 6 a.m. to 7 p.m., the *overpass* is open to

cars only. 從早上六點到晚上七點，高架道路只開放給汽車使用。

16. **pine** [paɪn]　　*n.* [C][U] 松樹

* In some cultures, the *pine* tree is a symbol of long life. 在某些文化中，松樹是長壽的象徵。

17. **prince** [prɪns]　　*n.* [C] 王子

* The eldest *prince* became the new king after the death of his father.
最年長的王子在父親死後繼承為王。

princess [ˋprɪnsɪs]　　*n.* [C] 公主

* At the end of the fairy tale, the prince gave the *princess* a kiss and saved her life. 在童話故事的結尾，王子給公主一吻，並救了她的命。

18. **recognize** [ˋrɛkəɡ͵naɪz]　　*vt.* 辨認

* I *recognized* Ruby by her voice instead of her appearance. She has changed a lot. 我是憑聲音而不是憑外貌認出 Ruby。她變了許多。

19. **routine** [ruˋtin]　　*n.* [C][U] 常規，慣例

* Isla has made jogging a part of her daily *routine* to stay healthy. 為了保持健康，Isla 已將慢跑變成她每日例行公事的一部分。

20. **somehow** [`sʌm,haʊ`]　　　*adv.* 不知怎麼地

* Jacob was not interested in the exhibition, but *somehow* he accepted Julia's invitation to attend it.　Jacob 對那展覽沒興趣，但不知怎麼地他答應了 Julia 參展的邀約。

21. **stream** [strim]　　*n.* [C] 溪流

* There used to be a *stream* with clean water by the woods.
以前在樹林邊有一條溪水非常清徹的小溪。

22. **sympathy**　　　*n.* [U] 同情，憐憫　同義 pity
[`sɪmpəθɪ`]

* Thomas had no *sympathy* for the beggar, who he thought should go to find a job by himself.
Thomas 完全不同情那位乞丐，他認為他應該自己去找份工作。

23. **tease** [tiz]　　　*vt.* 嘲弄，戲弄

* Sophia dared not go to school because she worried that her classmates would *tease* her about her new hairstyle.　Sophia 不敢去學校，因為她擔心同學們嘲弄她的新髮型。

24. **trousers** [`traʊzəz`]　*n.* (*pl.*) 褲子　同義 pants

* When climbing a mountain, Oscar usually wears long *trousers* to avoid mosquito bites.
爬山時，Oscar 通常穿著長褲以避免蚊子叮咬。

25. witness [ˋwɪtnɪs]　*n.* [C] 目擊者；*vt.* 親眼目睹

* The detective asked whether there was any *witness* to the murder.
警探詢問謀殺案是否有任何目擊者。

Unit ▶ 28

1. affair [əˋfɛr]　*n.* (*pl.*) 事務，事情

* As a diplomat, Charlotte has to deal with many foreign *affairs*.　身為一位外交官，Charlotte 必須處理相當多的外國事務。

2. ax [æks]　*n.* [C] 斧頭

* The workers are cutting down trees with *axes* and saws.　工人們用斧頭和鋸子砍樹。

3. brow [braʊ]　*n.* [C] 前額　同義 forehead

* The traveler sat under the tree, mopping his *brow* with his sleeves.
旅人坐在樹下，用衣袖抹去額頭上的汗水。

4. chart [tʃɑrt]　*n.* [C] 圖表　同義 diagram

* The researchers read the ***charts*** to compare the routes of these two typhoons.

研究人員研讀圖表，比較這兩個颱風的路徑。

5. confirm   *vt.* 證實，確認 [同義] prove

[kənˋfɝm]

* The police ***confirmed*** that the notorious serial killer had been arrested, which made the public breathe a sigh of relief.   警方證實那位惡名昭彰的連續殺人犯已被逮捕，這讓大眾鬆了口氣。

6. dentist [ˋdɛntɪst]   *n.* [C] 牙醫

* Sienna makes an appointment with a ***dentist*** to assess the need of wearing braces on her teeth.

Sienna 和一位牙醫預約看診以評估她是否有戴牙套的需要。

7. dust [dʌst]   *n.* [U] 灰塵，塵土

* Not being cleaned for years, all the items in the basement were covered with a layer of ***dust***.

地下室所有的東西因多年未清掃而都佈滿了一層灰塵。

8. fade [fed]   *vi.* 逐漸消失，衰退

* Most of the fashions among teenagers ***fade*** away

after a period of time. 青少年之間的流行多半在一段時間之後就逐漸消退。

| 9. **friendly** | *adj.* 親切的，友好的 |
| ['frɛndlɪ] | 反義 unfriendly |

* The clerk greets every customer with a *friendly* smile. 店員以親切的笑容向每位顧客問好。

| 10. hell | *n.* [U] (*sing.*) 痛苦的情況，極不 |
| [hɛl] | 愉快的經驗 反義 heaven |

* For the patient, the months of cancer treatment in hospital have been *hell*. 對那位病人來說，在醫院治療癌症的那幾個月簡直猶如置身於地獄。

| 11. instance | *n.* [C] 例子，實例 |
| ['ɪnstəns] | 同義 example |

* There are many ways to show friendliness. For *instance*, you can give people a smile. 有很多方式可以表現友善。例如，你可以對他人微笑。

| 12. leaf [lif] | *n.* [C] 葉子 (複數形為 leaves) |

* The *leaves* of most kinds of cacti turn into spines, which can help them prevent water loss.
大多數品種的仙人掌葉轉變成了刺，這可以幫助它們防止水分散失。

13. **mass rapid transit** *n.* 大眾捷運 (可簡稱為
[mæs `ræpɪd `trænsɪt] MRT)

* A convenient ***mass rapid transit*** system is
essential for a modern city. 便利的大眾捷運系
統對現代化都市是不可或缺的。

14. **musical** [`mjuzɪkl] *adj.* 音樂的；*n.* [C] 音樂劇

* Kevin's ***musical*** talent made him famous around
the world. Kevin 的音樂天賦讓他舉世聞名。

15. **overseas** *adj.* 海外的，國外的
[`ovɚ`siz] 同義 foreign

* The company decided to expand its business to
overseas markets.
那間公司決定將業務擴展到海外市場。

16. **precise** *adj.* 精確的，準確的
[prɪ`saɪs] 同義 exact 反義 rough

* It seems unlikely to make ***precise*** predictions
about earthquakes.
對於地震，似乎不可能做出準確的預測。

17. **principal** *adj.* 首要的 同義 main ；*n.*
[`prɪnsəpl] [C] 校長

* Fruit used to be Taiwan's ***principal*** export.

水果以前曾是台灣主要的外銷品。

18. **recommend** [ˌrɛkə`mɛnd]	*vt.* 推薦，建議　同義 advise, suggest

* Though Phoebe heartily *recommends* the restaurant to me, I dislike its dining environment.
雖然 Phoebe 誠心推薦那間餐廳給我，但我不喜歡它的用餐環境。

19. **row** [ro]	*n.* [C] 一排，一行；*vt.*; *vi.* 划 (船)

* The products are placed in neat *rows* on the shelves so that customers can easily find what they want.　商品整齊地在架上一列一列擺放，如此一來顧客們可以輕易地找到他們想要的。

20. **sharp** [ʃɑrp]	*adj.* 尖銳的　反義 blunt

* It is said that the Japanese sword is *sharp* enough to cut anything.
據說那把日本刀鋒利到可以斬斷任何東西。

21. **sometime** [`sʌmˌtaɪm]	*adv.* (過去或將來的) 某個時候

* Mia has a fondness for Spanish culture, and she has made up her mind to visit Spain *sometime* in the future.　Mia 相當喜愛西班牙文化，而她已下

定決心有朝一日要拜訪西班牙。

22. **strength**　　　　*n.* [U] 力氣，體力
[strɛŋθ]　　　　反義 weakness

* William pushed the huge rock with all his *strength*, but it did not move at all.　William 使盡全力推那塊巨大的岩石，但它一動也不動。

23. **technique**　　　*n.* [C][U] 技巧，技能
[tɛk`nik]　　　　同義 skill

* I have learned many useful *techniques* for emergencies in the first aid training.　我在急救訓練中學會許多應付緊急事故的實用技巧。

24. **trunk** [trʌŋk]　　*n.* [C] 樹幹；(汽車後部) 行李箱

* The old tree has a thick and straight *trunk*.
這棵老樹有粗大挺直的樹幹。

25. **wed** [wɛd]　　　*vt.*; *vi.* 結婚　同義 marry

* The rock singer *wedded* a woman 20 years younger than him.　這名搖滾歌手和一個比他年輕二十歲的女人結婚。

wedding [`wɛdɪŋ]　　*n.* [C] 婚禮

* Only relatives and close friends were invited to their *wedding*.

只有親戚和好友受邀參加他們的婚禮。

Unit ▶ 29

1. **affect** [ə`fɛkt]　　*vt.* 影響　　同義 influence

＊ The doctor's suggestions ***affected*** Joshua's decision to work in the chemical factory.
該醫生的建議影響了 Joshua 到那間化學工廠工作的決定。

2. **babysit** [`bebɪˌsɪt]　　*vi.; vt.* 充當臨時保母

＊ Peggy usually asks me to ***babysit*** for her son when she is out.　Peggy 通常要求我在她出去時，充當她兒子的臨時保母。

babysitter [`bebɪˌsɪtɚ]　*n.* [C] 臨時保母

＊ I can earn 300 NT dollars an hour by being a ***babysitter*** in the neighborhood.　我在附近地區當臨時保母，一個小時可以賺參佰塊台幣。

3. **brunch** [brʌntʃ]　　*n.* [C][U] 早午餐

＊ Some coffee shops serve ***brunches*** for customers on weekends.
有些咖啡廳週末時為客人供應早午餐。

4. **chase** [tʃes]　　*vt.; vi.* 追趕，追逐

＊ Even though there were several police officers *chasing* after the thief, he ran so fast that they failed to catch him.　雖然有幾位員警在追逐那名小偷，但他跑得太快了以致於他們無法抓到他。

5. **conflict** [kən`flɪkt]　　*vi.* 與⋯不合，衝突

＊ The result of the experiment *conflicts* with what we have expected.
實驗的結果和我們預料的相衝突。

　　conflict [`kɑnflɪkt]　　*n.* [U][C] 衝突，牴觸

＊ The two countries finally agree to end decades of *conflict* over the boundary.
這兩國終於同意結束幾十年來關於國界的衝突。

6. **deny** [dɪ`naɪ]　　*vt.* 否認　反義 admit

＊ The politician *denied* all the groundless accusations brought against him.
那名政客否認了一切對他的不實指控。

7. **duty** [`djutɪ]　　*n.* [U][C] 責任　同義 obligation

＊ Since Megan was unable to carry out her *duties*, she was soon fired by the company.
由於 Megan 未能履行她的責任，她很快就被公司開除了。

| 8. **fail** [fel] | *vi.* 失敗；*vt.* (考試) 沒通過 反義 succeed |

* The doctor *failed* to save the patient's life.
醫生沒能保住這病人的生命。
* Luke *failed* all his subjects except for physics.
Luke 除了物理之外，所有科目都考不及格。

failure [`feljɚ] *n.* [C][U] 失敗 反義 success

* A series of *failures* discouraged the young man.
一連串的失敗讓這年輕人很氣餒。

9. **friendship** [`frɛndʃɪp] *n.* [C] 友誼

* Leo and Henry have formed a lifelong *friendship* since they go through many difficulties together. 自從 Leo 和 Henry 共同度過許多難關後，他們便建立了終身的友誼。

10. **helmet** [`hɛlmɪt] *n.* [C] 頭盔，安全帽

* When entering a construction site, one is supposed to wear a *helmet* to protect his or her head in case of an accident. 當進入工地時，一個人應當要戴安全帽來保護頭部以防事故發生。

| 11. **instant** [`ɪnstənt] | *n.* [C] 瞬間 同義 moment；*adj.* 立刻的 同義 immediate |

* The mudslide flooded the whole village in an *instant*. 土石流一瞬間就淹沒了整個村落。

12. leak [lik]   *vt.*; *vi.* 漏出；*n.* [C] 裂縫

* The driver didn't know that his car was *leaking* oil all the way.
  這個駕駛不知道他的車一路上都在漏油。

13. massive [`mæsɪv]   *adj.* 大量的   同義 huge

* A computer can store a *massive* amount of information. 一臺電腦可以儲存大量的資訊。

14. musician [mju`zɪʃən]   *n.* [C] 音樂家

* Louis Armstrong was a famous jazz *musician* in the United States. 路易斯・阿姆斯壯是美國一位知名的爵士樂音樂家。

15. overweight   *adj.* 過重的，超重的
    [`ovɚ`wet]   反義 underweight

* Being *overweight* has been proved to have a lot to do with cardiovascular diseases. 體重過重已被證實和心血管疾病有著很大的關係。

16. principle [`prɪnsəpl]   *n.* [C] 原則，準則

* Lewis never spends money on what he does not need, and he always sticks to his *principle*.

Lewis 從不將錢花在他不需要的東西上，而他總是
恪守他的原則。

17. **professor** [prəˋfɛsɚ]　　*n.* [C] (大學) 教授

* Mr. White is a well-known psychology *professor*
at the university.　　White 先生是那間大學一位相
當知名的心理學教授。

18. **record** [rɪˋkɔrd]　　*vt.* 記錄；錄 (影、音)

* The guard *recorded* each visitor's name and
visiting time in the book.
警衛在簿子上記錄每位訪客的姓名及來訪時間。

....

　　record [ˋrɛkɚd]　　*n.* [C] 記錄；唱片

* I force myself to keep a *record* of every penny I
spend.　　我強迫自己記錄所有的花費。

19. **royal** [ˋrɔɪəl]　　*adj.* 王室的

* Margaret traces her family tree to a Spanish *royal*
family four hundred years ago.　　Margaret 追溯
她家族的族譜至四百年前的西班牙皇室。

20. **shave** [ʃev]　　*vi.*; *vt.* 刮鬍子

* Matthew always washes his face and *shaves*
himself after he wakes up every morning.
Matthew 每天早上起床後總是先洗臉刮鬍子。

21. **somewhat**　*adv.* 稍微，有些　同義 slightly
[`sʌm,hwɑt]

* Rachael still felt **somewhat** depressed after she
talked to the school counselor about her
problems.　Rachael 與學校輔導人員談論關於她
的問題後仍然感到有些沮喪。

---

22. **stress**　*vt.* 強調　同義 emphasize；
[strɛs]　*n.* [U][C] 壓力　同義 pressure

* The food company **stresses** that their products
are natural.
這間食品公司強調他們的產品是天然的。

---

23. **technology** [tɛk`nɑlədʒɪ]　*n.* [U][C] 科技

* Modern **technology** has shortened the distance
between nations.
現代科技縮短了各國之間的距離。

---

24. **tub** [tʌb]　*n.* [C] 浴缸　同義 bathtub

* All I want to do now is get into the **tub** and take a
hot bath.
我現在最想做的事就是進浴缸泡熱水澡。

---

25. **weed** [wid]　*n.* [C] 雜草，野草

* The gardener used some weed-killer to remove

the *weeds* on the lawn.
園丁用一些除草劑來去除草坪上的雜草。

Unit ▶ 30

1. afford [ə`ford]　*vt.* 負擔得起

* After living economically for years, Mr. Larson was finally able to *afford* a new house.
在持續數年的勤儉生活後，Larson 先生終於能夠負擔起一幢新房子了。

2. background [`bæk,graʊnd]　*n.* [C] 背景

* Due to her broad educational *background*, Faith was quickly hired by the company.　因為她廣泛的教育背景，Faith 很快就被那間公司雇用了。

3. brush [brʌʃ]　*n.* [C] 刷子；*vt.* 刷

* Give me a *brush*. I can help you paint the walls.
給我一把刷子。我幫你油漆牆壁。

4. chat [tʃæt]　*vi.* 聊天；*n.* [C] 閒談

* These women were *chatting* about their kids.
這些婦人聊著孩子的事。

5. congratulate [kən`grætʃə,let]　*vt.* 祝賀，道喜

* Everyone in the office *congratulated* Victor on

his promotion.

公司裡每個人都祝賀 Victor 的升遷。

- -

congratulation *n.* [C] (*pl.*) 祝賀的話語
[kən͵grætʃəˋleʃən]

* On hearing the good news, I called Arnold to
give him my *congratulations*.

一聽到這個好消息，我就致電給 Arnold 道喜。

6. **deposit** [dɪˋpɑzɪt] *vt.* 存入 反義 withdraw

* Owen *deposits* NT$20,000 in his bank account
every month.

Owen 每個月存新臺幣 2 萬元到他的銀行帳戶。

7. **eager** [ˋigɚ] *adj.* 渴望的 同義 keen

* A lot of fans gathered at the airport, *eager* to
meet their idol.

許多粉絲聚集在機場，渴望見到他們的偶像。

8. **faint**
[fent]
adj. 模糊的，不清楚的；*vi.* 昏厥
同義 pass out

* I have a *faint* impression that I have been to this
small town before.

我有以前來過這個小鎮的模糊印象。

* My mom nearly *fainted* when she saw my report

card. 看到我的成績單時，我媽差點昏厥。

---

9. **fright** [fraɪt]　　　*n.* [U] 驚嚇　同義 horror, terror

＊ When the robber took out his gun, people scattered in *fright*.

當搶匪掏出槍時，大家害怕地四處奔逃。

- -

　frighten [ˈfraɪtn̩]　　*vt.* 驚嚇　同義 scare

＊ The dog's bark *frightened* the thief away.

狗的吠叫聲嚇跑了小偷。

---

10. **helpful** [ˈhɛlpfəl]　　*adj.* 有幫助的　反義 helpless

＊ The health expert offered Lydia several *helpful* suggestions on her eating plan.

那位健康專家提供 Lydia 幾個可以幫助她飲食計劃的建議。

---

11. **institution**　　　　*n.* [C] 機構，團體

[ˌɪnstəˈtjuʃən]　　　同義 organization

＊ National Taiwan University is considered a leading educational *institution* in Taiwan.

國立台灣大學被認為是台灣一流的教育機構。

---

12. **leap** [lip]　　　　*vi.* 跳躍；*n.* [C] 跳躍　同義 jump

＊ Those kids dared each other to *leap* from the tree.

那些小孩互相激彼此從樹上跳下來。

13. master [`mæstə] *vt.* 精通；*n.* [C] 主人

∗ Nancy *masters* Japanese because she once lived in Japan for ten years.
Nancy 精通日語，因為她曾在日本生活過十年。

14. mystery [`mɪstrɪ] *n.* [C] 謎，神祕的事物、事件

∗ A series of *mysteries* aroused worry and curiosity among people.
一連串的神秘事件引起大眾的擔憂與好奇。

mysterious [mɪs`tɪrɪəs] *adj.* 神秘難解的

∗ Many locals reported that they saw a *mysterious* flying object in the sky. 許多當地居民通報說他們看見天空中有神秘飛行物體。

15. owe [o] *vt.* 欠 (債)；把…歸功於

∗ Lynn *owed* me NT$500. Lynn 欠我台幣五佰塊。

16. pint [paɪnt] *n.* [C] 品脫 (容量單位)

∗ Call a taxi to drive Bill home because he has drunk several *pints* of beer. 招一輛計程車載 Bill 回家，因為他喝了好幾品脫的啤酒。

17. print [prɪnt] *vt.* 印刷

∗ The host's name and phone number are *printed*

on the invitation.

主人的名字和電話被印製在邀請函上。

printer [`prɪntɚ]　*n.* [C] 印表機

* I need a color *printer* to print my report.
  我需要一台彩色印表機印我的報告。

18. recover [rɪ`kʌvɚ]　*vt.* 找回；*vi.* 恢復 (健康等)

* There is a faint hope to *recover* the lady's stolen jewelry.　找回這女士失竊珠寶的希望很渺茫。

19. rub [rʌb]　*vt.; vi.* 摩擦，搓揉

* Eleanor *rubbed* her father's shoulders and gave him a massage to help him relax after a tiring day at work.　Eleanor 搓揉她爸爸的肩膀並按摩以幫助他在工作疲累的一天後放鬆。

20. somewhere [`sʌm͵hwɛr]　*adv.* 在某處，到某處

* Logan forgot where he put his keys, but he was sure that they were *somewhere* in his room.
  Logan 忘了鑰匙放哪，但他可以確定是在他房間的某處。

21. status [`stetəs]　*n.* [U][C] 身分，地位

* After Ms. Grant became a politician, she enjoyed the high social *status* that comes with it.

在 Grant 小姐成為一位政治家後，她享有隨之而來的高社會地位。

| 22. **stretch** [stretʃ] | *vi.*; *vt.* 伸展，拉長；*vi.* 綿延，延續 同義 extend |

* John stood on his toes and ***stretched*** out his arm, but he still couldn't reach the book.

John 墊起腳尖，伸長手臂，但還是拿不到書。

| 23. **teens** [tinz] | *n.* (*pl.*) 青少年時期 |

* To support his family, Kian began to work in his ***teens***.

為了幫忙家計，Kian 從青少年時期就開始工作。

| 24. **tube** [tjub] | *n.* [C] 管子 |

* Emily picked up some shells and put them in a glass ***tube***.　Emily 撿了一些貝殼放在玻璃管裡。

| 25. **weekday** [ˋwikˌde] | *n.* [C] (指週一至週五) 工作日，平日 |

* The antique bookstore is very famous, but it is only open from 10 a.m. to 5 p.m. on ***weekdays***.

這間古董書店相當著名，但它只在平日上午 10 點到下午 5 點營業。

Unit ▶ 31

1. **afterward** [ˋæftəˌwəd]　*adv.* 後來

* Aaron lent a large sum of money to his friend, but soon ***afterward*** he regretted it.　Aaron 借了一大筆錢給他的朋友，但後來他很快就後悔了。

2. **bankrupt** [ˋbæŋkrʌpt]　*adj.* 破產的　同義 broke

* Due to the failure of an investment, the company went ***bankrupt***.
由於投資失敗，那間公司破產了。

3. **bubble** [ˋbʌbl̩]　*n.* [C] 氣泡，泡沫

* ***Bubbles*** rose to the surface when Melody pulled the tab of the Coke can.　當 Melody 拉開可樂罐的拉環時，泡沫冒了上來。

4. **cheek** [tʃik]　　*n.* [C] 臉頰

* Before the wife bid farewell to her husband, she kissed him on his ***cheek***.
那位妻子在與她的丈夫道別前親吻他的臉頰。

5. **connect**　　　*vt.* 連接　同義 link
[kəˋnɛkt]　　　反義 disconnect

* After Tina ***connected*** her computer to the Internet,

174

she started to chat with her online friends.

Tina 將電腦連上網路後，就開始跟網友聊天。

connection　*n.* [C] 關聯，關係　同義 link
[kə`nɛkʃən]

* It is believed that there is a close *connection* between smoking and lung cancer.

一般相信，抽菸和肺癌有密切關聯。

6. **depth** [dɛpθ]　*n.* [U] 深度

* The swimming pool is two meters in *depth*.

這座游泳池深兩公尺。

7. **earn** [ɝn]　*vt.* 賺 (錢)

* After *earning* enough money, Lillian quits her job to fulfill her dream of traveling around the world.　在賺取足夠的錢後，Lillian 辭去她的工作以實現她環遊世界的夢想。

earnings　*n.* (*pl.*) 收入，工資
[`ɝnɪŋz]　　同義 salary, wage

* Though Noah graduated from a prestigious college, his monthly *earnings* are only NT$22,000.

雖然 Noah 從一所有聲譽的大學畢業，但他的月收入僅有新台幣 22K。

8. **fair**	*adj.* 公平的　反義 unfair ； *n.*
[fɛr]	[C] 展覽會

＊ Unwilling to accept the defeat, Justin said the competition was not *fair*.

Justin 不服輸，他表示那場競賽不公平。

9. **frustrate** [`frʌstret]	*vt.* 使受挫，使灰心

＊ It really *frustrated* Evelyn that her boss did not accept her proposal.

Evelyn 的老闆沒有接受她的提案，這使她很受挫。

10. **hopeful**	*adj.* 充滿希望的
[`hopfəl]	同義 positive　反義 hopeless

＊ Mrs. Jones is *hopeful* about her son's future; she believes that he will become a successful lawyer someday.　Jones 太太對她兒子的未來充滿希望；她相信他有朝一日會成為一位成功的律師。

11. **instruction**	*n.* (*pl.*) 指示，說明
[ɪn`strʌkʃən]	同義 directions

＊ Sam followed the *instructions* to install the program.　Sam 按照指示來安裝程式。

instruct [ɪn`strʌkt] *vt.* 指導，指示　同義 teach

＊ The chemistry teacher *instructed* the students in

the experiment. 這化學老師指導學生做實驗。

---

12. **leather** [ˋlɛðɚ] *n.* [U] 皮革

∗ The purse is made of genuine *leather*; therefore, it is very expensive.
那個包包是用真皮做的；因此，它非常昂貴。

---

13. **mat** [mæt] *n.* [C] 墊子

∗ Lynn put a *mat* in the doorway.
Lynn 在門口放了一塊墊子。

---

14. **nail** [nel] *n.* [C] 釘子；指甲

∗ Lola hung a landscape painting on a *nail* on the wall. Lola 在牆壁的釘子上掛了一幅風景畫。

---

15. **owl** [aʊl] *n.* [C] 貓頭鷹

∗ *Owls* are considered a symbol of wisdom in some cultures.
貓頭鷹在一些文化裡被認為是智慧的象徵。

---

16. **pipe** [paɪp] *n.* [C] 管子，輸送管 〔同義〕 tube

∗ There are some workers laying water *pipes* on the road. 有一些工人正在這條路上鋪設水管。

---

17. **prison** [ˋprɪzn̩] *n.* [C] 監獄 〔同義〕 jail

∗ The man was sent to *prison* for murdering a

---

woman.　這男子因為謀殺一名婦人而入獄。

prisoner [ˋprɪznɚ]　*n.* [C] 囚犯

* A *prisoner* serving a life sentence will be kept in prison for the rest of his or her life.
服無期徒刑的犯人將在牢裡度過下半輩子。

18. **rectangle** [ˋrɛktæŋɡl]　*n.* [C] 長方形，矩形

* A square is a *rectangle* with four equal sides.
正方形就是四邊等長的矩形。

19. **rubber** [ˋrʌbɚ]　*n.* [U] 橡膠

* Phoebe used a *rubber* band to tie her hair up.
Phoebe 用橡皮筋把頭髮綁起來。

20. **sheet** [ʃit]　*n.* [C] 床單

* Stacey has a habit of changing the *sheets* every weekend.　Stacey 有每個週末都換床單的習慣。

21. **sore** [sor]　*adj.* 疼痛的　同義 painful

* Ted caught a cold. He had a *sore* throat and a runny nose.　Ted 感冒了。他喉嚨痛又流鼻水。

22. **strict** [strɪkt]　*adj.* 嚴格的，嚴屬的

* Mrs. Robinson is very *strict* with her children about their academic performance.

Robinson 太太對她孩子的學業表現要求很嚴格。

23. **teenage** [ˈtinˌedʒ]   *adj.* 青少年的

* My *teenage* daughter likes to read romance novels.
我那正值青少年的女兒喜歡閱讀浪漫愛情小說。

teenager
[ˈtinˌedʒɚ]   *n.* [C] (13 到 19 歲之間的) 青少年

* Many *teenagers* have trouble communicating with their parents.
很多青少年跟父母的溝通產生問題。

24. **tug**
[tʌg]   *vi.* 拖，拉   同義 pull；*n.* [C] (*usu. sing.*) 猛拉

* Diana *tugged* at her father's sleeve to draw his attention.   Diana 拉爸爸的袖子以引起他的注意。

25. **weep** [wip]   *vi.* 哭泣，流淚   同義 cry

* Learning that he won first place in the contest, Jay *wept* for joy.
得知他在比賽中獲得第一名，Jay 喜極而泣。

Unit ▶ 32

1. **agreement** [əˈgrimənt]   *n.* [C] 協議，協定

* Since a peace *agreement* was reached, there has been no war between the two countries.
自從達成和平協定後，那兩國之間就再也沒有戰爭爆發。

2. bacon [ˋbekən] *n.* [U] 培根

* Eating too much *bacon* is bad for health and may increase the risk of cancer. 吃太多的培根有害健康，且可能會增加罹癌的風險。

3. buck [bʌk] *n.* [C] (美、澳等) 元 同義 dollar

* Sophie owes me fifty *bucks* and promises to pay me back tomorrow.
Sophie 欠我五十美元，並承諾明天會還我錢。

4. cheer
[tʃɪr]
vt. 鼓勵 同義 encourage ; *vi.* 歡呼

* Simon's good friends *cheered* him up when he was upset.
Simon 心情沮喪時，他的好友們鼓勵他振作起來。

cheerful
[ˋtʃɪrfəl]
adj. 開朗的，快樂的
同義 happy

* Susan tried to stay *cheerful* despite her illness.
儘管生病了，Susan 還是試著保持開朗。

5. **conscious**   *adj.* 意識到的　同義 aware；清
   [ˋkɑnʃəs]   醒的　反義 unconscious

* Hank was not *conscious* of how happy he had been until he lost his family.　直到 Hank 失去家人，他才意識到他以前有多幸福。

6. **describe** [dɪˋskraɪb]   *vt.* 描述，敘述

* The witness *described* what he saw at the scene of the crime to the police.
  目擊者向警方描述他在案發現場所看到的事物。

   description [dɪˋskrɪpʃən] *n.* [C][U] 描述，敘述

* The writer is well-known for her powers of *description*, which accounts for the success of her novels.　那位作家以她的描寫力著稱，這說明了她作品成功的原因。

7. **earthquake**   *n.* [C] 地震　同義 quake
   [ˋɝθ͵kwek]

* Despite rapid advances in science and technology, it is still difficult to accurately predict an *earthquake*.　儘管科學及科技快速進步，要準確預測地震的發生仍舊相當困難。

8. **faith** [feθ]   *n.* [U] 信念，信心　同義 belief

* With a series of corruption scandals revealed, the public has lost *faith* in the current government.
  隨著一連串的貪污醜聞被揭露，大眾對當前政府已失去信心。

---

9. fry [fraɪ]   *vt.*; *vi.* 炒，炸

* To make the dish, you have to *fry* the onions for about five minutes first.
  要做這道菜，你必須先將洋蔥炒五分鐘左右。

---

10. hero [ˋhɪro]   *n.* [C] 英雄

* The tennis players were welcomed like *heroes* when they arrived at the airport.
  這些網球選手抵達機場時，受到英雄般的歡迎。

heroine [ˋhɛroɪn]   *n.* [C] 女英雄

* The *heroine* of the story solved the problem with her quick wits.
  故事中的女英雄用機智解決了問題。

---

11. instrument [ˋɪnstrəmənt]   *n.* [C] 樂器

* It takes considerable practice to play a musical *instrument* well.
  樂器要彈奏得好需要大量的練習。

---

12. legal   *adj.* 合法的   反義 illegal ；法

[ˈligl̩]　　　　　　律的

* The *legal* age for buying cigarettes in Taiwan is 18 years old.　在台灣買菸的合法年齡是十八歲。

| 13. **match** [mætʃ] | *vt.* 與⋯相配，相稱；*n.* [C] (*sing.*) 相配之人或物 |

* The white shirt *matches* your skirt.
這件白襯衫跟你的裙子很配。

| 14. **naked** [ˈnekɪd] | *adj.* 裸體的
 同義 nude, undressed |

* *David* is a marble statue of a *naked* man created by the famous Renaissance artist Michelangelo.
大衛像是由著名的文藝復興時期藝術家米開朗基羅所創作的一尊裸體男子的大理石像。

| 15. **owner** [ˈonɚ] | *n.* [C] 所有人，物主 |

* The sports car is so beautiful that many people want to be the *owner* of it.　這部跑車如此漂亮，以致於許多人想成為它的主人。

ownership [ˈonɚʃɪp]　　*n.* [U] 所有權

* The *ownership* of the land has changed.
這片土地的所有權已經轉手了。

| 16. **pit** [pɪt] | *n.* [C] 坑洞　　同義 hole |

* Alfie kept using his smartphone while walking and fell into a *pit* on the road.
Alfie 邊走路邊使用手機，跌進了路上的坑洞裡。

| 17. private | *adj.* 私人的，個人的 |
| [ˋpraɪvɪt] | 同義 personal　反義 public |

* You cannot enter this *private* garden without permission.　沒有許可，你不能進入這個私人花園。

privacy [ˋpraɪvəsɪ]　*n.* [U] 隱私

* The singer was very angry with the reporter who invaded his *privacy*.　這位歌手對於那個侵犯他隱私的記者感到很生氣。

| 18. recycle [riˋsaɪkl̩] | *vt.*; *vi.* 回收利用 |

* To reduce the amount of garbage, many families in Taiwan nowadays are in the habit of *recycling*.
為了減少垃圾量，台灣現今有許多家庭養成回收的習慣。

| 19. rude [rud] | *adj.* 無禮的　同義 impolite |

* The politician's *rude* remarks about refugees outraged the public.
那位政客對於難民的粗魯言論激怒了大眾。

| 20. shelf [ʃɛlf] | *n.* [C] 架子 |

* Felix is so short that he cannot reach the book on the *shelf*. Felix 很矮以至於搆不到架子上的書。

21. sorrow [ˋsɑro]　n. [C][U] 悲傷　同義 sadness

* Learning that her boyfriend was dating another girl, Jennifer said the decision to break up with him is made more in *sorrow* than in anger.
因得知她的男朋友和其他女孩幽會，Jennifer 表示和他分手的決定有更多是出於悲痛而非憤怒。

22. strike [straɪk]　vt. 撞擊　同義 hit；n. [C] 罷工

* Mr. Wang's car was *struck* by a falling rock as he drove in the mountains.
王先生在山裡開車時，車子被落石擊中。

* Many bus drivers went on *strike* to protest against the low pay.　許多公車司機罷工抗議低工資。

23. temper [ˋtɛmpɚ]　n. [C][U] 壞脾氣

* Bill lost his *temper* when he found his son lied to him.
當 Bill 發現他兒子對他說謊時，他大發雷霆。

24. tumble [ˋtʌmbl]　vi. 跌倒，摔倒　同義 fall

* Teddy tripped over a wire and *tumbled* down.
Teddy 被一條電線絆倒並跌了一跤。

25. weigh [we]   *vt.* 重量有…

* The laptop *weighs* only 1 kg.
  這部筆記型電腦重量只有一公斤。

- -

weight [wet]   *n.* [U] 重量

* Samuel has lost some *weight* by jogging every day.
  Samuel 藉著每天慢跑已經減掉一些體重了。

Unit ▶ 33

1. agriculture [ˋægrɪ͵kʌltʃɚ]   *n.* [U] 農業

* The people in this country depend on *agriculture*
  for their living.   這個國家的人民依賴農業維生。

2. bacteria   *n.* (*pl.*) 細菌 (單數形為
   [bækˋtɪrɪə]   bacterium) 同義 germ

* Nancy got a cut on her finger, and she tried to
  keep it clean to prevent the growth of *bacteria*.
  Nancy 的手指割傷了，她試著讓傷口保持乾淨以
  防細菌滋生。

3. bucket [ˋbʌkɪt]   *n.* [C] 桶子，一桶 (的量)

* Before Logan left the camp, he put out the
  campfire with a *bucket* of water.
  在離開營地前，Logan 用一桶水澆熄了營火。

4. chemical [ˋkɛmɪkl̩]	adj. 化學的;n. [C] 化學製品

* The students were observing the *chemical* reaction in the bottle.
學生們觀察著瓶子裡的化學反應。

5. conservative [kənˋsɝvətɪv]	adj. 保守的,守舊的 反義 modern

* Some parents nowadays still adopt *conservative* attitudes to education.
現今有一些父母對於教育仍抱持著保守的態度。

6. desert [ˋdɛzɚt]	n. [C][U] 沙漠

* The Sahara is considered the largest hot *desert* in the world.
撒哈拉沙漠被認為是世界上最大的高溫荒漠。

desert [dɪˋzɝt]	vt. 拋棄,遺棄 同義 abandon, forsake

* Bethany has vowed that she will not trust any man since she was *deserted* by her husband.
自從被丈夫拋棄後,Bethany 便發誓再也不相信任何男人。

7. east [ist]	n. [U] (sing.) 東方 反義 west

* The sun rises in the *east* and sets in the west.
  太陽由東方升起，西方落下。

. . . .

eastern	*adj.* 東方的，東部的
[ˋɪstɚn]	反義 western

* Snow is falling heavily in the *eastern* part of the country.　這個國家的東部正在下大雪。

8. **fake**	*adj.* 偽造的　同義 false
[fek]	反義 real；*n.* [C] 贗品，假貨

* The illegal immigrant was arrested by the police for holding a *fake* passport.
  那名偷渡客因持有假的護照而遭到警方逮捕。

9. **function**	*vi.* 起⋯作用，具有⋯功能
[ˋfʌŋkʃən]	同義 serve；*n.* [C] 功能，作用

* Computers may not *function* well due to overheating.
  電腦可能會因為過熱而無法正常運作。

10. **hesitate** [ˋhɛzəˌtet]	*vi.* 猶豫，躊躇　同義 pause

* Don't *hesitate* to bring up any questions you might have.　你若有任何問題就儘管提出來。

11. **internal**	*adj.* 內部的　同義 inner
[ɪnˋtɝnḷ]	反義 external

* The company will conduct an *internal* investigation into the affair.
公司會對這件事進行內部調查。

---

12. **leisure** [ˋliʒɚ]   *n.* [U] 空閒，閒暇

* Robert likes to engage in some *leisure* activities on weekends, such as fishing and cycling.
Robert 喜歡在週末從事一些休閒活動，像是釣魚和騎單車。

---

13. **mate** [met]   *n.* [C] 伴侶，配偶

* A male bird sings and dances to attract a *mate*.
雄鳥唱歌和跳舞來吸引雌鳥。

---

14. **nap** [næp]   *n.* [C] 小睡，打盹

* Troy usually takes a short *nap* after lunch.
Troy 通常在午餐後小睡片刻。

---

15. **ox** [ɑks]   *n.* [C] (閹過的) 公牛 (複數形為 oxen)

* The farmer kept several *oxen* to plow the fields.
這位農夫養了幾隻牛來耕田。

---

16. **pitch** [pɪtʃ]   *vt.* (瞄準後) 丟擲   同義 throw

* Shelly *pitched* the ball to her teammate.
Shelly 把球投給隊友。

pitcher [ˋpɪtʃɚ] *n.* [C] 投手

* Ben will be the starting *pitcher* in the baseball game tomorrow.
Ben 是明天棒球比賽的先發投手。

17. **prize** [praɪz]　　　*n.* [C] 獎品，獎賞　同義 award

* Though Christine didn't win first *prize* in the speech contest, she has gained valuable experience.　雖然 Christine 沒能在演講比賽贏得第一名，但她獲得了寶貴的經驗。

18. **reduce**　　　　*vt.* 減少，降低　同義 decrease
[rɪˋdus]　　　　反義 increase

* Healthy diets help *reduce* the risk of cancer.
健康的飲食有助於降低罹癌的風險。

19. **rug** [rʌg]　　　*n.* [C] 小地毯　同義 mat

* Janet places a *rug* in front of the bathroom.
Janet 在浴室前擺了個地墊。

20. **shell** [ʃɛl]　　　*n.* [C] 殼，貝殼

* In ancient China, *shells* were once used as currency.　在中國古代，貝殼曾被當作貨幣使用。

21. **sort**　　　　*vt.* 將…分類　同義 categorize,
[sɔrt]　　　　classify；*n.* [C] 類型，種類

|同義| type, kind

* Tony *sorted* the garbage into plastic, paper, and glass.　Tony 將垃圾分類為塑膠、紙類和玻璃。

---

22. **string** [strɪŋ]　*n.* [U][C] 線，細繩

* Before Amy took out the pile of paper, she tied it with a piece of *string*.　在把那疊紙拿出去之前，Amy 用一條細繩把它綁好。

---

23. **temperature**　*n.* [C][U] 氣溫，溫度
[ˋtɛmprətʃɚ]

* In winter, the *temperature* in the mountains at night could drop below 0°C.
冬天時，山上夜晚的溫度可能會降到零度以下。

---

24. **tummy** [ˋtʌmɪ]　*n.* [C] 肚子，胃　|同義| stomach

* The little girl cried because of a *tummy* ache.
這小女孩因為肚子痛而哭泣。

---

25. **welfare** [ˋwɛl͵fɛr]　*n.* [U] 福利，福祉

* The company's new policies aim to improve the *welfare* of all employees.
那間公司的新政策旨在增進所有員工的福利。

Unit ▶ 34

1. aid [ed]	n. [U] 幫助　同義 assistance, help；vt. 援助　同義 assist, help

* As soon as Lucas saw an old lady carrying several bags of groceries, he came to her *aid*.　一看見老婦人提著好幾袋雜貨，Lucas 就上前幫她。

2. baggage [ˋbægɪdʒ]	n. [U] 行李　同義 luggage

* Josh arrived at the airport two hours before boarding to check his *baggage*.
Josh 在登機前兩個小時抵達機場以檢查行李。

3. bud [bʌd]	n. [C] 花苞，嫩芽

* The roses in the garden came into *bud* in spring.
花園裡的玫瑰在春天長出花苞。

4. chess [tʃɛs]	n. [U] 西洋棋

* Carrie is good at playing *chess*.
Carrie 擅長下西洋棋。

5. consider [kənˋsɪdɚ]	vt. 認為　同義 think；考慮

* Zoe *considered* the smartphone a good choice because it is useful and doesn't cost much.
Zoe 認為那款智慧型手機是個好選擇，因為它既實用且不會太昂貴。

consideration   *n.* [U] 考慮，斟酌
[kənˌsɪdəˋreʃən]

* After serious *consideration*, Teresa decided to quit the current job.

在審慎考慮後，Teresa 決定辭去當前的工作。

6. **deserve** [dɪˋzɝv]   *vt.* 應得，應受到 (獎賞或懲罰)

* No one had sympathy for the murderer, who *deserved* the punishment he received.

沒有人同情那位殺人兇手，他罪有應得。

7. **echo** [ˋɛko]   *vi.* 發出回聲；*n.* [C] 回聲

* When the concert began, beautiful music *echoed* through the auditorium.

當演奏會開始時，優美的音樂在禮堂中回響。

8. **familiar** [fəˋmɪljɚ]   *adj.* 熟悉的 反義 unfamiliar

* Julia spent her childhood in this area, so she is quite *familiar* with the neighborhood.

因為 Julia 在這個地區度過童年時光，所以她對鄰近一帶相當熟悉。

9. **fund** [fʌnd]   *n.* [C] 資金，專款；*vt.* 資助

* Erica's parents have set up a *fund* for her education.   Erica 的父母為她設立一個教育基金。

10. **highway** [ˋhaɪ͵we] *n.* [C] 公路，幹道

* As soon as Ben's car broke down on the ***highway***, he called his friend for help. Ben 的車子一在公路上拋錨後，他就馬上打電話跟朋友求助。

11. **international** *adj.* 國際的 反義 domestic
[͵ɪntəˋnæʃn̩l]

* The Kyoto Protocol is an ***international*** agreement on the reduction of greenhouse gas emissions.
《京都議定書》是一份旨在減少溫室氣體排放物的國際協議。

12. **lemonade** [͵lɛmənˋed] *n.* [U] 檸檬水

* I am very thirsty now. Could I have a glass of ***lemonade***? 我現在很渴，可以來杯檸檬水嗎？

13. **material** *n.* [C][U] 材料，原料；*adj.* 物
[məˋtɪrɪəl] 質上的 反義 spiritual

* Glass, concrete, and steel are all building ***materials***. 玻璃、混凝土和鋼鐵都是建築材料。

14. **napkin** [ˋnæpkɪn] *n.* [C] (布或紙質的) 餐巾

* After finishing his breakfast, Gary wiped his mouth with a ***napkin***.
吃完早餐後，Gary 用餐巾擦嘴。

| 15. pack | *n.* [C] 小包，小袋　同義 |
| [pæk] | packet；*vt.*; *vi.* 打包 |

* Leo used to eat *packs* of candy every day.
　Leo 以前一天都吃好幾包糖果。

| 16. pity | *n.* [U] (*sing.*) 可惜，遺憾；[U] |
| [ˋpɪtɪ] | 同情，憐憫 |

* Dexter arrived at the party late; it was a *pity* that
　he missed an amazing magic show.
　Dexter 很晚才到達派對；真是可惜，他錯過了一
　場精彩的魔術秀。

| 17. probable | *adj.* 可能發生的，很有可能的 |
| [ˋprɑbəbl] | 同義 likely, possible |

* It is highly *probable* that a war will break out
　between the two countries.
　那兩國之間非常有可能爆發戰爭。

| probably | *adv.* 很可能　同義 possibly |
| [ˋprɑbəblɪ] | |

* Liam went out and slammed the door; he
　probably hit the roof.
　Liam 走出去並大力甩門；他很可能氣炸了。

| 18. refer [rɪˋfɝ] | *vi.* 提到，談到　同義 mention |

* Mr. Owen always *refers* to his daughter whenever chatting with his friends and relatives.
Owen 先生每當和親友聊天時總是會提及他的女兒。

---

19. **ruler** [ˋrulɚ]   *n.* [C] 統治者；直尺

* The king is the *ruler* of the kingdom.
國王是這王國的統治者。

---

20. **shepherd** [ˋʃɛpɚd] *n.* [C] 牧羊人

* The *shepherd* led a flock of sheep to the river.
牧羊人領著一群羊到河邊。

---

21. **soul** [sol]   *n.* [C] 靈魂 同義 spirit

* It is said that the *soul* of an old man wanders all over the deserted house.
據說一位老人的靈魂在那棟廢棄的屋裡徘徊著。

---

22. **strip** [strɪp]   *vi.* 脫去衣服；*n.* [C] 條狀物

* The boys *stripped* off and lay on the beach.
男孩們脫掉衣服躺在沙灘上。

---

23. **temple** [ˋtɛmpl] *n.* [C] 寺廟

* Many people would visit the *temples* to pray for good luck during the Lunar New Year.
許多人會在過年期間到廟裡祈求好運。

24. tune [tun]　　　　　　*n.* [C] 曲子　同義 melody

* When Lora walked into the restaurant, she heard a familiar *tune*.

當 Lora 走進餐廳時，她聽到熟悉的曲調。

25. west [wɛst]　　　　　*n.* [U] 西方，西邊　反義 east

* The wind is blowing from the *west*.

風從西邊吹來。

western

[ˋwɛstɚn]

adj. 西方的，西部的

反義 eastern

* France is a country in *Western* Europe.

法國是西歐的國家。

Unit ▶ 35

1. aim

[em]

n. [C] 目的　同義 purpose,

goal；*vi.* 瞄準　同義 target

* The *aim* of the course is to teach students how to write.　這堂課的目的是教導學生如何寫作。

* The hunter *aimed* at the deer and fired his gun.

獵人瞄準鹿後就開槍。

2. bake [bek]　　　　　*vt.* 烘，烤

* Shelly *baked* some cookies in the oven.

Shelly 在烤箱裡烤一些餅乾。

- -

bakery [ˋbekərɪ]　　*n.* [C] 麵包店

* The **bakery** around the corner sells delicious bread.　轉角那家麵包店賣的麵包很好吃。

---

3. **budget** [ˋbʌdʒɪt]　　*n.* [U][C] 預算

* Catherin bought a smartphone within **budget**; that is, she did not spend more money than she had planned.　Catherin 在預算內買了一支智慧型手機；也就是說，她沒有花費超出計畫的錢。

---

4. **chest** [tʃɛst]　　*n.* [C] 胸部，胸腔

* The doctor asked Kelvin to take a **chest** X-ray to see if he developed lung cancer.　醫生要 Kelvin 拍一張胸部 X 光照來看是否罹患肺癌。

---

5. **consist** [kənˋsɪst]　　*vi.* 由⋯組成　同表 compose (用於被動語態時)

* Water **consists** of hydrogen and oxygen.
水是由氫和氧所組成。

---

6. **design** [dɪˋzaɪn]　　*n.* [C][U] 設計；*vt.* 設計

* The **design** of the windows brings more light to the house.　這些窗戶的設計為房子引進更多光線。

designer [dɪˋzaɪnɚ]　　*n.* [C] 設計師

* Coco Chanel has been one of the most famous *designers* in history.
可可・香奈兒是史上最有名的設計師之一。

7. **economy** [ɪˋkɑnəmɪ]　*n.* [C] 經濟

* Many people have lost their jobs because of the weakening *economy*.
許多人因為逐漸衰弱的經濟而失業。

economic [͵ikəˋnɑmɪk]　*adj.* 經濟 (上) 的

* *Economic* problems are very serious in this country and businesses are shutting down one after another.　這個國家的經濟問題非常嚴重，因此公司一間接一間倒閉。

8. **fantastic**　　　*adj.* 極好的，吸引人的
[fænˋtæstɪk]　　同義 excellent, wonderful

* Olivia had a *fantastic* time traveling in Japan; the culture and scenery there impressed her a lot.
Olivia 在日本旅行的時光非常棒。那裡的文化和風景令她印象相當深刻。

9. **fur** [fɝ]　　　*n.* [U] 毛皮

* Many kinds of animals, such as deer, wolves, and

foxes, are hunted by humans for their *fur*.
許多種動物，像是鹿、狼、以及狐狸等，會因人類為了獲取牠們的毛皮而被狩獵。

| 10. hike [haɪk] | *vi.*; *vt.* 徒步旅行，遠足 |

* The students will go *hiking* this Saturday.
學生們這個星期六要去遠足。

| 11. Internet ['ɪntɚ·nɛt] | *n.* [U] (the～) 網際網路 同表 Net |

* Nowadays, there are more and more people choosing *Internet* shopping, which they think can save a lot of time.　現今有越來越多人選擇網路購物，他們認為這可以節省很多時間。

| 12. length [lɛŋθ] | *n.* [U] 長度 |

* The rope is 50 meters in *length*.
這繩子長五十公尺。

| lengthen ['lɛŋθən] | *vt.* 使加長，使延長 反義 shorten |

* Alison wants to *lengthen* her pants because they are too short for her right now.　Alison 想要加長她的褲子，因為現在對她來說太短了。

| 13. murmur | *n.* [C] 低語；*vt.*; *vi.* 小聲說 |

[ˋmɝmɚ]　　同義 whisper

* Matilda answered in a *murmur*, so nobody heard it clearly.
  Matilda 低聲回答，所以沒有人聽得清楚。

14. nightmare [ˋnaɪtˏmɛr]　*n.* [C] 惡夢，夢魘	

* Last night, Isaac suffered a *nightmare* about being chased by a zombie.
  昨晚 Isaac 做了一個被殭屍追逐的惡夢。

15. pad [pæd]　　*n.* [C] 護墊，軟墊	

* Luke always wears *pads* to protect his knees before going jogging.
  Luke 在慢跑前總是會戴上護墊以保護膝蓋。

16. plain [plen]	*adj.* 清楚的　同義 clear, obvious；簡單的　同義 simple

* Mr. Wu made it *plain* that he would not quit his job.　吳先生清楚地表示他不會辭職。

17. process [ˋprɑsɛs]	*n.* [C] 過程　同義 procedure； *vt.* 加工

* Mastering a foreign language is a slow *process* that requires a lot of time and effort.　精通外國語言是一個需要大時間及精力的緩慢過程。

18. **reflect** [rɪ`flɛkt]   *vt.* 反射 (光、聲或影像等)

* The fisherman couldn't open his eyes because the
  sea *reflected* the bright sunlight.
  漁夫因為海洋反射的強烈陽光而無法張開眼睛。

reflection [rɪ`flɛkʃən]	*n.* [C] (鏡子等反射出來的) 影像

* I enjoy looking at the *reflections* of the trees in
  the lake.   我喜歡看湖裡樹的倒影。

19. **rumor** [`rumɚ] *n.* [U][C] 謠言，謠傳

* *Rumor* has it that the large company has been on
  the verge of bankruptcy due to high-risk investment.
  謠傳那間大公司因為高風險的投資而已瀕臨破產。

20. **shine** [ʃaɪn]   *vi.* 發光

* Venus always *shines* brightly in the night sky;
  one can see it clearly with the naked eye.
  金星在夜空中總是明亮地閃耀著 ； 一個人用肉眼
  就可以看得清楚。

shiny [`ʃaɪnɪ]	*adj.* 發亮的，閃光的

* Since Jefferson met Viola for the first time, he
  had been attracted by her lovely face, sweet
  voice, and long *shiny* black hair.

Jefferson 自從和 Viola 第一次見面後就被她可愛的臉蛋、甜蜜的聲音、以及烏黑亮麗的長髮吸引。

21. **sour** [saʊr]　　　　　*adj*. 酸的，酸味的

* Generally speaking, people do not eat a lemon directly because it tastes too *sour*.

一般而言，人們並不會直接食用檸檬，因為它嚐起來太酸了。

22. **structure**　　　　*n*. [U][C] 結構，構造；[C] 建築
['strʌktʃɚ]　　　　　物　同義 building

* The students will study the *structure* of the human body this semester.

這個學期學生要研讀人體的構造。

23. **temporary**　　　　*adj*. 暫時的，短暫的
['tɛmpə,rɛrɪ]　　　　反義 permanent

* Because the family's house collapsed during the earthquake, they had no choice but to move into *temporary* accommodation.

因為那一家人的房子在地震中倒塌了，所以他們不得不搬進臨時住所。

24. **tunnel** ['tʌnl̩]　　*n*. [C] 隧道

* The Channel *Tunnel* is built under the sea and

connects England and France.

英法海底隧道建於海底，連接了英法兩國。

| 25. **whatever** [hwɑt`ɛvə] | *conj.* 無論什麼；*pron.* 任何…的事物 |

* ***Whatever*** you say, I won't believe you.

無論你說什麼，我都不會相信你。

* Teamwork is very important; you cannot just do ***whatever*** you like.

團隊合作很重要，你不能只是做自己喜歡的事。

Unit ▶ 36

| 1. **air conditioner** [`ɛr kən,dɪʃənə] | *n.* [C] 空調，冷氣機 |

* Cathy switched on the ***air conditioner*** to maintain normal room temperature.

Cathy 打開空調以維持正常的室溫。

| 2. **balance** [`bæləns] | *n.* [U] 平衡；*vt.*; *vi.* (使) 保持平衡 |

* Paul lost his ***balance*** and fell down the stairs.

Paul 失去平衡而跌下樓梯。

| 3. **buffet** [bə`fe] | *n.* [C] 歐式自助餐 |

* The all-you-can-eat *buffet* is famous for its unique cuisine.
  那間吃到飽的歐式自助餐以獨特的料理聞名。

4. chew [tʃu]	*vt.* 咀嚼	

* *Chewing* betel nuts is harmful to health and able to cause cancer.　嚼食檳榔有害健康且會致癌。

5. constant [ˋkɑnstənt]	*adj.* 不斷的，時常的 同義 continual	

* Trevor couldn't stand the *constant* noise from his neighbor any more.
  Trevor 再也無法忍受來自鄰居的持續噪音了。

6. desire [dɪˋzaɪr]	*n.* [C][U] 欲望；*vt.* 渴望，想要 同義 want	

* The king showed a strong *desire* for power.
  那位國王展現了他對權力的強烈欲望。

7. edit [ˋɛdɪt]	*vt.* 編輯	

* Sally spent a lot of time *editing* the file for her boss.　Sally 花很多時間替她老板編輯這份文件。

edition [ɪˋdɪʃən]　　*n.* [C] 版本

* The second *edition* of this book has revised several mistakes.

這本書的第二版修正了一些錯誤。

- -

editor [`ɛdɪtə-] *n.* [C] 編輯

* Bruce is the *editor* of the newspaper.

Bruce 是這份報紙的編輯。

8. **fancy** [`fænsɪ] *adj.* 昂貴的 同義 expensive

* Yesterday was Mr. and Mrs. Blake's wedding anniversary, and they dined at a *fancy* restaurant.

昨天是 Blake 夫婦的結婚週年紀念日，他們在一間高級餐廳共進晚餐。

9. **furniture** [`fɝnɪtʃə-] *n.* [U] 家具

* The old house has been deserted for years, and every piece of *furniture* was covered with dust.

這間老房子已被廢置多年，每件家具都佈滿了灰塵。

10. **hint** [hɪnt] *n.* [C] 提示 同義 clue

* Doris solved all the riddles without any *hint*.

Doris 在沒有任何提示的情況下解開了所有的謎題。

11. **interrupt** [ˌɪntə-`rʌpt] *vt.* 打斷，阻礙

* The marathon was *interrupted* by a sudden heavy rain.

馬拉松大賽因一場突如其來的大雨而中斷。

12. **lens** [lɛnz] *n.* [C] 鏡片 (複數形為 lenses)

* Wearing contact *lenses* for too long may cause
harm to eyes.
太長時間配戴隱形眼鏡可能會對眼睛造成傷害。

13. **matter** [`mætɚ] *vi.* 重要；*n.* [C] 事情

* It doesn't *matter* to me whether Roger believes
me or not.　Roger 是否信我對我來說並不重要。

14. **nation** [`neʃən] *n.* [C] 國家　同義 country

* Germany is one of the leading industrial *nations*
in the world.　德國是世上主要的工業國家之一。

national [`næʃənl] *adj.* 國家的，全國的

* The problem of food safety attracts *national*
attention.　食品安全的問題引起全國關注。

15. **pain**　　　　*n.* [U][C] 疼痛，痛苦
[pen]　　　同義 ache, suffering

* Take the pills if you are in *pain*.
覺得痛的話，就服下這些藥。

painful [`penfəl]　*adj.* 痛苦的　反義 painless

* It is *painful* for Jessie to talk about the car

accident. 談論那場車禍對 Jessie 來說很痛苦。

16. **planet** [ˈplænɪt] *n.* [C] 行星

* Scientists are trying to discover more *planets* on which there might be life outside the solar system. 科學家正試著發現更多太陽系外可能有生命存在的行星。

17. **produce** [prəˈdjus] *vt.* 製造，生產

* The factory is known for *producing* cat food. 這家工廠以生產貓食聞名。

18. **refrigerator** [rɪˈfrɪdʒəˌretə] *n.* [C] 冰箱　同義 fridge

* Lucas put the milk in the *refrigerator* to keep it fresh. Lucas 把牛奶放到冰箱保鮮。

19. **rush** [rʌʃ] *vi.* 急速行進；*n.* [U] (*sing.*) 匆忙　同義 hurry

* Joyce *rushed* to the hospital as soon as she got the phone call. Joyce 一接到電話就匆忙趕去醫院。

20. **ship** [ʃɪp] *n.* [C] 大船；*vt.* 用船運送

* The tourists went to the island by *ship*. 遊客們搭船前往那座島嶼。

21. source [sors]	*n.* [C] 來源，出處

* Carrots are a good *source* of vitamin A.
胡蘿蔔是一個良好的維生素 A 來源。

22. struggle ['strʌgl]	*vi.* 奮鬥；*n.* [C] 奮戰
	同義 fight

* The patient has been *struggling* with cancer for more than two years.
這位病患兩年多來一直在跟癌症對抗。

23. tend [tɛnd]	*vi.* 傾向，往往會

* Richard *tends* to get nervous when talking to girls.　Richard 和女生說話時會緊張。

24. tutor ['tutɚ]	*n.* [C] 家教

* Since Mr. Kent will have a business trip to Japan next month, he intends to hire a private *tutor* to teach him Japanese.　由於 Kent 先生下個月要到日本出差，他打算雇用一位私人家教來教他日文。

25. wheat [hwit]	*n.* [U] 小麥

* People in this area live mainly on *wheat*.
這個地區的人們多以小麥為生。

Unit ▶ **37**

1. **aircraft**
[`ɛr͵kræft]
n. [C] 飛機，航空器 (單複數同形)

* This model of **aircraft** is designed to carry goods. 這個型號的飛機是設計來載運貨物的。

2. **balcony** [`bælkənɪ] n. [C] 陽臺

* Ethan stood on the **balcony** of his hotel room, enjoying the magnificent sea view. Ethan 站在旅館房間的陽臺上，欣賞著壯麗的海景。

3. **bug**
[bʌg]
n. [C] 昆蟲 同義 insect；(電腦程式上的) 錯誤 同義 error

* Jerry was bitten by a **bug** when he went camping. Jerry 去露營時被蟲咬了。

4. **commit** [kə`mɪt] vt. 犯 (罪行、錯誤)

* The two young men were accused of **committing** several frauds.
那兩位年輕人被指控犯下幾起詐欺案件。

5. **construct**
[kən`strʌkt]
vt. 建造，建築
同義 build

* The government planned to **construct** a bridge across this river.
政府計劃要在這條河上蓋一座橋。

construction [kən`strʌkʃən]   *n.* [U] 建造

* The *construction* of the factory provides many jobs for the local people.
  這座工廠的建造為當地人提供了很多工作機會。

6. **dessert** [dɪ`zɝt] *n.* [U][C] 甜點

* After the guests finished the meal, brownies were served for *dessert*.
  當客人用完餐後，布朗尼蛋糕作為點心端上桌。

7. **educate** [`ɛdʒə,ket]   *vt.* 教導   同義 teach

* Teenagers need to be *educated* about the importance of healthy diets.
  青少年需要被教導健康飲食的重要性。

education [,ɛdʒə`keʃən]   *n.* [U] (*sing.*) 教育

* Most students choose to receive a college *education* after senior high school.
  大部分學生在念完高中後都選擇接受大學教育。

8. **fare** [fɛr]   *n.* [C] 票價   同義 price

* According to the bus company, the elderly can travel at half *fare*.
  那間客運公司指出，年長者乘車可享半價優惠。

9. **gain**   *vt.* 獲得   同義 get, obtain

| [gen] | 反義 lose；*n.* [C] 增加，提高 |
| | 同義 increase 反義 loss |

* To *gain* work experience, Jonathan took several part-time jobs while he was in college. 為了獲得工作經驗，Jonathan 在大學時接了好幾個打工。

| 10. hip [hɪp] | *n.* [C] 臀部 同義 butt, buttocks |

* As Gina tried on the pants, she found out that they were too tight around the *hips*.
Gina 試穿這件褲子時，發現臀部的地方太緊了。

| 11. interview | *n.* [C] 面試，面談；*vt.* 進行面 |
| [ˋɪntə͵vju] | 試 |

* Leo will go for an *interview* for a teaching job next week. Leo 下星期要去一場教職工作的面試。

| 12. lettuce [ˋlɛtɪs] | *n.* [U][C] 萵苣，生菜 |

* Alex's mom asked him to buy some *lettuce* for salad in the supermarket.
Alex 的媽媽要他去超市買一些做沙拉的生菜。

| 13. mature | *adj.* 成熟的 同義 grown-up |
| [məˋtjʊr] | 反義 childish, immature |

* After a year of living abroad, Joseph became a more *mature* and independent person. 在國外生

活一年後，Joseph 變成一個更成熟且獨立的人。

14. **native** [`netɪv]	*adj.* 出生地的，當地的 同義 local 反義 foreign；*n.* [C] 本地 人 同義 local 反義 foreigner

* Peter's **native** language is French, but he is also good at English.

Peter 的母語是法文，不過他的英文也很好。

15. **paint** [pent]   *vt.* 刷油漆

* Mr. Wang **painted** the wall light green.

王先生把這面牆漆成淡綠色。

painting [`pentɪŋ]   *n.* [C] 畫

* Liam bought a **painting** and hung it in the living room.   Liam 買了一幅畫並將它掛在客廳裡。

16. **plastic** [`plæstɪk]   *adj.* 塑膠製的；*n.* [U][C] 塑膠

* We should bring our own shopping bags instead of using **plastic** ones.

我們應該自備購物袋，而不要用塑膠袋。

17. **professional** [prə`fɛʃənl]	*adj.* 專業的；*n.* [C] 專業人士， 專家 同義 expert

* It is important to ask for **professional** advice before opening a store.

在開店前徵詢專業的意見是很重要的。

| profession | n. [C] 職業,專業 |
| [prə`fɛʃən] | 同義 occupation |

＊ Carl chose law as a *profession* after graduation.
Carl 在畢業之後選擇法律作為職業。

| 18. refuse | vi. 拒絕　同義 reject |
| [rɪ`fjuz] | 反義 accept |

＊ The media knows little about the case so far
because the police *refuse* to make any comments
about it before they hold vital clues.
媒體截至目前為止對於那起案件所知甚少,因為
警方在掌握重要線索前拒絕發表任何評論。

| 19. rust [rʌst] | n. [U] 銹,鐵銹;vi. 生銹 |

＊ The truck is old and covered with *rust*.
這輛卡車很老了,而且佈滿了銹。

| rusty [`rʌstɪ] | adj. 生銹的 |

＊ Since the box had gone *rusty*, Sandy threw it away.
因為這盒子已經生銹了,Sandy 就把它扔了。

| 20. shiver | vi. 顫抖,發抖　同義 quiver, |
| [`ʃɪvɚ] | tremble;n. [C] 顫抖 |

＊ When Monica saw a big cockroach flying

towards her, she screamed and *shivered* with fear.
當 Monica 看到一隻大蟑螂朝著她飛來，她害怕地
尖叫發抖。

21. **south**	*n.* [U] (*sing.*) (the～) 南方，南
[sauθ]	邊 反義 north

* According to the map, the town is in the *south*.
根據地圖，這個鎮在南邊。

- -

southern [`sʌðən] *adj.* 南方的 反義 northern

* A lot of rice is grown in the *southern* part of
China. 中國的南方種植了很多稻米。

22. **stubborn** [`stʌbən] *adj.* 固執的

* The old man is so *stubborn* that no one can
change his mind. 那位老人是如此的固執，以至
於沒有人可以改變他的心意。

23. **tender** [`tɛndə] *adj.* 溫柔的 同義 gentle

* The teacher comforted her student in a *tender*
voice, hoping that he could rebuild confidence.
老師以輕柔的語氣安慰著她的學生，希望他能重
建信心。

24. **terror** [`tɛrə] *n.* [U] 驚恐，恐懼 同義 horror

* On hearing the alarm bell go off, everyone in the

movie theater ran out in **terror**. 一聽到警鈴響
起，電影院裡的每個人都驚恐地跑了出去。

25. **wheel** [hwil]   *n.* [C] 車輪

＊ The office chair has six small **wheels** underneath;
they enable a user to move it at will.
那張辦公椅底下有六個小輪子 ; 它們讓使用者可
以隨意移動。

Unit ▶ 38

1. **airline** [ˈɛr͵laɪn]   *n.* [C] 航空公司

＊ The **airline** violently dragged a passenger off a
plane, which caused public outrage.　那家航空公
司暴力地將一位乘客拖下飛機，引發了眾怒。

2. **bamboo** [bæmˈbu] *n.* [C][U] 竹子

＊ Pandas feed on **bamboo**.　貓熊以竹子為主食。

3. **bulb** [bʌlb]   *n.* [C] 燈泡

＊ Could you change the **bulb** for me?
你可以幫我換一下燈泡嗎？

4. **chief**　　　　　*adj.* 首要的　同義 main, major；
[tʃif]　　　　　*n.* [C] 領導人　同義 leader

＊ Henry took several part-time jobs, which are his

family's *chief* source of income.　Henry 兼了許
多份職，是他的家庭主要的收入來源。

5. consumer　　　　*n.* [C] 消費者　反義 producer
   [kən`sumə]

* The store planned to expand the range of its
  merchandise to respond to growing *consumer*
  demand.　那家店計畫擴展商品的種類以因應不
  斷成長的消費者需求。

  consume [kən`sum]　*vt.* 消耗，耗費

* Adopting solar power technology, the car is
  claimed to *consume* less fuel.
  那款車採用太陽能科技並據稱消耗較少的燃料。

6. destroy [dɪ`strɔɪ]　　*vt.* 毀壞　同義 ruin, damage

* The typhoon *destroyed* most crops in this area.
  颱風毀壞了這個地區大部分的農作物。

7. effect　　　　　　*n.* [C][U] 結果，影響
   [ə`fɛkt]　　　　　　同義 influence, impact

* What Harry said has had a great *effect* on his son.
  Harry 說的話對他的兒子影響很大。

  effective　　　　　*adj.* 有效的　反義 ineffective
  [ə`fɛktɪv]

* It is said that the new medicine is highly *effective*
against flu.　據說新的藥對抗流感非常有效。

8. fashion [ˋfæʃən]　　*n.* [U][C] 流行，時尚

* Rita never follows *fashion*; she thinks it is
foolish to keep up with the latest trends.　Rita 從
未跟隨流行；她認為與最新潮流並進是愚蠢的。

| fashionable | *adj.* 流行的，時髦的 |
| [ˋfæʃənəbl̩] | 反義 unfashionable |

* Matilda always likes to wear *fashionable* clothes
to attract other's attention.　Matilda 總是喜歡穿
著時髦的衣服來吸引別人的目光。

9. gamble [ˋgæmbl̩]　　*vi.* 賭博　同義 bet

* *Gambling* on baseball games is Tim's hobby.
在棒球賽下注是 Tim 的嗜好。

| 10. horizon | *n.* (*sing.*) (the～) 地平線，水平 |
| [həˋraɪzn̩] | 線 |

* It is romantic to watch the sun sink below the
horizon by the sea.
在海邊看著太陽落入地平線很浪漫。

11. introduce [ˌɪntrəˋdjus]　*vt.* 介紹

* Before the speaker delivered the speech, he

briefly *introduced* himself to the audience.

在那位演說者開始演講前， 他向聽眾簡短地介紹自己。

- - - - - - - - - -

introduction *n.* [C] (*usu. pl.*) 介紹
[ˌɪntrə`dʌkʃən]

* Since Margret forwarded a letter of *introduction* from her college professor, she successfully obtained the position in the company.

由於 Margret 提出一封她大學教授的介紹信， 她因此成功取得該公司的職位。

12. **level** [`lɛvl]　　*n.* [C] 程度　同義 degree

* The novel is written in simple English and suitable for readers at a basic English *level*.

那本小說是用簡單的英文所寫成， 適合基礎英文程度的讀者。

13. **maximize**　　　*vt.* 使最大化　反義 minimize
[`mæksəˌmaɪz]

* The factory bought new machines to *maximize* efficiency.

這座工廠買了新的機器，以讓效率最大化。

14. **nature** [`netʃɚ]　　*n.* [U] 自然

✻ Joanna was deeply attracted by the beauty of *nature*.　Joanna 被大自然的美麗深深吸引。

---

natural　　　　*adj.* 自然的，天然的
[`nætʃərəl]　　　　反義 artificial

✻ Russia is a nation with rich *natural* resources.
俄羅斯是個孕育豐富自然資源的國家。

---

15. **pajamas** [pə`dʒæməz]　*n.* (*pl.*) 睡衣褲

✻ The kids put on their *pajamas* and got ready for bed.　孩子們穿上睡衣準備上床睡覺。

---

16. **plate** [plet]　　*n.* [C] 盤子

✻ Steve put the fork on the *plate* after the meal.
用完餐後，Steve 把叉子放到盤子上。

---

17. **profit** [`prɑfɪt]　　*n.* [C][U] 利潤　反義 loss

✻ The company made a huge *profit* from its latest products.
那間公司藉著它的最新產品賺取大量的利潤。

---

18. **rage** [redʒ]　　*n.* [C][U] 盛怒　同義 fury

✻ The customer was deeply dissatisfied with the server's attitude and shouted at him with *rage*.
那位顧客對該服務生的態度相當不滿，並氣得對著他咆哮。

19. regard [rɪˋgɑrd]	*n.* [U] 尊敬　同義 respect； *vt.* 認為，視為　同義 consider

* Albert Einstein is held in high *regard* by many scientists.　很多科學家非常敬重愛因斯坦。
* Although I *regarded* Tina as my best friend, she lied to me.　雖然我把 Tina 視為我最好的朋友，但她卻欺騙我。

20. shock [ʃɑk]	*vt.* 使震驚；*n.* [U] (*sing.*) 震驚

* The terrorist attack that had happened in France *shocked* the world; many countries fiercely condemned it.　那起發生在法國的恐怖攻擊震驚了全世界；許多國家都予以強烈譴責。

21. soy [sɔɪ]	*n.* [U] 大豆

* For vegetarians, *soy* milk is a good source of protein.
對素食者來說，豆漿是一個良好的蛋白質來源。

22. studio [ˋstjudɪˏo]	*n.* [C] 錄音室，播音室

* The singer is recording her new songs in the *studio*.　那位歌手正在錄音室裡錄製她的新歌。

23. tragic [ˋtrædʒɪk]	*adj.* 悲慘的，不幸的

* This movie ends with the *tragic* death of the

leading actor.

這部電影以男主角的悲慘死亡做結局。

- -

tragedy [ˈtrædʒədɪ] *n.* [C][U] 悲劇，慘案

* It is a *tragedy* to see thousands of people die from hunger.

看到好幾千人死於飢餓是一件悲慘的事情。

24. **twin** [twɪn]　　*adj.* 雙胞胎的；*n.* [C] 雙胞胎之一

* Brenda looks exactly the same as her *twin* sister.

Brenda 跟她的雙胞胎妹妹長得一模一樣。

25. **whenever**　　*conj.* 每當　同義 no matter when
[hwɛnˈɛvɚ]

* *Whenever* Frank arrives home, he always washes his hands first.

每當 Frank 回到家時，他總是先洗手。

Unit ▶ 39

1. **airmail** [ˈɛr͵mel]　*n.* [U] 航空郵件

* This package must be sent by *airmail* by tomorrow.　這包裹必須在明天以前用航空郵寄。

2. **bandage** [ˈbændɪdʒ]　*n.* [C] 繃帶

* Jack wrapped a *bandage* around his injured

finger. Jack 在受傷的手指上纏了繃帶。

3. bull [bʊl]　　　 *n.* [C] 公牛

∗ The bullfighter killed the poor *bull* with a sword.
那名鬥牛士用劍殺死了那隻可憐的公牛。

4. childhood [ˋtʃaɪldˌhʊd] *n.* [C][U] 童年

∗ Nancy greatly values her *childhood* memories.
Nancy 相當珍視她的童年回憶。

5. contact　　　　 *n.* [U] 聯絡　 回義 touch；
[ˋkɑntækt]　　　 *vt.* 聯繫

∗ A good company will stay in *contact* with its
clients to meet their needs. 一家好的公司會與
他們的客戶保持聯絡，以滿足他們的需求。

6. detail [ˋditel] *n.* [U][C] 細節，詳情

∗ Katherine described what had happened that day
in *detail*.
Katherine 詳細地描述那天發生了什麼事。

7. efficient　　　 *adj.* 有效率的
[əˋfɪʃənt]　　　 反義 inefficient

∗ The *efficient* worker completed his job in a short
time. 這位有效率的工人快速地完成他的工作。

8. **fasten** [ˋfæsn̩]   *vt.* 綁緊，扣牢   反義 unfasten

* Ann *fastened* her seat belt after she got into the car.   Ann 在上車後便繫上安全帶。

9. **gang** [gæŋ]   *n.* [C] 一夥，一幫

* A *gang* of teenagers robbed the convenience store last night.
一幫青少年昨晚搶劫了這家便利商店。

gangster [ˋgæŋstɚ]   *n.* [C] 幫派份子，歹徒

* These *gangsters* are related to drug dealing.
這些幫派份子與毒品交易有關。

10. **hurricane**   *n.* [C] 颶風
[ˋhɝ͵ken]   同義 cyclone, typhoon

* Central America is a region that is prone to *hurricanes*.
中美洲是一個易受颶風侵襲的區域。

11. **invade** [ɪnˋved]   *vt.* 入侵，侵略

* The enemy soldiers *invaded* the country and occupied several cities.
敵軍入侵了國家並佔領了多個城市。

12. **liar** [ˋlaɪɚ]   *n.* [C] 說謊者

* You can tell *liars* from their eyes.
你可以從人的眼睛判斷他們有沒有說謊。

lie [laɪ]	*n.* [C] 謊言；*vi.* 說謊 (lie—lied —lied)；躺 (lie—lay—lain)

* Once you tell a *lie*, you need more *lies* to cover it.　一旦你說謊，你就需要更多的謊言來掩飾它。

* My mother always knows whether I *lie* to her or not.　我媽媽總是知道我是否對她說謊。

* Ben has a bad habit of *lying* on the bed when he reads.　Ben 有躺在床上看書的壞習慣。

13. **mayor** [ˋmeɚ] 　*n.* [C] 市長

* The citizens of the city were so happy that the kind man was elected as their *mayor*.
市民都很高興這個善良的人被選為他們的市長。

14. **naughty** [ˋnɔtɪ] 　　*adj.* 頑皮的，不聽話的

* Jerome is a *naughty* boy who likes to play tricks on others.
Jerome 是個喜歡捉弄別人的調皮男孩。

15. **pal** [pæl]	*n.* [C] 朋友，伙伴 同義 friend, mate

* Having a Japanese pen *pal* enables Pauline to

improve her Japanese ability. 擁有一位日本筆友使 Pauline 能夠增進她的日語能力。

16. **platform** [`plæt,fɔrm] *n.* [C] 月臺

* The train to Taipei will arrive at *platform* two in three minutes.
往台北的火車即將在三分鐘後抵達第二月臺。

17. **program** *n.* [C] 計畫 同義 plan；節目
[`progræm]

* Every new employee has to join the training *program* offered by the company. 每一位新來的員工都必須參加公司提供的培訓計畫。

18. **region** *n.* [C] 地區，區域 同義 area,
[`ridʒən] district, zone

* This kind of tree can only be found in tropical *regions*. 這種樹只有在熱帶地區才找得到。

regional [`ridʒənl] *adj.* 地區的，區域的

* A *regional* airline does not provide international services. 地區性的航空公司不飛國際線。

19. **sack** [sæk] *n.* [C] 麻袋，大口袋

* The construction worker carried several *sacks* of cement to the building site.

那位建築工人搬運幾大袋水泥到工地。

20. **shoot** [ʃut]	*vt.; vi.* 開槍，射擊

* The hunter ***shot*** the rabbit in the leg.
  那位獵人用槍射中兔子的腳。

- -

shot [ʃɑt]	*n.* [C] 射擊

* After firing three ***shots*** at the woman, the murderer ran away immediately.　在對這名婦人開了三槍後，那名殺人犯立刻逃跑了。

21. **slight** [slaɪt]	*adj.* 輕微的，少量的　反義 big

* A huge earthquake hit the area yesterday; fortunately, the damage was ***slight***.　該地區在昨天發生一場大地震，所幸損害相當輕微。

22. **stuff** [stʌf]	*n.* [U] 東西，物品　同義 thing; *vt.* 填塞，塞滿

* This note indicates that the ***stuff*** in the box is easily broken.　這紙條指出箱子裡的東西易破碎。

23. **tent** [tɛnt]	*n.* [C] 帳篷

* After reaching the campground, the campers began to put up their ***tents***.
  在抵達野營地後，露營者們便開使搭帳篷。

24. twist [twɪst]	vt. 扭傷；n. [C] 扭轉，旋轉

* It was silly of me to trip over a stone and *twist* my ankle.

我真愚蠢，被石頭絆了一跤，還扭傷腳踝。

25. wherever [hwɛrˋɛvɚ]	conj. 無論在任何地方
	同義 no matter where

* The hound always follows its master *wherever* he goes. 那條獵犬總是跟著他的主人到任何地方。

Unit ▶ 40

1. airman [ˋɛrmən] n. [C] 空軍士兵

* Terry wants to become an *airman* because he likes to fly an aircraft.

Terry 想要成為空軍，因為他喜歡開飛機。

2. banker [ˋbæŋkɚ] n. [C] 銀行家

* The *banker* is thinking about replacing the security system of the bank.

這位銀行家正在思考更換銀行的安全系統。

3. bullet [ˋbʊlɪt] n. [C] 子彈

* The police shot a *bullet* to stop the robber.

警方擊發子彈來阻止搶匪。

4. **childish**   *adj.* 幼稚的 [同義] immature
[ˈtʃaɪldɪʃ]   [反義] mature

* Though Ian is already eighteen years old, he is still very **childish**.
雖然 Ian 已經 18 歲了,他仍然很幼稚。

5. **contain** [kənˈten]   *vt.* 包含,容納

* The auditorium can **contain** an audience of 2000.
這個禮堂可以容納兩千名觀眾。

6. **detect** [dɪˈtɛkt]   *vt.* 偵察,察覺 [同義] discover

* The system can **detect** break-ins and connect to the security guards.
這個系統能夠偵測非法入侵,並與保全做連結。

    detective [dɪˈtɛktɪv]   *n.* [C] 偵探,警探

* Mr. Lee hired a **detective** to find his missing wife.
李先生雇用了一名偵探尋找他失蹤的妻子。

7. **effort** [ˈɛfɚt]   *n.* [U][C] 努力

* It took Tiffany a lot of **effort** to pass the Japanese language proficiency test.
Tiffany 花費很大的努力才通過了日語檢定考試。

8. **fate**   *n.* [C] (尤指不好的) 命運
[fet]   [同義] destiny

✳ The woman abandoned by her husband hoped that her daughter would not suffer the same *fate*.
那名被丈夫拋棄的女子希望她的女兒不要遭受相同的命運。

9. **gap** [gæp]　　　　*n.* [C] 縫隙；隔閡

✳ Our cat went out through the *gap* in the window.
我們的貓從窗戶的缺口跑了出去。

10. **historian** [hɪsˋtorɪən]　*n.* [C] 歷史學家

✳ The *historian* has researched on the history of the ancient civilization for years.
這位歷史學家已研究該古文明的歷史多年。

11. **invent** [ɪnˋvɛnt]　*vt.* 發明　同義 create

✳ Alexander Graham Bell *invented* the telephone by accident.　貝爾意外地發明了電話。

invention　　　*n.* [C][U] 發明 (物)
[ɪnˋvɛnʃən]　　　同義 creation

✳ This chapter focuses on modern *inventions*.
這個章節著重在近代的發明物。

12. **liberal**　　　*adj.* 自由的，開放的
[ˋlɪbərəl]　　　同義 broad-minded

✳ Eddie's parents take a *liberal* attitude toward his

education.

Eddie 的父母對他的教育採取開放的態度。

---

liberty [ˈlɪbɚtɪ] *n.* [U] 自由　同義 freedom

* The Statue of *Liberty* is an important landmark in New York.　自由女神像是紐約的重要地標。

---

13. **meadow** [ˈmɛdo]　*n.* [C] 草地　同義 field, grassland

* In spring, the *meadow* is covered with wild flowers.　春天時，野花會遍佈整片草地。

---

14. **navy** [ˈnevɪ]　*n.* [C] 海軍

* Howard joined the *navy* to do a year's military service after graduating from college.

Howard 在大學畢業後加入海軍以服一年的兵役。

---

15. **palace** [ˈpælɪs]　*n.* [C] 皇宮，宮殿

* It is said that an ancient Chinese emperor once built a magnificent *palace* in this place.　據說一位古中國皇帝曾在此地蓋一座壯麗的宮殿。

---

16. **playful** [ˈplefəl]　*adj.* 愛嬉鬧的，愛玩的

* The *playful* puppy wagged its tail at the girl.

那隻愛嬉鬧的小狗對著那位女孩搖尾巴。

17. **progress** [ˋprɑgrɛs]　　*n.* [U] 進步，進展

* Robert has made great *progress* in English since
  he developed the habit of studying English every
  day.　自從 Robert 養成每天讀英文的習慣後，他
  的英文進步相當多。

....

progress　　　　*vi.* 進步，進展　同義 advance
[prəˋgrɛs]

* According to the scientist, the research project
  about stem cell has been *progressing* smoothly.
  據該科學家表示，那項關於幹細胞的研究企劃正
  順利進展中。

18. **regret** [rɪˋgrɛt]　　*vt.* 懊悔；*n.* [C][U] 悔恨

* Natasha deeply *regretted* buying the dress on the
  Internet; it was of poor quality.　Natasha 很後悔
  在網路上買了那件洋裝；它相當地劣質。

19. **sail** [sel]　　　　*vi.* (乘船) 航行；*n.* [C] 帆

* The ship is *sailing* from the United Kingdom to
  the United States.　這艘船正從英國航向美國。

....

sailor [ˋselɚ]　　*n.* [C] 水手

* The *sailors* raised the sails to leave the port.
  那群水手們揚起了帆要離開港口。

20. **shop** [ʃɑp]	*vi.* 購物 同義 buy, purchase； *n.* [C] 商店 同義 store

* Sean spent hours ***shopping*** for shoes in the department store.

Sean 花了好幾個小時在百貨公司買鞋。

....

shopping [ˋʃɑpɪŋ]　*n.* [U] 購物，買東西

* My parents do the ***shopping*** in the same grocery store once a week.

我的父母每週都會去同一家雜貨店採買一次。

21. **sophomore** [ˋsɑfm͟ͅɔr]	*n.* [C] (高中或大學的) 二年級學生

* After the summer vacation, Rita will become a ***sophomore*** and begin her second year in college.

在暑假過後 Rita 將會成為二年級生並開始她大學第二年的生活。

22. **style** [staɪl]	*n.* [C] 風格；方式，作風

* My grandma didn't like the urban ***style*** of living, so she moved back to the countryside. 我祖母不喜歡都市的生活方式，所以她搬回鄉下去。

23. **term** [tɝm]	*n.* [C] 詞語，術語

* The article is quite difficult to understand because

it contains too many scientific *terms*.

那篇文章因含有許多的科學術語而相當難以理解。

24. **typical**   *adj.* 典型的   同義 characteristic
    [ˈtɪpɪkl̩]   反義 atypical

* Hot dogs and hamburgers are *typical* American
  food.   熱狗及漢堡是典型的美國食物。

25. **whip** [hwɪp]   *n.* [C] 鞭子；*vt.* 鞭打

* The knight hit his horse with a *whip* to make it
  run faster.   那名騎士鞭打馬匹，以讓牠跑快一點。

Unit ▶ 41

1. **Asian** [ˈeʒən]   *adj.* 亞洲的；*n.* [C] 亞洲人

* Japan is one of the highly developed *Asian*
  countries.   日本是亞洲高度開發的國家之一。

  Asia [ˈeʒə]   *n.* 亞洲

* The Himalayas are located in *Asia*.
  喜瑪拉雅山位於亞洲。

2. **barbecue** [ˈbɑrbɪˌkju]   *n.* [C] 烤肉會；*vt.* 燒烤

* We will have a *barbecue* at the beach next week.
  我們下星期將在海灘舉辦烤肉會。

3. bump [bʌmp]   *vt.*; *vi.* 碰撞   同義 hit

* Not noticing the glass door in front of him, Mathew *bumped* his face on it.   Mathew 沒注意到前方的玻璃門，整個臉撞了上去。

4. childlike [ˋtʃaɪldˏlaɪk]   *adj.* 孩子般的，天真的

* Marian's *childlike* smile makes people feel that she would never tell a lie.
Marian 天真的微笑讓人們覺得她絕不會說謊。

5. continent [ˋkɑntənənt]   *n.* [C] 洲，大陸

* Asia is the largest *continent* in the world, and Australia is the smallest one.
亞洲是世界上最大的洲，而澳洲則是最小的。

6. determine [dɪˋtɝmɪn]   *vi.* 決定   同義 decide

* Maya *determined* to break up with her boyfriend when she found that he was dating another girl.
當 Maya 發現她的男朋友在和另一位女孩幽會時便決定和他分手。

7. elder
[ˋɛldɚ]   *adj.* 年紀較大的   反義 younger；*n.* [C] 長者，長輩

* Mike looks like his *elder* brother.
Mike 跟他哥哥長得很像。

elderly [ˈɛldɚlɪ]   *adj.* 年老的   同表 old

* The *elderly* lady with grey hair is my grandmother.　那位白髮的老太太是我的祖母。

8. **fault** [fɔlt]   *n.* [C] 錯誤   同表 mistake

* The whole class was punished because of a single student's *fault*.
  全班因單一位學生的過錯而被老師處罰。

9. **garage** [gəˈrɑʒ]   *n.* [C] 車庫

* Edward drove his car out of the *garage* and went to work.　Edward 將車子開出車庫上班去。

10. **history** [ˈhɪstrɪ]   *n.* [U] 歷史

* Bella majors in *history* in college.
  Bella 在大學主修歷史。

historic [hɪsˈtɔrɪk]   *adj.* 具重大歷史意義的

* The government decided to restore the *historic* building.
  政府決定要修復這棟具重大歷史意義的建築。

historical [hɪsˈtɔrɪkl]   *adj.* (有關) 歷史的

* Many people doubt if the Yellow Emperor was a real *historical* figure.

很多人懷疑黃帝是否為真的歷史人物。

11. **invest** [ɪn`vɛst]　*vt.* 投資

* Ray is thinking about ***investing*** money in that new company.
　Ray 正在考慮要投資那間新公司。

12. **librarian** [laɪ`brɛrɪən]　*n.* [C] 圖書館管理員

* The ***librarian*** quickly helped John find the books he wanted.
　那位圖書管理員很快地幫 John 找到了他要的書。

13. **mean** [min]　*vt.* 意指；*adj.* 惡劣的

* When Tina doesn't talk, it usually ***means*** she is angry.　當 Tina 不講話時，這通常表示她在生氣。
* The boys are ***mean*** to the girl just because she is fat.　這些男孩對那女孩很惡劣，只因她長得胖。

．．．．．．．．．．．．．．．．．．．．．．．．．．．．．．．．．．．．．．

　meaning [`minɪŋ]　*n.* [C][U] 意義，意思

* Do you know the ***meaning*** of this phrase?
　你知道這個片語的意思嗎？

．．．．．．．．．．．．．．．．．．．．．．．．．．．．．．．．．．．．．．

　meaningful　*adj.* 有意義的
　[`minɪŋfəl]　　　反義 meaningless

* Please don't mind what Wayne said. It was not ***meaningful*** at all.

237

請不要介意 Wayne 說的話。那完全沒有意義。

14. **nearby** [`nɪr`baɪ]　　*adv.* 在附近

* The Smiths intend to dine at a restaurant *nearby*
tonight.
Smith 一家人今晚打算在附近一家餐廳用餐。

15. **pale** [pel]　　*adj.* 蒼白的

* Toby's face turned *pale* when he saw something
like a ghost appearing at the window.　當 Toby
看到窗邊出現像是鬼一般的東西，他臉色發白。

16. **playground**　　*n.* [C] 操場，遊樂場
[`ple,graʊnd]

* The children played dodge ball in the
playground after school.
孩子們放學後在操場上玩躲避球。

17. **project**　　*n.* [C] 方案，計畫　同義 plan
[`prɑdʒɛkt]

* The school is carrying out a *project* to help the
poor students.
學校正在實行一項幫助貧困學生的計畫。

project [prə`dʒɛkt]　*vt.* 計畫　同義 plan；投射

* The writer's new book is *projected* to be

published in May.

這位作家的新書計畫將在五月出版。

18. **regular**　　　　*adj.* 規律的，定期的
[`rɛgjələ˞]　　　　反義 irregular

∗ You should have a health check on a *regular* basis.　你應該要定期做健康檢查。

19. **shore** [ʃor]　　*n.* [C][U] 海岸

∗ The billionaire owns a luxurious villa on the *shores* of the sea.

那位億萬富豪在海岸邊擁有一幢奢華的別墅。

20. **spaghetti** [spə`gɛtɪ]　　*n.* [U] 義大利麵

∗ This Italian restaurant serves delicious *spaghetti*.
這間義大利餐廳供應美味的義大利麵。

21. **subject** [`sʌbdʒɪkt]　　*n.* [C] 話題；科目

∗ Let's change the *subject* and talk about something light.　我們換個話題，聊點輕鬆的事吧。

22. **submarine** [`sʌbmə,rin]　　*n.* [C] 潛水艇

∗ The *submarine* was sent to search for the airplane that had crashed into the sea.　這艘潛艇被派去搜索墜海的飛機。

23. **terrific**
[tə`rɪfɪk]

adj. 極好的，絕佳的　同義

great, excellent, wonderful

* Gracie had a *terrific* time at her friend's birthday party last week.　Gracie 上星期在她朋友的生日派對上玩得很開心。

24. **ugly** [`ʌglɪ]　*adj.* 醜陋的　反義 pretty, beautiful

* Though many people think Zachary's wife looks *ugly*, he doesn't think so at all and loves her very much.　雖然許多人認為 Zachary 的太太長得很醜，但他一點都不這麼認為，並且相當愛她。

25. **whisper**
[`hwɪspɚ]

n. [C] 低語，耳語；*vt.*; *vi.* 低語

同義 murmur

* Amy and Lily talked in a *whisper* in order not to disturb others in the library.　Amy 和 Lily 小聲說話，以免打擾圖書館裡的其他人。

Unit ▶ 42

1. **alarm**
[ə`lɑrm]

n. [C] 警報器；[U] 驚慌；*vt.* 使驚慌，使不安

* As soon as the fire broke out, the *alarm* went off.　火災一爆發，警報器就響了起來。

2. barber [`barbɚ]   n. [C] 男理髮師
* The **barber** gave Mark a new hairstyle.
理髮師幫 Mark 剪了一個新髮型。

3. bun [bʌn]   n. [C] 小圓麵包
* Sally likes to put butter on **buns** for breakfast.
Sally 喜歡在小圓麵包上塗奶油當早餐。

4. chill [tʃɪl]   n. (*sing.*) 寒意；[C] 恐懼
* The morning **chill** made Tina tremble.
早晨的寒意使 Tina 發抖。
chilly [`tʃɪlɪ]   *adj.* 寒冷的   同義 cold
* It is **chilly** in the mountains in winter.
冬天山上很冷。

5. contract [`kɑntrækt]   n. [C] 合約，契約
* Betty signed an employment **contract** with the company and became one of its employees.
Betty 和那間公司簽訂了僱用契約並成為該公司的員工之一。

6. development   n. [U] 生長，發育
[dɪ`vɛləpmənt]   同義 growth
* Lack of sleep can affect the **development** of a

child.　缺乏睡眠會影響孩子的發育。

7. **elect** [ɪˋlɛkt] 　　*vt.* 選舉，推選

* The students *elected* Ken as the class leader of their class.　學生們推選 Ken 為他們班的班長。

election [ɪˋlɛkʃən]　*n.* [C] 選舉

* Donald Trump won the American presidential *election* in 2016.
唐納・川普贏得了 2016 年的美國總統大選。

8. **favor**　　　　*n.* [C] 幫助，恩惠；[U] 支持
[ˋfevɚ]　　　　同義 support

* Could you do me a *favor*?　你可以幫我個忙嗎？

9. **garlic** [ˋgɑrlɪk]　*n.* [U] 大蒜

* It is said that *garlic* can be used to kill vampires.
據說大蒜可以用來殺死吸血鬼。

10. **hive** [haɪv]　　*n.* [C] 蜂巢　同義 beehive

* Worker bees make honey in their *hive*.
工蜂在蜂巢裡製造蜂蜜。

11. **investigate**　*vt.; vi.* 調查　同義 look into
[ɪnˋvɛstə͵get]

* The researchers are *investigating* the cause of this

disease.　研究人員正在調查這種疾病的成因。

---

12. **lick** [lɪk]　　　　*vt.* 舔

* The little girl happily *licked* her ice cream on the bench.　小女孩開心地在長椅上舔著她的冰淇淋。

---

13. **means** [minz]　　*n.* [C] 方法　　同義 way, method

* In most cases, body language can be an alternative *means* of communication.　在多數的情況下，肢體語言可以作為一種溝通的替代方式。

---

14. **nearly** [ˋnɪrlɪ]　　*adv.* 幾乎，幾近　　同義 almost

* The truck ran through a red light and *nearly* hit an old lady who is about to cross the road.
那輛卡車闖紅燈，差點撞上了一位正要過馬路的老婦人。

---

15. **palm** [pɑm]　　*n.* [C] 手掌

* The girl took the ring off and held it in her *palm*.
那個女孩把戒指脫下來，握在掌心。

---

16. **pleasant**　　　　*adj.* 令人愉快的
[ˋplɛzn̩t]　　　　同義 delightful, joyful

* Jasmine spent a *pleasant* afternoon in a sidewalk cafe.
Jasmine 在一間路邊咖啡廳度過一個愉快的下午。

17. **promise** [ˋprɑmɪs]	*n.* [C] 保證，承諾；*vt.*; *vi.* 保證，承諾 同義 guarantee

* You must keep the ***promise*** you have made, or I won't trust you anymore. 你一定要遵守你許下的承諾，否則我就不會再相信你了。

18. **reject** [rɪˋdʒɛkt]	*vt.* 拒絕 同義 refuse, decline 反義 accept

* Tobby's boss ***rejected*** his proposal because it was not practical at all.
Tobby 的老闆因他的提案不切實際而予以拒絕。

19. salad [ˋsæləd]	*n.* [U][C] 沙拉

* Deborah is on a diet, and she only eats ***salad*** and fruit for dinner.
Deborah 正在減肥，她晚餐只吃沙拉跟水果。

20. shorten [ˋʃɔrtṇ]	*vt.* 縮短 反義 lengthen

* The bridge has ***shortened*** the time to go across the river. 這座橋縮短了過河的時間。

21. speaker [ˋspikɚ]	*n.* [C] 演講者

* The university invited a famous scholar as the ***speaker*** of a speech. 那所大學邀請了一位著名的學者擔任演講的講者。

22. **substance**   *n.* [C] 物質   同表 material
['sʌbstəns]

* There are many harmful *substances* in cigarettes.
香菸裡有很多有害的物質。

23. **territory** ['tɛrə,torɪ]   *n.* [C][U] 領土，領地

* After the war, most of the country's *territories*
were occupied by its enemy.
戰爭過後，該國多數的領土均被敵國佔領。

24. **unique** [ju`nik]   *adj.* 獨特的   同表 unusual

* Everyone is *unique*, so we should learn to
appreciate others.   每個人都是獨一無二的，所以
我們要學會欣賞別人。

25. **whistle**   *n.* [C] 哨子；*vt.*；*vi.* 吹口哨；*vi.*
['hwɪsl]   吹哨子

* The police officer blew a *whistle* to stop the car.
警察吹哨子攔下那輛車。

* Edward *whistled* a tune on his way home.
Edward 用口哨吹著曲調回家。

Unit ▶ 43

1. **album** ['ælbəm]   *n.* [C] 相簿

* Sally opened the *album* and put her photos in it.
Sally 打開相簿，把她的照片放進去。

2. bare [bɛr]　　　*adj.* 赤裸的　同義 naked

* During sunset, Elly likes to stroll on the beach in
bare feet.　日落時，Elly 喜歡在海灘打赤腳漫步。

3. bunch [bʌntʃ]　*n.* [C] 束

* Leon gave his mother a *bunch* of carnations on
Mother's day.
Leon 在母親節時送給媽媽一束康乃馨。

4. chimney [`tʃɪmnɪ]　*n.* [C] 煙囪

* It is said that Santa Claus would climb down the
chimney of a house to give presents to kids on
Christmas Eve.　據說聖誕夜時聖誕老人會爬下
房子的煙囪給孩子們禮物。

5. contrast [`kɑntræst]　*n.* [C][U] 對照，對比

* There is a great *contrast* between the writing
styles of these two novelists.
這兩位小說家的寫作風格有極大的對比。

contrast [kən`træst]　*vt.* 使成對比

* Our teacher asked us to compare and *contrast* the
two books.　老師要我們比較這兩本書的異同處。

6. **device** [dɪ`vaɪs] *n.* [C] 設備　同義 gadget

＊ To conserve water, people can use water-saving
devices.
為了節約用水，人們可以使用省水裝置。

7. **electric** [ɪ`lɛktrɪk]　　　*adj.* 用電的，電動的

＊ The child was playing the *electric* piano happily.
小孩高興地彈著電子琴。

electrical [ɪ`lɛktrɪkl]　*adj.* 跟電有關的

＊ Tom works as an *electrical* engineer in a big
company.　Tom 在一家大公司當電機工程師。

electricity [ɪ,lɛk`trɪsətɪ]　*n.* [U] 電，電力

＊ The *electricity* will be cut off if you do not pay
the bill.　如果你不繳帳單，就會被停電。

8. **fax** [fæks]　　　　*n.* [C][U] 傳真 (機)；*vt.* 傳真

＊ May I have your *fax* number, please?
請問可以告訴我你的傳真機號碼嗎？

9. **gasoline**　　　　*n.* [U] 汽油　同義 gas, petrol
[`gæsl̩,in]

＊ The driver stopped by the *gasoline* station to
have the gas tank filled.

司機在加油站停下來把油箱加滿。

10. **hobby** [ˈhɑbɪ]　*n.* [C] (業餘) 嗜好

* Mareen plays the piano and violin as her *hobbies*.
  Mareen 以彈鋼琴及拉小提琴作為嗜好。

11. **invite** [ɪnˈvaɪt]　*vt.* 邀請

* Leo *invited* his good friends to dinner.
  Leo 邀請他的好朋友吃晚餐。

- -

invitation [ˌɪnvəˈteʃən]　*n.* [C][U] 邀請 (函)

* The couple planned to send out 100 wedding *invitations* to their friends and relatives.
  這對新人計畫發出一百張喜帖給親朋好友。

12. **lifeboat** [ˈlaɪfˌbot]　*n.* [C] 救生艇，救生船

* As the ship was sinking, the crew asked the passengers to get into the *lifeboats* immediately.
  當船快要沈時，船員叫乘客趕快到救生艇上。

13. **meanwhile**　*adv.* 期間，同時
   [ˈminˌhwaɪl]　同義 in the meantime

* Jerry went to pick up his son. *Meanwhile*, his wife prepared dinner at home.
  Jerry 去接兒子的同時，他太太在家準備晚餐。

14. **neat** [nit]　　　*adj.* 整齊的　同義 clean, tidy

* Because the kid's room was in a mess, his mother asked him to keep it **neat** and clean.
因為那孩子的房間一團亂，所以他的媽媽要他將房間保持整齊乾淨。

15. **pan** [pæn]　　　*n.* [C] 平底鍋

* George stir-fried vegetables in a **pan**.
George 用平底鍋炒菜。

16. **pleasure** [ˋplɛʒɚ]　　*n.* [C] 樂事；[U] 快樂

* It's a **pleasure** to meet you.　很高興認識你。

17. **promote** [prəˋmot]　　*vt.* 促銷；晉升

* The company put an ad on TV to **promote** its new product.　這公司在電視打廣告促銷新產品。

　　promotion [prəˋmoʃən]　*n.* [C][U] 促銷；升遷

* We are doing a special **promotion** of apple juice.
我們正在做蘋果汁的特別促銷活動。

18. **relate** [rɪˋlet]　　*vi.* 跟⋯有關聯　同義 connect

* I don't see how this ad **relates** to the product.
我看不出來這個廣告和此產品有什麼關聯。

　　relation [rɪˋleʃən]　*n.* (*pl.*) (正式) 關係

* Tracy has a strong interest in international *relations* and hopes to become a diplomat one day. Tracy 對國際關係有強烈的興趣，並希望有一天能成為外交官。

***

relationship [rɪˋleʃən͵ʃɪp] *n.* [C] 關係，關聯

* The *relationship* between regular exercise and health has been proved.
  規律運動和健康的關聯已經獲得證實。

19. **salary** [ˋsælərɪ] *n.* [C][U] 薪水 同義 pay, wage

* The employee is on a *salary* of NT$26,000 per month. 那位員工的月薪是新台幣兩萬六千元。

20. **shortly** [ˋʃɔrtlɪ] *adv.* 不久，很快 同義 soon

* The ambulance arrived at the scene *shortly* after the accident happened.
  在事故發生不久後救護車就抵達現場了。

21. **specialize** [ˋspɛʃəl͵aɪz] *vi.* 專門從事，專攻

* The college professor *specializes* in second-language acquisition.
  那位大學教授專攻第二語言習得。

22. **subtract** *vt.* 減去，減掉 同義 deduct
[səbˋtrækt] 反義 add

* If we *subtract* 10 from 100, we get 90.
如果我們從 100 減去 10，會得到 90。

23. text [tɛkst]　　　n. [U] 正文，本文

* Please read the *text* first and then answer the following questions.
請先閱讀正文並接著回答下列問題。

24. underground　　adj. 地下的；adv. 在地面下
[ˋʌndɚˋɡraʊnd]

* There is an *underground* tunnel connecting the two places.　這兩地之間有地下隧道相連。

25. whoever　　　　pron. 無論是誰
[huˋɛvɚ]　　　　同義 no matter who

* *Whoever* commits a crime will be judged by law.
無論是誰犯罪都必須受到法律制裁。

Unit ▶ 44

1. alike　　　　adj. 相像的　同義 similar；
[əˋlaɪk]　　　adv. 相同地，相似地

* The writer's new novel and his previous one are *alike*.　那位作家新的小說跟他上一本很相似。

2. barely　　　　adv. 勉強地，幾乎沒有

[ˋbɛrlɪ]　　　　　同義 hardly

* The witness was so shocked by the explosion that he could **barely** describe what he had seen to the police.　該目擊者因對那起爆炸飽受驚嚇而幾乎無法向警方描述他所見到的。

3. **bundle** [ˋbʌndḷ]　　*n.* [C] 束，捆

* The mailman gave Carl a **bundle** of letters.
郵差給 Carl 一捆信。

4. **chin** [tʃɪn]　　*n.* [C] 下巴

* Mark fastened the helmet strap under his **chin** before he rode the motorcycle.
騎摩托車之前，Mark 將安全帽帶在下巴繫好。

5. **contribute**　　*vi.* 貢獻 (金錢、時間等)
[kənˋtrɪbjut]

* Dr. Liu's medical study **contributes** a lot to those people with cancer.
劉博士的醫療研究對那些罹癌的人有極大的貢獻。

6. **devil** [ˋdɛvḷ]　　*n.* [C] 魔鬼　同義 demon

* According to local legend, **devils** dwell in the underground cave.
根據當地傳說，魔鬼居住在那地底的洞窟裡。

7. **electronic** [ɪ,lɛk`trɑnɪk]   *adj.* 電子的

* Nowadays, *electronic* music is very popular with many people, especially youngsters.
現今電子音樂受大眾歡迎，特別是年輕族群。

8. **fear** [fɪr]   *n.* [U][C] 害怕；*vt.* 害怕

* James told a lie for *fear* of being punished.
James 因為害怕被處罰而說了謊。

9. **gate** [get]   *n.* [C] 大門

* After school, the principal stood in front of the school *gates* and said goodbye to every student leaving.
放學後，校長站在校門前和每位離開的學生說再見。

10. **harsh** [hɑrʃ]   *adj.* 嚴厲的   同義 severe

* The teacher was *harsh* on lazy students.
那位教師對懶惰的學生相當嚴厲。

11. **IQ**
[,aɪ`kju]    *n.* [C] 智力商數，智商 (= intelligence quotient [ɪn`tɛlədʒəns `kwoʃənt])

* A person with a high *IQ* may be smarter, but he or she does not necessarily succeed.

高智商的人或許比較聰明，但不見得一定會成功。

12. **lifeguard** [ˋlaɪf͵gɑrd]　*n.* [C] 救生員

* The *lifeguard* dived into the sea to save the drowning little girl.
救生員跳入海中援救那位溺水的小女孩。

13. **measure** [ˋmɛʒɚ]　*n.* [C] 措施　同義 step；*vt.* 測量

* We must take some *measures* to reduce the damage.　我們必須採取一些措施以減少損失。

14. **necessary** [ˋnɛsə͵sɛrɪ]　*adj.* 必須的，必要的

* It is not *necessary* for us to meet in person; we can contact each other by e-mail.
我們不需要親自碰面，我們可以用電子郵件聯繫。

necessity [nəˋsɛsətɪ]　*n.* [C] 必需品；[U] 需要，必要　同義 need

* Many poor people cannot afford *necessities* like food and clothing.
很多窮人無法負擔食物跟衣服之類的必需品。

15. **pancake** [ˋpæn͵kek]　*n.* [C] 煎餅

* Betty had some *pancakes* for dessert.
Betty 吃了些煎餅當點心。

16. **plenty** [ˈplɛntɪ] *pron.* 很多   同義 a lot of

* The marathon runner drank *plenty* of water after a 42-kilometer run.

那位馬拉松跑者在跑完 42 公里後喝了大量的水。

17. **pronounce** [prəˈnauns]   *vt.* 發音

* Can you show me how to *pronounce* this word?

你可以示範這個字怎麼發音嗎？

18. **relative**   *adj.* 跟…相關的   同義 related；
   [ˈrɛlətɪv]   *n.* [C] 親戚   同義 relation

* The police are searching for the clues *relative* to the case.   警方正在找尋跟那案件相關的線索。

19. **safety** [ˈseftɪ]   *n.* [U] 安全

* For *safety*, one has to put on a helmet when entering a construction site.

為了安全起見，在進入工地時須戴上安全帽。

20. **shorts** [ʃɔrts]   *n.* (*pl.*) 短褲

* Johnny wore pants instead of *shorts* to avoid mosquito bites while climbing the mountain.

Johnny 在爬山時穿著長褲而非短褲以防蚊子叮咬。

21. **specific**   *adj.* 特定的   同義 particular；

| [spɪˋsɪfɪk] | 詳細的　同義 detailed |
| | 反義 non-specific |

* This TV show is for a *specific* audience.
  這個電視節目是給特定的觀眾群看的。

22. **suburb** [ˋsʌbɝb]　　*n.* [C] 郊區　同義 outskirts

* Tanya lives in the *suburbs*, and she takes the
  MRT to work every day.
  Tanya 住在郊區,她每天都搭捷運上班。

23. **textbook** [ˋtɛkst͵bʊk]　　*n.* [C] 課本,教科書

* The teacher asked the students to put away their
  textbooks before the quiz.
  在小考前,老師要學生們將課本收起來。

24. **underwear** [ˋʌndɚ͵wɛr]　　*n.* [U] 內衣

* David brought some clothes and *underwear*
  when he went to the beach.
  去海灘時,David 帶了一些衣服和內衣。

25. **whole** | *adj.* 整個的　同義 entire;
    [hol] | *n.* [U] 全部,整體

* Ken felt tired because he had spent the *whole*
  weekend cleaning the house.
  Ken 覺得疲倦,因為他整個週末都在打掃房子。

Unit ▶ 45

1. **alive** [ə`laɪv]	*adj.* 活著的　反義 dead；有活力的　同義 lively

* Although the woman is seriously injured, she is still *alive*.　雖然這名婦女受重傷，但她還活著。

2. **bargain** [`bɑrgɪn]	*vi.* 討價還價；*n.* [C] 便宜貨，特價品

* Adam is *bargaining* with the clerk over the price of the computer.
  Adam 正和店員討價還價電腦的價錢。

3. **burden** [`bɝdn̩]	*n.* [C] 負擔，重擔

* After Sally's husband passed away, she has to shoulder the *burden* of caring for her three children on her own.　在 Sally 的先生過世後，她必須獨自一人扛起照顧三個孩子的重擔。

4. **china** [`tʃaɪnə]	*n.* [U] 瓷器　同義 chinaware

* To welcome her guests, Mrs. Taylor prepared tea and snacks and took out her best *china*.
  為了歡迎訪客，泰勒太太準備了茶和點心，並拿出她最好的瓷具。

| 5. **control** [kən`trol] | *n.* [U] 控制，支配；*vt.* 控制，管理 |

* Harry and Tim started to fight, and the situation soon became out of ***control***.
  Harry 和 Tim 開始爭吵，情況不久後就變得失控。

| 6. **dial** [`daɪəl] | *n.* [C] 儀表盤；*vt.* 撥號 |

* Seth checked the fuel level on the ***dial*** before he set off.　Seth 在出發前檢查了儀表盤上的油量。

| 7. **element** [`ɛləmənt] | *n.* [C] 元素，要素 |

* Determination and perseverance are two decisive ***elements*** of success.
  決心及毅力是成功的兩個關鍵要素。

| 8. **feather** [`fɛðɚ] | *n.* [C] 羽毛 |

* Birds of a ***feather*** flock together.　【諺】物以類聚。

| 9. **gather** [`gæðɚ] | *vi.* 聚集，集合 反義 scatter；*vt.* 收集 (資料等) 同義 collect |

* The children ***gathered*** around their teacher to listen to the story.　孩童聚集到老師身邊聽故事。

| 10. **hollow** [`halo] | *adj.* 中空的，空心的 |

* There are several squirrels living in the ***hollow***

trunk.　有幾隻松鼠住在那空心的樹幹裡。

---

11. **iron**　　　　　　　　*n.* [U] 鐵；[C] 熨斗；*vt.* 熨燙
['aɪə·n]　　　　　　　　同義 press

＊ These animal sculptures are made of ***iron***.
這些動物雕像是鐵做的。

---

12. **lifetime**　　　　　　*n.* [C] (*usu. sing.*) 一生，終身
['laɪf,taɪm]

＊ Mother Teresa helped numerous poor people
during her ***lifetime***.
德蕾莎修女一生中幫助了無數窮困的人。

---

13. **medal** ['mɛdḷ]　　*n.* [C] 獎牌　　同義 award

＊ The swimmer aimed to win a gold ***medal*** in the
Olympics.
那位游泳選手以在奧運奪得金牌為目標。

---

14. **necklace** ['nɛklɪs]　　*n.* [C] 項鍊

＊ Alice wore a pearl ***necklace*** to her friend's
wedding ceremony.
Alice 戴了一條珍珠項鍊參加她朋友的結婚典禮。

---

15. **panda** ['pændə]　　*n.* [C] 熊貓

＊ ***Pandas*** mainly feed on bamboo and fruit.
熊貓主要以竹子和水果為食。

16. **plug** [plʌg]　　　　 *n.* [C] 插頭

＊ To save energy, we should pull out the *plugs* when they are not in use. 為了節能，我們應該在不用插頭的時候把插頭拔掉。

17. **proof** [pruf]　　　 *n.* [U] 證據　　同義 evidence

＊ There was no *proof* that John had stolen the car, so the police let him go.
沒有證據顯示 John 偷車，所以警察讓他離開。

18. **relax** [rɪˋlæks]　　 *vt.*; *vi.* 放鬆，休息

＊ Rick usually *relaxes* himself by doing yoga.
Rick 通常藉由做瑜伽來放鬆自己。

19. **sales** [selz]　　　 *n.* (*pl.*) 銷售量，銷售額

＊ We hope to achieve our *sales* target this year.
我們希望能夠達到今年的銷售目標。

20. **shot**　　　　 *n.* [C] 射擊；注射 (藥物)
　　 [ʃɑt]　　　　　　　同義 injection

＊ The police officer fired a *shot* at the robber and arrested him. 警官開槍擊中搶匪並且逮捕了他。

21. **speech** [spitʃ]　 *n.* [C] 演講

＊ The scholar delivered a *speech* on environmental protection.

該學者針對環境保護主題發表演說。

22. **subway** [`sʌb,we]	*n.* [C] 地鐵 同義 underground

* Lottie used to go to work by *subway* every day, but now she drives her car instead.
Lottie 以前每天都搭地鐵上班，但她現在開車。

23. **thankful** [`θæŋkfəl]	*adj.* 感謝的，感激的 同義 grateful

* The old lady was *thankful* for the young man's immediate help.
老婦人很感激那位年輕人及時的幫助。

24. **unforgettable** [,ʌnfɚ`gɛtəbl̩]	*adj.* 難忘的　同義 memorable

* Camping alone in the mountains is an *unforgettable* experience for Louis.　獨自一人在山裡露營對 Louis 而言是一個難忘的經驗。

25. **wicked** [`wɪkɪd]	*adj.* 邪惡的　同義 evil

* In the end of the story, the *wicked* witch turned into a dragon and was killed by the prince.
在故事的最後，邪惡的女巫變成一條龍並被王子擊殺。

Unit ▶ 46

---

1. **allergic** [əˋlɝˋdʒɪk]　*adj.* 過敏的

* Kelly is ***allergic*** to cats, so she cannot keep a cat at home.
Kelly 對貓過敏，所以她不能在家裡養貓。

---

2. **base**　　　　*vt.* 以…為基礎　同義 found；
[bes]　　　　*n.* [C] 基礎　同義 foundation

* This movie is ***based*** on a true story which happened in a small town.　這部電影是以發生在小鎮的真實故事為基礎拍攝的。

basic [ˋbesɪk]　*adj.* 基本的，基礎的

* It is believed that reading ability is ***basic*** to school learning.
一般相信閱讀能力是課業學習的基礎。

---

3. **burglar** [ˋbɝˋglɚ]　*n.* [C] 竊賊　同義 thief

* The ***burglar*** broke into the rich man's house and stole everything valuable.
竊賊闖入有錢人的家裡，偷走了所有值錢的東西。

---

4. **chip**　　　　*n.* [C] 洋芋片，薯條　同義
[tʃɪp]　　　　French fry；晶片

---

* Tom ate some salad and potato *chips* for lunch.
  Tom 吃了一些沙拉和薯條當午餐。

5. conversation *n.* [C][U] 對話，交談
   [ˌkɑnvəˈseʃən] 同義 talk

* Hank had a *conversation* with his colleague in the meeting room.
  Hank 在會議室裡和同事交談著。

6. diamond [ˈdaɪəmənd] *n.* [C][U] 鑽石

* *Diamond* is considered the hardest known natural material.
  鑽石被認為是已知自然存在的最硬物質。

7. elevator [ˈɛləˌvetə] *n.* [C] 電梯 同義 lift

* Instead of taking the *elevator*, Bruce took the stairs to the first floor.
  Bruce 沒有搭電梯而是走樓梯到一樓。

8. feature [ˈfitʃə] *n.* [C] 特色；*vt.* 以…為特色

* The *features* of the town are its beautiful castles and churches.　這小鎮的特色是美麗的城堡跟教堂。

9. general *adj.* 普遍的；*n.* [C] 將軍，上將
   [ˈdʒɛnərəl]

* The idea of LOHAS has been gradually accepted

by the *general* public.

樂活的概念逐漸被一般大眾所接受。

---

10. **holy** [`holɪ]　　　*adj.* 神聖的　同義 sacred

* The Quran is regarded as a *holy* book by Muslims. 《可蘭經》對穆斯林而言是神聖的書。

---

11. **item** [`aɪtəm]　　*n.* [C] 項目

* Before the meeting started, Ben checked every *item* needed on a list. 會議開始前，Ben 在清單上檢查每項需要用到的物品。

---

12. **lift**　　　　　*vt.* 舉起　同義 raise；*n.* [C] 電
[lɪft]　　　　　梯　同義 elevator；搭便車
　　　　　　　　同義 ride

* Kyle *lifted* his little son onto his shoulders so that he could see the show.

Kyle 把兒子舉到肩膀上，以便讓他可以看表演。

* Could you give me a *lift* to school? I'm late.

你可以載我去學校嗎？我遲到了。

---

13. **media**　　　　*n.* (*pl.*) (the ～) 媒體 (medium
[`midɪə]　　　　的複數形)

* The bribery scandal has been widely reported by the *media* for days.

這樁賄賂醜聞已被媒體大肆報導了好幾天。

---

14. **necktie** [ˋnɛkˏtaɪ]　*n.* [C] 領帶　同義 tie

* The ***necktie*** David chose does not match his shirt.
David 挑的領帶和襯衫不搭。

---

15. **panic**
[ˋpænɪk]　*n.* [C] (*usu. sing.*) 驚恐；*vt.*; *vi.*
(使) 驚慌，(使) 恐慌

* When the fire broke out, many people screamed
and ran in ***panic***.
火災發生的時候，許多人都驚恐地尖叫逃跑。

---

16. **plum** [plʌm]　*n.* [C] 李子，梅子

* The wine made of ***plums*** tastes sweet.
梅子做的酒嚐起來很甜。

---

17. **proper**
[ˋprɑpɚ]　*adj.* 適當的　同義 appropriate
反義 improper, inappropriate

* It is not ***proper*** to wear jeans for formal
occasions.　正式場合穿著牛仔褲是不適當的。

---

18. **release** [rɪˋlis]　*vt.* 釋放；鬆開；發行

* The police ***released*** the suspect after they made
sure he was innocent.
在確認嫌犯無罪之後，警方釋放了他。

19. **salt** [sɔlt]   *n.* [U] 鹽

* You should not eat too many chips because they contain much *salt*.
  你不該吃太多洋芋片，因為它們含有許多鹽。

salty [ˋsɔltɪ]   *adj.* 鹹的

* The dish is very *salty*. I need some water.
  這道菜好鹹。我需要喝點水。

20. **shoulder** [ˋʃoldɚ]   *n.* [C] 肩膀

* When I asked Vicky who the man was, she shrugged her *shoulders* to show that she had no idea.   當我問 Vicky 那個人是誰時，她聳聳肩表示不知道。

21. **speed**   *n.* [C][U] 速度 ；*vt.* 使加快速
   [spid]   度 ；*vi.* 疾馳   同義 race

* The bus traveled at the *speed* of 40 kilometers per hour.   公車以時速四十公里的速度行駛。

22. **succeed** [səkˋsid]   *vi.* 成功   反義 fail

* They *succeeded* in persuading the manager to support their plan.
  他們成功說服了經理支持他們的計畫。

success [səkˋsɛs]   *n.* [U][C] 成功   反義 failure

* The man's *success* inspired many people with disabilities like him.　這名男子的成功激勵了許多和他一樣有殘疾的人。

successful [sək`sɛsfəl]　　*adj.* 成功的

* A *successful* person usually works harder than others.　成功的人通常比別人更努力。

23. **theater** [`θɪətɚ]　　*n.* [C] 劇院，劇場

* The couple decided to meet at a local *theater* to begin their first date.　那對情侶決定在一間當地的電影院碰面以開始他們的第一次約會。

24. **uniform** [`Junə,fɔrm]　　*n.* [C][U] 制服

* The factory demanded that every worker wear a *uniform*.　那間工廠要求每位工人穿著制服。

25. **widen** [`waɪdn̩]　　*vt.; vi.* (使) 變寬，(使) 擴大　　反義 narrow

* A lack of communication often *widens* the gap between parents and their children.
缺乏溝通通常會擴大父母和子女間的隔閡。

width [wɪdθ]　　*n.* [U][C] 寬度

* The desk is one meter in *width*.
這張桌子的寬度是一公尺。

Unit ▶ 47

1. **alley** [ˈælɪ]   *n.* [C] 小巷   同義 alleyway

* One should avoid walking alone in a dark *alley* at night. 一個人在夜晚時應避免獨自走在暗巷中。

2. **basement** [ˈbesmənt] *n.* [C] 地下室

* Phil stored various kinds of things in the *basement* of his house.
Phil 在他房子的地下室裡堆滿了各式各樣的東西。

3. **burst** [bɝst]   *vi.* 突然…起來;爆炸,爆裂

* The lost girl *burst* out crying when she finally found her mother. 當這個走失的女孩終於找到她的媽媽時,她突然大哭。

4. **choke** [tʃok]   *vi.* 噎住,嗆到;*vt.* 使窒息

* Patrick was *choking* on the water and couldn't speak. Patrick 被水嗆到而說不出話來。

5. **convey** [kənˈve]   *vt.* 傳達,表達   同義 express

* Ken *conveyed* his sincere apologies to his wife in the letter.
Ken 在信中傳達了他對妻子的誠摯歉意。

6. **dialogue**   *n.* [U][C] 對話,對白

[ˋdaɪəˏlɔg]   同義 dialog

* In the novel, there is not much *dialogue* between
the two main characters.
在那部小說中，兩個主要角色沒有太多的對話。

7. embarrass [ɪmˋbærəs] *vt.* 使尷尬

* The reporter *embarrassed* the actress by asking
some personal questions.
記者問女演員一些私人的問題，讓她覺得困窘。

embarrassed [ɪmˋbærəst]   *adj.* 感到尷尬的

* The mother was *embarrassed* about her children's
bad manners.　孩子的不禮貌讓那個媽媽很尷尬。

embarrassing [ɪmˋbærəsɪŋ]   *adj.* 令人尷尬的

* It's *embarrassing* for Doris to sing in public.
在眾人面前唱歌讓 Doris 覺得很不好意思。

8. fee [fi]   *n.* [C] 費用

* One has to pay a *fee* of NT\$1,000 to apply for
the membership of the club.　一個人需繳交新台
幣一千元的費用來申請該社團的會員資格。

9. generation [ˏdʒɛnəˋreʃən]   *n.* [C] 一代

* There is a *generation* gap between Flora and her

grandparents.

Flora 和她的祖父母之間存在著代溝。

10. **homepage**	*n.* [C] (網站的) 首頁
[ˋhomˋpedʒ]	同義 home page

* The job information is on the *homepage* for the convenience of job seekers.

為了求職者的方便，求職資訊被放在首頁上。

11. **ivory** [ˋaɪvərɪ]　　*n.* [U] 象牙

* To protect elephants from being killed, the *ivory* trade is banned in this country.

為了保護大象不被殺害，這個國家禁止象牙貿易。

12. **lighthouse** [ˋlaɪt͵haʊs]　*n.* [C] 燈塔

* In the past, boats and ships depended on *lighthouses* to guide them.

在過去，船隻依賴燈塔導引方向。

13. **medical** [ˋmɛdɪkl̩]　　　*adj.* 醫療的，醫藥的

* The patient gradually recovered from cancer after receiving *medical* treatment.

那位病人在接受醫療後逐漸從癌症中康復。

14. **needle** [ˋnidl̩]　　*n.* [C] 針

* Remember to put the *needle* away after using it.

用完之後記得把針收好。

15. **pants** [pænts]   *n. (pl.)* 褲子   同義 trousers

* Every participant was asked to wear ***pants*** for the hiking activity.

每位登山活動的參加者均被要求穿著長褲。

16. **property** [ˈprɑpɚtɪ]   *n.* [U] 財產，所有物

* The old man left all his ***property*** to his four daughters after his death.

那位老先生在死後將他所有的財產留給他的四個女兒們。

17. **protein** [ˈprotiɪn]   *n.* [U][C] 蛋白質

* Soy products are rich in vegetable ***protein***, which is good for health.

豆類製品富含植物性蛋白質，對健康很好。

18. **reliable**   *adj.* 可靠的   同義 dependable
   [rɪˈlaɪəbḷ]   反義 unreliable

* Although this is an old car, it is quite ***reliable***.

這部車雖然老舊，卻很可靠。

- -

   rely [rɪˈlaɪ]   *vi.* 依靠，依賴   同義 depend

* Modern people ***rely*** heavily on the Internet to get information.   現代人大量依賴網路來獲取資訊。

19. **sample** [`sæmpl̩]   *n.* [C] 試用品；樣本

* The store is giving away free *samples* to promote the new shampoo.
商店正在發送免費試用品來促銷新的洗髮精。

20. **shout** [ʃaʊt]   *vi.* 叫喊；*n.* [C] 喊叫聲   同義 yell

* The boss was very angry and *shouted* at everyone in the meeting.
老闆很生氣，對著會議中的每個人咆哮。

21. **sketch** [skɛtʃ]   *n.* [C] 素描，寫生

* The students are drawing a *sketch* of a plaster bust of Socrates.
學生們正在畫蘇格拉底半身石膏像的素描。

22. **suck** [sʌk]   *vt.*; *vi.* 吸，吮

* Many little children are used to *sucking* their thumbs.   許多小孩習慣吸吮他們的姆指。

23. **theory** [`θiərɪ]   *n.* [C] 理論，學說

* According to the *theory*, light travels faster than anything else.   根據理論，光的行進速度是最快的。

24. **union** [`junjən]   *n.* [U] 結合；[C] 聯邦，聯盟

* The country is working for the closer political

union with the United States.
這個國家正努力和美國進行更緊密的政治結合。

25. **witch** [wɪtʃ]   *n.* [C] 女巫   反義 wizard

* In fairy tales, a *witch* is often described as an evil
  woman in black.　在童話故事裡，女巫常被描寫
  成穿黑衣的邪惡女性。

Unit ▶ **48**

1. **allow** [əˋlaʊ]   *vt.* 允許，容許   同義 permit

* It is not *allowed* to take photos in that museum.
  那間博物館裡不允許拍照。

2. **bat** [bæt]   *n.* [C] 蝙蝠；球棒，球拍

* *Bats* are animals that feed and fly at night.
  蝙蝠是在夜間活動的動物。

3. **bury** [ˋbɛrɪ]   *vt.* 埋葬

* The dog *buried* a bone in the yard.
  那隻狗在院子裡埋了根骨頭。

4. **chop** [tʃɑp]   *vt.* 切，砍

* Darcy *chopped* the carrot into pieces and put
  them into the pot.
  Darcy 將胡蘿蔔切成小塊並放進鍋子裡。

5. **corn** [kɔrn]　　*n.* [U] 玉米

* Mrs. Lin grew some *corn* and tomatoes in her backyard.　林太太在後院種了一些玉米和番茄。

6. **diary** [ˋdaɪərɪ]　*n.* [C] 日記　同義 journal

* Miley has developed a habit of keeping a *diary* since her childhood.
  Miley 自從小時候起已養成寫日記的習慣。

7. **emerge** [ɪˋmɝdʒ]　*vi.* 出現，浮現

* A huge whale *emerged* from the sea, amazing the watchers on the ship.　巨大的鯨魚從海面上浮出，使船上的觀看者為之驚豔。

8. **feed** [fid]　　*vi.* 進食；*vt.* 餵養；養活

* The sheep *feed* on the grass in the field.
  這些羊以草原上的草為食。

9. **generous** [ˋdʒɛnərəs]　*adj.* 慷慨的，大方的　反義 mean

* Willy is such a *generous* person that he treats his friends to dinner.
  Willy 請他的朋友吃飯，是個慷慨的人。

10. **homesick** [ˋhomˌsɪk]　*adj.* 想家的，思鄉的

* Being alone in a foreign country, the young man was very *homesick*.
孤身在異國，這名年輕人非常想家。

11. jail [dʒel]　　　　*n.* [U][C] 監獄　同義 prison

* The young man was put in *jail* for committing arson.　該名年輕人因縱火而入獄。

12. lightning [`laɪtnɪŋ]　　*n.* [U] 閃電

* The tree was struck by *lightning* and burst into flames.　那棵樹被閃電擊中並猛烈燃燒起來。

13. medium
[`midɪəm]
adj. 中間的，中等的；(肉) 五分熟的；*n.* [C] 傳播媒介 (複數形為 media)

* Zack is of *medium* height and has red hair.
Zack 是中等身材，有一頭紅髮。

* The Internet has become an important *medium* of communication.
網際網路已經變成重要的傳播媒介。

14. negative
[`nɛɡətɪv]
adj. 負面的；消極的
反義 positive

* The company was greatly influenced by the *negative* report.

這間公司受到負面報導極大的影響。

---

15. **papaya** [pə`paɪə]   *n.* [C] 木瓜

* ***Papayas*** are popular tropical fruit.
木瓜是很受歡迎的熱帶水果。

---

16. **plus** [plʌs]   *prep.* 加，加上   反義 minus

* Fifty ***plus*** fifteen equals sixty five.
五十加十五等於六十五。

---

17. **propose**   *vt.* 提議   同義 suggest；*vi.* 求
[prə`poz]   婚

* Adam ***proposed*** going to the movies this
weekend.   Adam 提議這個週末去看電影。

- -

proposal   *n.* [C] 提議   同義 suggestion；
[prə`pozl̩]   求婚

* Michael's ***proposal*** for setting up a new branch
was accepted.
Michael 開設新分店的提議被接受了。

---

18. **relief** [rɪ`lif]   *n.* [U] 寬心；(疼痛等) 減輕

* To the students' ***relief***, the test was canceled.
考試取消，讓學生鬆了口氣。

- -

relieve [rɪ`liv]   *vt.* 緩和 (疼痛等)   同義 ease

* The doctor gave my father some pills to *relieve* his headache.

醫生給了我爸爸一些藥丸來減緩他的頭痛。

19. **sandwich** [ˋsændwɪtʃ]   *n.* [C] 三明治

* Peggy had some cheese *sandwiches* for lunch.
  Peggy 午餐吃了一些起司三明治。

20. **slogan** [ˋslogən]   *n.* [C] 廣告語，標語

* A good advertising *slogan* can help sell more products.   好的廣告語可以幫助銷售更多產品。

21. **spice** [spaɪs]   *n.* [C][U] 調味料，香料

* Minnie put some *spices* in the soup to make it more delicious.
  Minnie 在湯裡加了一些調味料讓它更美味。

22. **sudden** [ˋsʌdn̩]   *adj.* 突然的

* My uncle's *sudden* visit surprised us because we had not seen him for years.   叔叔的突然來訪令我們驚喜，因為我們已經多年沒見到他了。

suddenly [ˋsʌdn̩lɪ]   *adv.* 突然地

* It *suddenly* rained heavily while I was walking home.   當我步行回家時，天空突然下起了大雨。

23. **thereafter** [ðɛrˋæftɚ] *adv.* 在那之後

* Sally graduated from college last year and has worked for an international trading company ***thereafter***. Sally 去年從大學畢業，之後在一間國際貿易公司工作。

24. **unit** [ˋjunɪt] *n.* [C] 單位，單元

* The liter is a ***unit*** of volume.
公升是容量的單位。

25. **wild** [waɪld] *adj.* 野生的；瘋狂的

* ***Wild*** flowers are in bloom everywhere in spring.
春天時，野花到處開。

Unit ▶ 49

1. **ally** [ˋælaɪ] *n.* [C] 同盟國，盟友

* Great Britain and the United States were ***allies*** during World War II.
英美在二次大戰期間是同盟國。

2. **bath** [bæθ] *n.* [C] 洗澡

* Kelly likes to take a hot ***bath*** after a tiring day.
在疲累的一天之後，Kelly 喜歡泡熱水澡。

bathe [beð] *vt.* 給…洗澡

* Since most cats are afraid of water, it is difficult to *bathe* a cat.
幫貓洗澡是很困難的，因為大部分的貓都怕水。

3. bush [buʃ]   *n.* [C] 灌木，矮樹叢

* The hare jumped into the *bushes* and disappeared.
野兔跳進樹叢後，消失了蹤影。

4. chopstick [ˋtʃɑpˏstɪk]   *n.* [C] (*usu. pl.*) 筷子

* Many Asian people use *chopsticks* to eat.
很多亞洲人使用筷子吃飯。

5. corner [ˋkɔrnɚ]   *n.* [C] 街角，角落

* There is a supermarket on the street *corner*.
街道的轉角處有一間超市。

6. diet [ˋdaɪət]   *n.* [C][U] 日常飲食；[C] 節食

* A balanced *diet* is good for your health.
均衡的飲食對你的健康有益。

7. emergency [ɪˋmɝdʒənsɪ]   *n.* [C][U] 緊急狀況

* The equipment can only be used in an *emergency*.
這裝備只能在緊急情況時使用。

8. fellow [ˋfɛlo]   *adj.* 同伴的；*n.* [C] (*usu. pl.*) 同伴

* Jane's *fellow* travelers treated her nicely during

the trip.　和 Jane 同行的旅伴在旅途中對她很好。

| 9. **gentle** [ˋdʒɛntl] | *adj.* 溫柔的　同義 tender |

* The mother talked to her baby girl in a *gentle* voice.　媽媽用溫柔的聲音跟小女兒說話。

| 10. **hometown** [ˋhomˋtaʊn] | *n.* [C] 家鄉，故鄉 同義 home town |

* Rick left his *hometown* to make a better living in the big city.

Rick 離開家鄉以在大城市謀得更好的生活。

| 11. **jam** [dʒæm] | *n.* [C] 堵塞；[U] 果醬；*vt.* 擠滿 |

* They got stuck in a traffic *jam* on their way to school.　他們在上學途中遇到塞車。

| 12. **likely** [ˋlaɪklɪ] | *adj.* 可能的　同義 possible 反義 unlikely |

* It is very *likely* that Rita will quit the current job next month.

Rita 下個月非常有可能會辭去當前的工作。

| 13. **meeting** [ˋmitɪŋ] | *n.* [C] 會議 |

* The company will hold an annual budget *meeting* next week.

公司下個星期將召開年度預算會議。

14. **neighbor** [ˋnebɚ]   *n.* [C] 鄰居

* Lisa gets along well with her *neighbors*.
Lisa 跟鄰居處得很好。

neighborhood   *n.* [C] 社區，鄰近地區
[ˋnebɚ͵hʊd]

* There are two banks in our *neighborhood*.
我們這地區有兩家銀行。

15. **parade** [pəˋred]   *n.* [C] 遊行；*vi.* 遊行

* A *parade* was held to celebrate Thanksgiving
Day.   人們舉辦了一場遊行來慶祝感恩節。

16. **poem** [ˋpo·ɪm] *n.* [C] 詩

* The teacher asked Louis to read the *poem* aloud.
老師要 Louis 大聲唸出這首詩。

poetry [ˋpo·ɪtrɪ]   *n.* [U] (總稱) 詩

* You can find a complete collection of
Shakespeare's *poetry* at the bookstore.
你可以在書店找到莎士比亞完整的詩集。

poet [ˋpo·ɪt]   *n.* [C] 詩人

* Li Bai was a famous *poet* in the history of
Chinese literature.

李白是中國文學史上有名的詩人。

17. **protect** [prə`tɛkt] *vt.* 保護 　同義 guard

* Sunglasses can **protect** your eyes from the sunlight.
  太陽眼鏡可以保護你的眼睛免受陽光直射。

　protection [prə`tɛkʃən] *n.* [U] 保護

* The little boy is safe under the **protection** of his father. 小男孩在爸爸的保護之下很安全。

18. **religious** [rɪ`lɪdʒəs] *adj.* 宗教的

* Pope Francis is a respected **religious** leader.
  教宗方濟各是個受人敬仰的宗教領袖。

　religion [rɪ`lɪdʒən] *n.* [C] 宗教

* Christianity is one of the main **religions** in the world. 基督教是世界上主要的宗教之一。

19. **satisfy** [`sætɪs,faɪ] *vt.* 使滿意，使滿足

* It seems that nothing I do can **satisfy** my parents.
  我似乎不管做什麼都無法讓我父母滿意。

　satisfied [`sætɪs,faɪd] *adj.* 滿意的

* The guest was not **satisfied** with the hotel room and complained to the manager.

客人不滿意旅館房間，並且向經理抱怨。

---

satisfying [`sætɪsˌfaɪ‧ɪŋ] *adj.* 令人滿意的

* My friends and I are looking for a *satisfying* apartment.

  我的朋友和我一起在尋找一間令人滿意的公寓。

20. **shift** [ʃɪft]	*n.* [C] 改變；輪班；*vt.*; *vi.* 轉換 同義 change

* There will be a personnel *shift* in the company soon.　很快公司裡會有人事異動。

* Jerry didn't want to answer that question, so he *shifted* the topic.

  Jerry 不想回答那個問題，所以他轉換話題。

21. **suffer** [`sʌfɚ]	*vi.* 罹患；*vt.* 遭受，經歷

* The old lady has long *suffered* from back pain.
  老婦人長期飽受背痛所苦。

22. **surgery** [`sɝdʒərɪ]	*n.* [U] 外科手術 同義 operation

* Mr. Clark will have brain *surgery* tomorrow.
  Clark 先生明天將接受腦部手術。

23. **therefore** [`ðɛrˌfor]	*adv.* 因此，所以 同義 thus, as a result

❋ Adam caught a heavy cold; **_therefore_**, he did not go to work today.
Adam 重感冒，因此他今天沒有去上班。

24. **unite** [juˋnaɪt]　　*vi.*; *vt.* 聯合，團結

❋ The villagers **_united_** against the construction of the power plant.
村民們團結起來反對發電廠的興建。

25. **willing** [ˋwɪlɪŋ]　　*adj.* 樂意的　　反義 unwilling

❋ The soldiers fought against the enemies, **_willing_** to sacrifice for their countries at any time.
士兵們力抗敵人，願意隨時為國捐軀。

Unit ▶ 50

1. **aloud** [əˋlaʊd]　　*adv.* 大聲地　　同義 loudly

❋ The teacher asked her students to read the poem **_aloud_**.　老師要求她的學生們大聲朗讀那首詩。

2. **battery** [ˋbætərɪ]　　*n.* [C] 電池

❋ The smartphone **_battery_** is rechargeable. You only need to charge it when it is flat.　智慧型手機的電池是可充式的。當電池沒電時你只需要充電即可。

3. **butter** [ˋbʌtɚ]　　*n.* [U] 奶油

* Jessica likes to spread the toast with **butter** and jam. Jessica 喜歡在吐司上面塗抹奶油和果醬。

4. **cigarette** [ˌsɪgəˋrɛt] *n.* [C] 香菸

* The man put out his **cigarette** before he entered the building. 在進入建築物之前，男子熄掉了菸。

5. **costly** [ˋkɔstlɪ] *adj.* 昂貴的 同義 expensive

* It is quite **costly** to buy a house in the heart of downtown. 在市中心買一棟房子是相當昂貴的。

6. **differ** [ˋdɪfɚ] *vi.* 不同，相異 同義 vary

* The way people deal with stress **differs** from person to person. 人們處理壓力的方式因人而異。

7. **emotion** [ɪˋmoʃən] *n.* [C][U] 感情，情緒

* Patrick is good at hiding his **emotions**.
Patrick 善於隱藏他的情感。

8. **female** [ˋfimel] *adj.* 女性的，雌性的；*n.* [C] 女性，雌性動物 反義 male

* The **female** workers claimed equal pay with their male colleagues. 女性員工要求與男性同事同酬。

9. **geography** [dʒiˋɑgrəfɪ] *n.* [U] 地理 (學)

* Eliza is interested in human **geography**.

Eliza 對人文地理學很有興趣。

---

10. **honest** [`ɑnɪst] *adj.* 誠實的 反義 dishonest

* To be *honest*, I don't like that movie at all.
說實話，我一點都不喜歡那部電影。

honesty [`ɑnɪstɪ] *n.* [U] 誠實 反義 dishonesty

* *Honesty* is the best policy. 【諺】誠實為上策。

---

11. **Japanese** [ˌdʒæpə`niz] *adj.* 日本的；*n.* [U] 日語；日本人 (the~)

* Paul studied *Japanese* culture before taking a trip there. 去日本旅遊之前，Paul 先研究日本文化。

---

12. **limb** [lɪm] *n.* [C] (四) 肢

* Lillian stood up and stretched her *limbs*.
Lillian 站起來伸展她的四肢。

---

13. **melody** [`mɛlədɪ] *n.* [C][U] 旋律 同義 tune

* The *melody* sounded familiar, though I couldn't name it.
這個旋律聽起來很耳熟，雖然我說不出它的曲名。

---

14. **nonsense** [`nɑnsɛns] *n.* [U] 胡說，廢話

* No one believes Seth because he always talks *nonsense*.

沒有人相信 Seth，因為他總是胡說八道。

15. **paradise** [ˋpærəˏdaɪs]	*n.* [U][C] 天堂，樂園 同義 heaven

＊ Tokyo's Ginza is regarded by many people as a shoppers' *paradise*.
東京的銀座被許多人認為是購物者的天堂。

16. **physical** [ˋfɪzɪkl]	*adj.* 身體的　　反義 mental

＊ The doctor advised that Molly exercise regularly to improve her *physical* health.
醫生建議 Molly 規律運動以改善身體健康。

17. **point** [pɔɪnt]	*n.* [C] 事實，觀點；*vi.* 指出； (用手指) 指著

＊ The manager made a list of *points* to discuss in the meeting.
經理列出一些要在會議上討論的要點。

＊ The expert *pointed* out that one of the paintings was a fake.　專家指出其中一幅畫是贗品。

18. **reluctant** [rɪˋlʌktənt]	*adj.* 不情願的　　同義 unwilling 反義 willing

＊ The children had so much fun at the park that they were *reluctant* to go home.　孩子們在公園

裡玩得如此開心，以致於他們都不想回家。

---

19. **sauce** [sɔs]　　　*n.* [U][C] 調味醬，醬汁

∗ Victoria added some chili *sauce* to her noodles.
Victoria 在她的麵裡加了一些辣椒醬。

---

20. **shrimp** [ʃrɪmp]　*n.* [C] 蝦子

∗ Phoebe can't eat *shrimp* because she is allergic to seafood.
Phoebe 不能吃蝦子，因為她對海鮮過敏。

---

21. **spill** [spɪl]　　　*vt.; vi.* (使) 潑出，(使) 溢出

∗ The server tripped over a wire and *spilled* the soup all over the floor.
服務生被電線絆倒，把湯灑了一整地。

---

22. **sufficient**　　*adj.* 足夠的　同義 enough
[sə`fɪʃənt]　　　　反義 insufficient

∗ According to the police, the current evidence is still not *sufficient* to prove the man's guilt.
據警方表示，現有的證據仍無法證明該名男子的罪行。

---

23. **thick** [θɪk]　　　*adj.* 濃密的　反義 thin

∗ Due to the *thick* fog, Tim turned on the headlights and drove carefully.

Tim 因為濃霧而打開頭燈並小心駕駛。

24. **unity** [`junətɪ]　*n.* [U] 一致，統一性

* The party lacks *unity* of purposes. Therefore, its members are always arguing.　這個黨缺乏目標上的一致，所以黨內成員們總是爭吵不斷。

25. **willow** [`wɪlo]　*n.* [C] 柳樹

* The villagers planted a row of *willows* along the river.　村民沿著河邊種了一排柳樹。

Unit ▶ 51

1. **alphabet** [`ælfə,bɛt]　*n.* [C] 字母表

* The students started to learn English from the *alphabet*.　學生們從字母開始學英文。

2. **battle** [`bætl̩]　*n.* [C] 戰役，戰鬥　同義 fight

* The warriors won the decisive *battle* and returned to their country with victory.
戰士們贏了關鍵性的戰役並凱旋歸國。

3. **button** [`bʌtn̩]　*n.* [C] 按鈕；鈕釦

* The patient pressed the *button* by the bed to call for help.　病人按下床邊的按鈕求救。

4. cinema   *n.* [C] (英式) 電影院

[`sɪnəmə]   同義 movie theater

* Carson planned to watch the latest movie which is on at the local *cinema* this weekend.
  Carson 計畫這週末要去看當地電影院上映的那部最新電影。

5. cotton [`kɑtn̩]   *n.* [U] 棉花

* The T-shirt is made of *cotton* and is very comfortable to wear.
  那件 T 恤是棉製的，穿起來非常舒適。

6. diligent   *adj.* 勤勉的，勤奮的

[`dɪlədʒənt]   同義 hard-working

* Jessica is a *diligent* employee who always completes her assignments on time.　Jessica 是一位勤奮的職員，她總是按時完成分派的工作。

7. emperor [`ɛmpərɚ]   *n.* [C] 皇帝

* Quin Shi Huang is considered the first *emperor* of a united China in history.
  秦始皇被認為是歷史上一統中國的首位皇帝。

8. fence [fɛns]   *n.* [C] 籬笆，柵欄

* Mr. Donald built a *fence* around the farm to

prevent his livestock from escaping.　Donald 先生在農場周圍建了柵欄以防止他的家畜逃脫。

9. **gesture** ['dʒɛstʃə]　　*n.* [C] 手勢，姿勢　同義 sign

* Lisa made a *gesture* of OK to show that everything was fine.

Lisa 做了個 OK 的手勢表示一切安好。

10. **honeymoon** ['hʌnɪ,mun]　*n.* [C] 蜜月

* Jeniffer and Derek went to Hawaii on their *honeymoon* after their wedding.

Jeniffer 和 Derek 在結婚後到夏威夷度蜜月。

11. **jar** [dʒɑr]　　*n.* [C] 廣口瓶，罐子

* Zoe had difficulty opening the jam *jar*.

Zoe 打不開果醬瓶。

12. **limit** ['lɪmɪt]　　*n.* [C] 限制；(最大量) 限度；　*vt.* 限制

* The speed *limit* on this road is 60 kilometers per hour.　這條路的車速限制為時速六十公里。

13. **melt** [mɛlt]　　*vi.; vt.* (使) 融化　反義 freeze

* Due to global warming, ice caps on the North and South Pole are *melting* more quickly than

before. 由於全球暖化的關係，南北極的冰帽比
以前融化更加快速。

14. **nephew**	*n.* [C] 姪子，外甥
[ˋnɛfju]	反義 niece

* Sophia took care of her two-year-old *nephew* while his parents were abroad for work. Sophia 在她兩歲的姪子的父母出國工作時照顧著他。

15. **parcel** [ˋpɑrsl̩]	*n.* [C] 小包裹 同義 package

* Ray tied the *parcel* with a string before sending it. Ray 在寄出包裹前先用繩子把它捆好。

16. **poison**	*n.* [C][U] 毒藥 反義 antidote；
[ˋpɔɪzn̩]	*vt.* 下毒，毒害

* One man's meat is another man's *poison*.
【諺】人各有所好。

17. **prove** [pruv]	*vt.* 證明，證實

* The man provided his alibi to the police and *proved* his innocence.
男子向警方提出不在場證明並證實自己的清白。

18. **revise**	*vt.* 修改，修正
[rɪˋvaɪz]	同義 rewrite, correct

* The teacher asked Nick to *revise* his report.

老師要求 Nick 修改他的報告。

19. **saucer** [`sɔsɚ]　　*n.* [C] 茶盤，小碟子

* Rita bought a set of china cups and *saucers* for Vera.　Rita 買了一組陶瓷茶具送給 Vera。

20. **shrink**　　　　　　*vi.; vt.* (使) 縮水，(使) 縮小
   [ʃrɪŋk]　　　　　　反義 expand, swell

* The number of workers in this factory has *shrunk* from 20 to only 6.
  這間工廠的工人已經從二十人減少到只剩六人。

21. **spin** [spɪn]　　*vi.; vt.* (使) 快速旋轉　同義 swirl

* Hearing somebody call her name, Rachel *spun* around but saw no one.　Rachael 聽到有人在叫她的名字，但她快速轉身卻沒看到任何人。

22. **suggest** [səɡ`dʒɛst]　　*vt.* 建議　同義 advise

* The doctor *suggested* that Fred have a check-up.
  醫生建議 Fred 做一次身體健康檢查。

- -

suggestion　　　　*n.* [C] 建議　同義 advice
[səɡ`dʒɛstʃən]

* Louisa chose this college at her father's *suggestion*.
  Louisa 在她爸爸的建議下選擇這所學校。

23. **thin** [θɪn]	*adj.* 薄的 反義 thick；瘦的 同義 slim 反義 fat

* This white shirt is so ***thin*** that you can see through it.　這件白襯衫薄到你可以看透過去。

24. **universe** [`junə͵vɝs]	*n.* (*sing.*) (the～) 宇宙

* The ***universe*** is so big that no one can make sure whether aliens do exist.　宇宙是如此的大，以致於沒有人能肯定外星人是否真的存在。

25. **windy** [`wɪndɪ]	*adj.* 風大的 反義 still

* The children had fun flying kites on this ***windy*** day.　在這風大的日子，孩子們放風箏玩得很愉快。

Unit ▶ 52

1. **alternative** [ɔl`tɝnətɪv]	*adj.* 可替代的，可供選擇的；*n.* [C] 選擇 同義 choice, option

* We came up with an ***alternative*** solution to the problem after a long discussion.　經過漫長的討論後，我們想出替代的方法來解決問題。

2. **bay** [be]	*n.* [C] (海或港) 灣

* Many people joined the tour to watch the polar bears in Hudson ***Bay***.

很多人參加這個團，去觀賞哈德遜灣的北極熊。

3. buzz [bʌz]　　　*vi.* 發出嗡嗡聲；*n.* [C] 嗡嗡聲

* Many flies are ***buzzing*** around the trash can.
許多蒼蠅在垃圾桶周圍嗡嗡地飛著。

4. circle [ˋsɝkl]　　*n.* [C] 圓形；*vt.* 圈出

* James cut the onion into ***circles*** and fried them.
James 將洋蔥切成圓圈狀，然後去油炸。

5. couch [kaʊtʃ]　　*n.* [C] 長沙發　同義 sofa

* Stanley reclined on the ***couch***, flipping through channels with the remote control.
Stanley 斜靠在長沙發上，用遙控器快轉著頻道。

6. dim [dɪm]　　　*adj.* 昏暗的　同義 dark

* Reading in ***dim*** light can lead to eye strain.
在昏暗的燈光下看書可能會導致眼睛疲勞。

7. emphasize　　　*vt.* 強調，著重
　 [ˋɛmfəˏsaɪz]　　同義 highlight, stress

* The salesperson ***emphasized*** the advantages of his products over and over again.
推銷員再三強調他產品的優點。

8. festival [ˋfɛstəvl]　*n.* [C] 節日，節慶

* The Mid-Autumn *Festival* falls on the 15th day of the eighth lunar month.
中秋節是農曆八月十五日。

---

9. **ghost** [gost]　　*n.* [C] 鬼魂　同義 spirit

* Some people do not believe in *ghosts* and think it is stupid to be afraid of them.　有些人不相信鬼的存在並且認為害怕它們是愚蠢的。

---

10. **honor**　　*n.* [U] 榮譽，尊敬　同義 respect；
[ˋɑnɚ]　　[C] (*sing.*) 引以為榮的事

* The school was named in *honor* of their first principal.
這所學校的命名是對他們的第一任校長表示敬意。

---

11. **jaw** [dʒɔ]　　*n.* [C] 下顎

* Angered by his colleague's offensive remarks, Manson punched him on the *jaw*.　Manson 被他同事冒犯的話所激怒，往他的下巴揍了一拳。

---

12. **linen** [ˋlɪnɪn]　　*n.* [U] 亞麻布

* It is quite comfortable to wear *linen* clothes in summer.　夏天穿亞麻布料的衣服很舒服。

---

13. **member** [ˋmɛmbɚ]　　*n.* [C] 成員，會員

* We treat our pet dog as a *member* of our family.

我們把養的狗當作是家庭的一份子來對待。

membership　*n.* [U] 會員資格，會員身份
[ˈmɛmbɚ͵ʃɪp]

* You need to apply for *membership* before you shop here.
你需要先申請會員資格才能在這裡購物。

14. **nerve** [nɝv]　*n.* [C] (*usu. pl.*) 焦慮，緊張

* Before the exam, Julie took a deep breath to calm her *nerves*.　Julie 在考試前深呼吸以穩住情緒。

nervous [ˈnɝvəs]　*adj.* 緊張的　同義 anxious

* Helen gets *nervous* whenever she goes for a job interview.　Helen 每次在工作面試前都會很緊張。

15. **pardon**　*interj.* 請再說一遍；*n.* [C] 對不
[ˈpɑrdn̩]　起，請原諒

* "*Pardon*, could you speak louder? I can't hear you."
「請再說一遍，你能說大聲點嗎？我聽不見。」

* I beg your *pardon*, I mistook you for my friend.
對不起，我把你錯認為我的朋友了。

16. **pole** [pol]　*n.* [C] 杆，柱；(地球的) 極

* Without a fishing *pole*, how can you fish?

沒有釣竿，你如何能釣魚？

17. **provide** [prə`vaɪd]　*vt.* 提供　同義 offer, supply

* The restaurant ***provided*** a special dessert for its customers today.

這家餐廳今天提供顧客特別的甜點。

18. **remain** [rɪ`men]　*vi.* 維持　同義 keep, stay

* It may be quite difficult for people to ***remain*** calm when a huge earthquake takes place.

當大地震發生時人們可能很難保持鎮定。

19. **sausage** [`sɔsɪdʒ]　*n.* [C][U] 香腸

* ***Sausages*** are processed meat, which can increase the risk of cancer if one consumes too much.

香腸屬加工肉類，如果攝取過多會增加罹癌的風險。

20. **shut**　　　　　*vi.*; *vt.* (使) 關上，(使) 關閉
[ʃʌt]　　　　　同義 close　反義 open

* After arguing with his boss, Dylan angrily walked out of the office and ***shut*** the door with a bang.　在與老闆爭吵後，Dylan 氣沖沖地走出辦公室並砰地一聲將門關上。

21. **spinach** [`spɪnɪtʃ]　*n.* [U] 菠菜

* ***Spinach*** is rich in iron, calcium, and other nutrients.

菠菜富含鐵、鈣、以及其它營養素。

---

22. **suicide** [ˋsuə͵saɪd]　*n.* [C][U] 自殺

* A ***suicide*** bombing attack occurred in the city last night, killing at least thirty people.

那座城市昨晚發生一起自殺炸彈攻擊事件 ，至少三十人喪命。

---

23. **thirst** [θɝst]　*n.* (*sing.*) 口渴

* Willy drank a lot of water to quench his ***thirst***.

Willy 喝了很多水來解渴。

thirsty [ˋθɝstɪ]　*adj.* 口渴的

* Terry was hot and ***thirsty*** after running a marathon.

跑完馬拉松後，Terry 覺得又熱又渴。

---

24. **university**
[͵junəˋvɝsətɪ]　*n.* [C][U] 大學　同義 college

* Lewis studied very hard and successfully entered a prestigious ***university***.　Lewis 非常用功唸書並成功進入了一間有聲望的大學。

---

25. **wing** [wɪŋ]　*n.* [C] 翅膀

* The eagle flapped its ***wings*** and suddenly dived

down to capture its prey.

老鷹拍動翅膀並突然俯衝直下抓取它的獵物。

Unit ▶ 53

1. **altogether**   *adv.* 完全地   同義 completely
[ˌɔltə`gɛðɚ]

＊ The sun will disappear *altogether* when an eclipse of the sun occurs.

日蝕發生時，太陽會完全消失。

---

2. **bead** [bid]   *n.* [C] 珠子

＊ Nancy is wearing a string of *beads* around her neck.　Nancy 脖子上戴著一串珠子串成的項鍊。

---

3. **cab** [kæb]   *n.* [C] 計程車   同義 taxi

＊ In order not to miss his flight, Simon took a *cab* to the airport.

為了不錯過他的班機，Simon 搭計程車去機場。

---

4. **circus** [`sɝkəs]   *n.* [C] 馬戲團

＊ Baron has been dreaming of joining a *circus* and becoming a performer.

Baron 一直夢想加入馬戲團，成為一名表演者。

---

5. **cough** [kɔf]   *vi.* 咳嗽

* Linda had a bad cold and *coughed* all night long.
Linda 罹患重感冒，咳了整晚。

6. dine [daɪn]　　　*vi.* 用餐

* I will *dine* with my friends in a French restaurant
tonight.　我今晚要跟朋友在一家法式餐廳用餐。

7. employ [ɪmˋplɔɪ] *vt.* 雇用　同義 hire　反義 fire

* These shops usually *employ* a lot of workers
before Christmas.
這些商店通常在聖誕節之前會僱用很多人幫忙。

| employee | *n.* [C] 受雇者，雇員 |
| [͵ɪmplɔɪˋi] | 反義 boss, employer |

* This toy company has 500 *employees*.
這家玩具公司有五百名員工。

| employer | *n.* [C] 雇主　同義 boss |
| [ɪmˋplɔɪɚ] | 反義 employee |

* Good *employers* should treat their workers with
respect.　好的雇主應該要尊重員工。

8. fever [ˋfivɚ]　　　*n.* [C][U] 發燒；(*sing.*) 狂熱

* Ruby didn't go to work because she had a high
fever.　Ruby 因為發高燒而沒去上班。

| 9. giant
[ˈdʒaɪənt] | *adj.* 巨大的　同義 huge；
n. [C] (故事中的) 兇惡巨人 |

* The *giant* sign of the store can be seen far away.
這家店巨大的招牌從遠處就看得到。

| 10. hook [hʊk] | *n.* [C] 掛鉤；魚鉤 |

* Carol took her shopping bag from the *hook*
behind the door.
Carol 從門後的掛鉤上取下購物袋。

| 11. jazz [dʒæz] | *n.* [U] 爵士樂 |

* Many people like to enjoy live *jazz* in this
restaurant.
許多人喜歡在這家餐廳享受現場的爵士樂。

| 12. link
[lɪŋk] | *vt.* 連結，聯繫　同義 connect,
join；*n.* [C] 連結，關係　同義
connection, relationship |

* The new bridge *links* the small town with the big
city.　這座新的橋將小城鎮與大都市聯繫起來。

| 13. memory
[ˈmɛmərɪ] | *n.* [C] 記憶力；(*usu. pl.*) 回憶 |

* Leo has a good *memory* for numbers.
Leo 對數字的記憶力很好。

memorize	vt. 記住，熟記
[ˋmɛmə͵raɪz]	同義 learn by heart

* The teacher asked us to **memorize** two poems by tomorrow. 老師要我們在明天之前背完兩首詩。

14. nest [nɛst]	n. [C] 鳥巢，鳥窩

* Baby birds leave their **nests** as soon as they can fly to protect themselves from predators. 幼鳥一學會飛行便會離開鳥巢，以免受捕食者攻擊。

15. parrot [ˋpærət]	n. [C] 鸚鵡

* Sally keeps a **parrot** and teaches it to say her name. Sally 養了一隻鸚鵡並教牠念她的名字。

16. policy [ˋpɑləsɪ]	n. [C][U] 政策，方針

* The government has adopted a new **policy** on education. 政府採用了新的教育政策。

17. pub [pʌb]	n. [C] 酒吧 同義 bar, public house

* Tim used to go to a **pub** with his colleagues after work. Tim 以前下班後習慣跟同事去酒吧。

18. remark	vt. 談到，說起；n. [C] 意見，
[rɪˋmɑrk]	評論 同義 comment

* Kate **remarked** that Rita looked pretty today.

Kate 說 Rita 今天看起來很美。

19. **saving** [`sevɪŋ]　　*n. (pl.)* 存款，儲蓄

* Daphne spent all her *savings* on an expensive sports car.

Daphne 用她所有的積蓄買了一輛昂貴的跑車。

20. **shy** [ʃaɪ]　　　　　*adj.* 害羞的

* Albert is too *shy* to ask the girl out.

Albert 太害羞而不敢約那女孩出來。

21. **spirit** [`spɪrɪt]　　*n.* [U] 精神

* Although the team had no chance of winning, they still had fighting *spirit*.

雖然這支球隊沒有勝算，他們還是充滿鬥志。

22. **suit** [sut]　　*vt.* 適合　同義 fit；*n.* [C] 套裝

* This red coat doesn't *suit* me. I prefer wearing dark colors.

這件紅色的外套不適合我。我偏好穿暗色系的。

23. **thread** [θrɛd]　　*n.* [C][U] 細線

* Fiona carefully pulled the *thread* through the eye of the needle.　Fiona 小心地把線穿過針眼。

24. **unless** [ən`lɛs]　　*conj.* 除非

* Cathy won't pass the exam *unless* she studies hard from now on.　Cathy 無法通過考試，除非她從現在開始用功讀書。

25. **wink** [wɪŋk]　　　*vi.*; *vt.* 使眼色，眨眼

* Brian *winked* at Helen, and she knew what he just said was a secret.　Brian 對 Helen 眨了眨眼，她便知道他剛剛所說的是個祕密。

Unit ▶ 54

1. **amaze** [əˋmez]　*vt.* 使驚訝　同義 surprise

* The little boy *amazed* the teacher with his creativity.
  這個小男孩的創意讓他的老師感到驚訝。

- -

amazement　　*n.* [U] 驚訝，吃驚
[əˋmezmənt]　　同義 surprise

* To everyone's *amazement*, Carl is fluent in six languages.
  令所有人驚訝的是，Carl 會流利地說六種語言。

2. **bean** [bin]　　　*n.* [C] 豆子

* Jim poured some coffee *beans* into the machine to make coffee.

Jim 倒了一些咖啡豆到機器裡煮咖啡。

3. **cabbage** [ˋkæbɪdʒ] *n.* [C][U] 高麗菜，包心菜

* The dumplings are stuffed with **cabbage** and pork. 餃子裡包了高麗菜和豬肉。

4. **citizen** [ˋsɪtəzn̩] *n.* [C] 市民，公民

* No one should be treated like a second-class **citizen** because of his or her skin color. 沒有人應該因為他或她的膚色而被當作次等公民對待。

5. **count**   *vi.* 數；*vt.* 計算，點數目
  [kaʊnt]   同義 calculate

* Mark found a birthday cake in front of him when he **counted** to three and opened his eyes.
數到三張開眼睛後，Mark 看到他面前放著一個生日蛋糕。

6. **dinosaur** [ˋdaɪnəˌsɔr] *n.* [C] 恐龍

* It is said that **dinosaurs** died out because meteorites hit the Earth.
據說恐龍滅絕的原因是因為隕石撞擊地球。

7. **empty**   *adj.* 空的 同義 hollow
  [ˋɛmptɪ]   反義 full

* Mr. Green visited his long-lost friend, only to

find an *empty* house.　Mr. Green 拜訪他失聯已久的朋友，但卻只找到一間空房子。

8. field [fild]	*n.* [C] 田野，田地　同義 farm； 專業領域　同義 area

* My family used to go for a walk in the *fields* together after dinner.
我家以前習慣在晚餐後一起到田野中散步。

9. glance [glæns]	*vi.* 一瞥，看一眼；*n.* [C] 一瞥 同義 glimpse

* Danny *glanced* around the office before he turned off the lights.
Danny 在關燈前先掃視一下辦公室。

10. horn [hɔrn]	*n.* [C] 角；(車輛的) 喇叭

* You can tell a male goat from its *horns*.
你可以從羊角認出公山羊。

11. jealous [`dʒɛləs]	*adj.* 嫉妒的　同義 envious

* Many girls are *jealous* of Annie's good looks.
許多女孩嫉妒 Annie 漂亮的外貌。

12. lipstick [`lɪp͵stɪk]	*n.* [U][C] 唇膏，口紅

* Selena wore pink *lipstick* to go with her dress.
Selena 擦粉紅色的口紅來搭配她的洋裝。

| 13. **mend**
[mɛnd] | *vt.* 修理　同義 fix, repair；重修舊好 |

* Could you ***mend*** the light for me?
你可以幫我修理這盞燈嗎？

| 14. **net**
[nɛt] | *n.* [C] 網子；網路 (the Net)
同義 the Web, the Internet |

* The boy caught some butterflies with a ***net***.
男孩用網子抓了一些蝴蝶。

| 15. **participate**
[pɚ`tɪsə,pet] | *vi.* 參加，參與　同義 join |

* The whole class will ***participate*** in the relay race.
全班都會參加接力賽跑。

| 16. **polite**
[pə`laɪt] | *adj.* 禮貌的，客氣的
反義 impolite, rude |

* It was not ***polite*** of you to take pictures of the boy without his consent.
你未經那男孩的允許就拍照是不禮貌的。

| 17. **publication**
[,pʌblɪ`keʃən] | *n.* [U] 出版；[C] 出版物 |

* Do you know the ***publication*** date of the book?
你知道這本書的出版日期嗎？

publish [`pʌblɪʃ]　*vt.* 出版 (書刊等)

* This company is known for *publishing* dictionaries.　這間公司以出版字典著稱。

18. **remind** [rɪ`maɪnd]　*vt.* 提醒

* Please *remind* me to pay you back tomorrow.
 請提醒我明天還你錢。

19. **scale** [skel]　*n.* [U] (*sing.*) 規模；(*pl.*) 磅秤

* The *scale* of the damage caused by the typhoon is difficult to measure.
 這次颱風所引起的損害規模難以估計。

20. **sidewalk**　*n.* [C] 人行道　同義 pavement
 [`saɪd,wɔk]

* On the cold winter night, there was no one passing by on the *sidewalk*.
 在寒冷的冬夜，人行道上沒有任何人經過。

21. **spit** [spɪt]　*vi.* 吐口水；*vt.* 吐出

* The father scolded his child for *spitting* at others.
 這個爸爸責備他的孩子朝別人吐口水。

22. **suitable**　*adj.* 適合的，適宜的　同義 fit,
 [`sutəbl̩]　proper　反義 unsuitable

＊ Mrs. Wang is finding a house *suitable* for a family with three children. 王太太正在尋找一間適合有三個孩子的家庭居住的房子。

23. threat [θrɛt]　　*n.* [C][U] 威脅，恐嚇

＊ Climate change has posed a *threat* to many island countries. 氣候變遷已經對許多島國造成威脅。

threaten [ˈθrɛtn̩]　*vt.* 威脅，恐嚇

＊ The robber *threatened* to kill Jane if she refused to give him the money.
搶匪威脅如果 Jane 不給錢的話，就要殺掉她。

24. upgrade [ˈʌpˈɡred]　　*vt.* 使 (電腦等) 升級

＊ William decided to *upgrade* his computer system.
William 決定將他的電腦系統升級。

25. wipe [waɪp]　　*vt.* 擦拭，擦掉

＊ Tommy *wiped* his tears away and gave me a smile.
Tommy 擦掉他的眼淚並給了我一個微笑。

Unit ▶ 55

1. ambassador
[æmˈbæsədɚ]　　*n.* [C] 大使　同義 diplomat

＊ Mr. Stone is appointed as the US *ambassador* to

Spain.　Mr. Stone 被任命為美國駐西班牙大使。

| 2. **bear** [bɛr] | *vt.* 忍受，忍耐　同義 stand |

* In my first year in Japan, I could hardly ***bear*** the cold weather there.　在日本的第一年，我幾乎無法忍受那邊寒冷的天氣。

| 3. **cabin** [`kæbɪn] | *n.* [C] (船、機) 艙；小木屋 |

* The passengers were forced to stay in the ***cabin*** during the storm.　乘客在暴風雨期間被迫留在船艙。

| 4. **civil** [`sɪvl̩] | *adj.* 國內的；公民的 |

* The ***civil*** war has resulted in a lot of deaths in this country.　內戰已造成這國家許多人死亡。

| 5. **couple** [`kʌpl̩] | *n.* [C] 一雙，一對　同義 pair；一對情侶或夫婦 |

* I saw a ***couple*** of cats on the roof.
我看到屋頂上有兩隻貓。

* The young ***couple*** are on their honeymoon.
這對年輕的夫妻正在度蜜月。

| 6. **dip** [dɪp] | *vt.* 蘸，浸 |

* David ***dipped*** his hand in the warm water.
David 把手浸在溫水裡。

7. enable [ɪn`ebl] *vt.* 使能夠 同義 allow

* The newly built MRT system *enables* people to commute between city and countryside.
  新建的捷運系統使人們能夠通勤於城市與郊區。

8. fight [faɪt] *vi.; vt.* 打架；*n.* [C] 打鬥

* Two little boys are *fighting* only for a piece of candy. 兩個小男孩只為了一塊糖果就大打出手。

9. global [`globl] *adj.* 全球的 同義 universal

* A change of a country's trade policy can affect the *global* economy.
  一個國家貿易政策的改變會影響全球的經濟。

10. horror [`hɔrɚ] *n.* [U] 驚恐 同義 fright, terror

* Ann screamed in *horror* when she found a mouse in her room.
  當 Ann 看到房間裡有一隻老鼠時，她驚恐地大叫。

horrible *adj.* 可怕的，嚇人的
[`hɔrəbl]   同義 frightening, scary

* It is *horrible* to see a car accident happening in front of your eyes. 親眼目睹車禍是很可怕的。

11. jeans [dʒinz] *n. (pl.)* 牛仔褲

＊ It is inappropriate to wear *jeans* to work in a bank.

在銀行上班不適合穿著牛仔褲。

| 12. liquid
[`lɪkwɪd] | *adj.* 液體的；*n.* [C][U] 液體，
液態物 　反義 solid |

＊ Ice will become *liquid* water at room temperature.

冰在室溫下會變成液態的水。

| 13. mental [`mɛntl̩] | *adj.* 心理的 　反義 physical |

＊ Too much pressure can have a bad effect on *mental* health.

太大的壓力會對心理健康造成不好的影響。

| 14. network [`nɛt͵wɝk] | *n.* [C] 網狀系統 |

＊ The university has an information *network* linked to fifty other universities.

這所大學有個連接其它五十所大學的資訊系統。

| 15. particular
[pɚ`tɪkjələ] | *n.* [U] 特別，尤其；*adj.* 特定
的；特別的 　同義 special |

＊ Of all her children, Sue likes the youngest in *particular*. 　在所有的小孩中，Sue 特別喜歡老么。

| 16. political [pə`lɪtɪkl̩] | *adj.* 政治的 |

＊ There are two main *political* parties in Taiwan.

台灣有兩個主要的政黨。

- -

politician [ˌpɑləˈtɪʃən]　　*n.* [C] 政治家，政客

* Many people think *politicians* cannot be trusted.
許多人都覺得政客是不能信任的。

---

17. **protest** [ˈprotɛst]　　*n.* [U][C] 抗議 (活動)

* Willy angrily left the meeting in *protest* against
the result.　　Willy 生氣地離開會議以抗議結果。

- -

protest [prəˈtɛst]　　*vi.* 抗議，反對

* The local people gathered in front of the factory
to *protest* against water pollution.
當地居民聚在工廠前面抗議水污染。

---

18. **remote** [rɪˈmot]　　*adj.* 遙遠的　　同義 distant

* Mr. Johnson moved to a *remote* mountain village
after his retirement.
Mr. Johnson 退休後搬到了一個偏遠的山村。

---

19. **satellite** [ˈsætlˌaɪt]　　*n.* [C] 人造衛星

* *Satellites* make it possible for people to see the
images of other planets.
人造衛星讓人們可以看到其他星球的影像。

---

20. **scarce** [skɛrs]　　*adj.* 稀少的　　同義 rare

* Water and food are *scarce* in war-torn areas.

水和食物在戰亂區是很缺乏的。

21. sigh [saɪ]	*vi.* 嘆氣，嘆息；*n.* [C] 嘆氣

* The old woman *sighed* heavily at the thought of her lost youth.

老婦人想到逝去的青春就深深嘆了口氣。

22. sum [sʌm]	*n.* [C] 金額，款項

* The company decides to spend a huge *sum* of money on employee training.

這間公司決定在員工訓練上投入巨額錢財。

23. throat [θrot]	*n.* [C] 喉嚨

* The teacher had a sore *throat* after teaching for five hours.

上了五小時的課之後，這位老師的喉嚨開始疼痛。

24. upper [ˋʌpɚ]	*adj.* 上面的　反義 lower

* Amanda has a scar on her right *upper* arm.

Amanda 的右手上手臂有條疤痕。

25. wire [waɪr]	*n.* [U] 金屬線；[C] 電線

* This hanger is made of *wire*.

這個衣架是由鐵絲製成的。

Unit ▶ 56

1. **ambition** [æmˋbɪʃən]　　*n.* [C][U] 理想，抱負
＊ Lucy made every effort to fulfill her ***ambition***.   Lucy 盡最大的努力完成她的理想。
2. **beard** [bɪrd]　　*n.* [C] (下巴上的) 鬍鬚
＊ Jeremy is growing a ***beard*** in order to look older.   為了看起來年紀大一些，Jeremy 正在留鬍子。
3. **cable** [ˋkebḷ]　　*n.* [C] 電纜；[U] 有線電視
＊ Underground ***cables*** link the cities and enable long-distance communications.   地下電纜連接各城市，實現了遠距通訊。
4. **claim** [klem]　　*vt.* 聲稱；*n.* [C] 聲稱，說法
＊ Nick ***claimed*** that he had no idea about the plan.   Nick 聲稱他對計畫毫不知情。
5. **courage** [ˋkɝɪdʒ]　　*n.* [U] 勇氣
＊ It takes ***courage*** to admit when we make a mistake.　承認錯誤是需要勇氣的。
6. **direct** [dəˋrɛkt]	*vt.* 給 (某人) 指路；針對，對準 同表 aim
＊ The kind lady ***directed*** me to the bank I was

looking for.

那位好心的女士指引我到我在尋找的銀行。

direction [də`rɛkʃən]	*n.* [C] 方向；(*usu. pl.*) 說明，指示

* The suspect is running in the *direction* of the museum.　嫌犯正朝著博物館的方向跑去。

7. **encourage**　　*vt.* 鼓勵　反義 discourage
[ɪn`kɝɪdʒ]

* Children should be *encouraged* to finish their homework by themselves.

應該鼓勵孩子們自行完成作業。

8. **figure** [`fɪgjɚ]　*n.* [C] 數字；人物；身材

* It is said that the singer earned an income of eight *figures* last year.

據說這位歌手去年有八位數的收入。

9. **glory**　　　*n.* [U] 光榮，榮耀；[C] 值得驕
[`glɔrɪ]　　　傲的事　同義 honor

* Ang Lee's moment of *glory* came when he received his first Oscar.　當李安贏得他的第一座
奧斯卡獎時，他的光榮時刻於是來臨。

10. **host** [host]　　*n.* [C] 主人；*vt.* 主辦

* We were warmly welcomed by the *host*.
我們受到主人的熱烈歡迎。

---

hostess [ˋhostɪs]   *n.* [C] 女主人

* The elegant woman in a red dress was the *hostess* tonight.
那個穿著紅裙的優雅女人就是今晚的女主人。

---

11. **jeep** [dʒip]   *n.* [C] 吉普車

* John likes to drive a *jeep*, which makes traveling in the mountains easier. John 喜歡開吉普車，因為吉普車讓行走山路更順暢。

---

12. **list** [lɪst]   *n.* [C] 清單；*vt.* 列出清單

* The professor gave his students a *list* of books to read. 教授開給學生一張要讀的書籍清單。

---

13. **mention** [ˋmɛnʃən]   *vt.* 提到，談到

* Fred *mentioned* that he had broken up with his girlfriend. Fred 提到他已經跟女朋友分手了。

---

14. **nickname** [ˋnɪkˏnem]   *n.* [C] 綽號，暱稱

* Some students like to give *nicknames* for every teacher. 有些學生喜歡給每個老師取綽號。

---

15. **partner** [ˋpɑrtnɚ]   *n.* [C] 合夥人，搭檔

* Joyce and I are merely business *partners*.
我跟 Joyce 不過就是工作上的搭檔。

16. **perfume** [pə`fjum]　　*n.* [C][U] 香水

* *Perfume* smells different at different
temperature.　香水在不同溫度下聞起來不一樣。

17. **pump** [pʌmp]　*n.* [C] 唧筒，抽水機；*vt.* 抽水

* They used a *pump* to draw the water from the
well.　他們用抽水機把水從水井裡抽出來。

18. **remove** [rɪ`muv]　　*vt.* 移除　同義 take away

* *Remove* the dust on that chair before you sit on
it.　在你坐上那張椅子前先把上面的灰塵弄掉。

19. **scare** [skɛr]　　　*vt.* 使驚嚇　同義 frighten

* Jess *scared* me by shouting suddenly behind me.
Jess 突然在我背後大叫把我嚇一跳。

scary [`skɛrɪ]　　*adj.* 恐怖的　同義 frightening

* Tina had a bad dream after seeing the *scary*
movie.　Tina 在看完恐怖電影就做惡夢了。

20. **sight**　　*n.* [U] 視力　同義 vision；[C]
[saɪt]　　　　景象　同義 view

* Raymond has to wear glasses all the time

because of his poor *sight*.

因為視力差，Raymond 必須隨時帶著眼鏡。

21. **splash** [splæʃ]	*vi.* 飛濺；*vt.* 潑濺液體於…；*n.* [C] 濺潑聲

* It rained heavily and great drops of rain *splashed* on the window.

天空在下大雨，而且斗大的雨珠潑濺在窗戶上。

22. **summary** [ˋsʌmərɪ]	*n.* [C] 摘要，概要

* This book has a *summary* at the beginning of each chapter.　這本書的每一章前面都有摘要。

23. **throughout** [θruˋaʊt]	*prep.* 遍及；在整個期間

* New Year celebrations are held *throughout* the country.　舉國都在舉辦慶祝新年的活動。

24. **upset** [ʌpˋsɛt]	*adj.* 不開心的　同義 disturbed

* Don't feel *upset* about what people think of you.

不要因他人的眼光感到沮喪。

25. **wise** [waɪz]	*adj.* 聰明的，有智慧的 同義 smart, clever, intelligent

* It is *wise* of you to think twice before making a decision.　你真聰明，懂得在做決定前仔細考慮。

wisdom　　　*n.* [U] 智慧　同義 intelligence

[ˋwɪzdəm]

* People often ask Jack for advice because he is a man of ***wisdom***.

人們常向 Jack 尋求建議，因為他是個有智慧的人。

Unit ▶ 57

1. **amount** [əˋmaʊnt]　*n.* [C][U] 數量

* Daisy spent a large ***amount*** of money traveling around the world.　Daisy 花了大量的錢環遊世界。

2. **beast** [bist]　　*n.* [C] 野獸

* In the story, the little girl was attacked by a wild ***beast*** in a forest.

在這個故事裡，小女孩在森林中遭受野獸攻擊。

3. **café** [kəˋfe]　　*n.* [C] 咖啡館，小餐館

* This ***café*** serves delicious coffee and snacks.

這家咖啡館供應美味的咖啡和點心。

4. **clap** [klæp]　　*vi.* 鼓掌，拍手　同義 applaud

* When the speaker finished his speech, all the audience began to ***clap***.

當講者結束他的演講時，所有觀眾開始鼓掌。

5. **course** [kors]   *n.* [C] 課程

∗ Ivan took a *course* in statistics this semester.
  Ivan 這學期修了一門統計學課程。

6. **dirt** [dɚt]   *n.* [U] 灰塵   同義 dust, mud

∗ The sofa is covered with *dirt*.
  這張沙發佈滿了灰塵。

7. **ending**   *n.* [C] (故事或電影等的) 結尾，
  [`ɛndɪŋ]   結局   反義 beginning

∗ I didn't expect the sad *ending* of this movie.
  我沒有預料到這部電影的悲傷結局。

8. **file** [faɪl]   *n.* [C] 檔案，卷宗；*vt.* 把⋯歸檔

∗ Henry forgot to save the important *file* when he
  closed it.   Henry 在關掉重要檔案時忘記儲存。

9. **glow** [glo]   *n.* (*sing.*) 光輝，亮光；*vi.* 發光

∗ The couple sat on the rock and watched the *glow*
  of the sunset.
  這對情侶坐在岩石上，看著夕陽的餘暉。

10. **hourly**   *adj.* 每小時一次的；以鐘點計算
  [`aʊrlɪ]   的；*adv.* 每小時地

∗ The workers take an *hourly* break in the factory.

工廠裡的工人每小時休息一次。

| 11. **jelly** [ˋdʒɛlɪ]   *n.* [C][U] 果凍   同義 jello |

* **Jelly** is Ken's favorite dessert.
  果凍是 Ken 最喜愛的甜點。

| 12. **literature** [ˋlɪtərə͵tʃʊr]   *n.* [U] 文學 |

* William Shakespeare is an important figure in English **literature**.
  莎士比亞是英國文學中的重要人物。

| 13. **merchant**   *n.* [C] 商人
[ˋmɝtʃənt]   同義 businessperson |

* The wealthy **merchant** tried to help poor people.
  這位富有的商人試著幫助窮人。

| 14. **niece** [nis]   *n.* [C] 姪女，外甥女   反義 nephew |

* I bought my **niece** a pair of shoes for her birthday.   我買給我的姪女一雙鞋當作生日禮物。

| 15. **passage**   *n.* [C] (文章) 一段；通道，走廊
[ˋpæsɪdʒ]   同義 corridor |

* The teacher asked the students about the main idea of this **passage**.
  老師問學生這段文章的主旨是什麼。

16. **preserve** [prɪˋzɝv]   *vt.* 保存，維護

* Houses made of wood are not easily *preserved*.
木製的房子不易維護。

17. **pumpkin** [ˋpʌmpkɪn]   *n.* [U][C] 南瓜

* It is a Western custom to have *pumpkin* pies to
celebrate Thanksgiving.
吃南瓜派慶祝感恩節是一項西方習俗。

18. **renew** [rɪˋnju]   *vt.* 延長，續期

* Rita decided to *renew* her membership of the
gym.   Rita 決定將健身房的會員資格續期。

19. **scarecrow** [ˋskɛr͵kro]   *n.* [C] 稻草人

* Farmers used to place *scarecrows* in the fields to
keep birds away.
在過去，農夫在田裡放稻草人來趕走鳥兒。

20. **sign**   *n.* [C] 跡象；手勢   同義
[saɪn]   gesture；指示牌   同義 notice

* The coming of robins is a *sign* of spring.
知更鳥的到來是春天來臨的跡象。

21. **spoil** [spɔɪl]   *vt.* 寵壞；破壞   同義 ruin

* Don't do everything for your child, or you will

spoil him.

不要什麼事都幫孩子做好，你會寵壞他的。

---

22. **summit**
    [ˋsʌmɪt]
    n. [C] 山頂　同義 peak；最高
    級會議

* It took hours to reach the *summit* of the mountain.
  要到達這座山的山頂要好幾個小時。

---

23. **thumb** [θʌm]　*n.* [C] 大拇指

* Arthur hurt his *thumb* when he was doing
  housework.　Arthur 做家事時傷到他的大姆指。

---

24. **upstairs**
    [ʌpˋstɛrz]
    adv. 往樓上　反義 downstairs

* Mr. Wood went *upstairs* to wake up his
  daughter.　Mr. Wood 上樓叫醒他的女兒。

---

25. **wrinkle** [ˋrɪŋkl]　*n.* [C] 皺紋；*vt.*；*vi.* (使) 起皺紋

* Graham has got more and more *wrinkles* around
  the eyes as he grows old.
  隨著年齡增長，Graham 眼睛周圍的皺紋越來越多。

Unit ▶ 58

---

1. **ancient** [ˋenʃənt]　*adj.* 古代的　反義 modern

* Elvis majored in history because he was

interested in the lives of *ancient* people.   Elvis
主修歷史，因為他對古代人們的生活很有興趣。

| 2. beep [bip] | *n.* [C] 嗶嗶聲；*vi.* 發出嗶嗶聲 |

* Please leave your message after the *beep*.
請在嗶聲後留言。

| 3. cafeteria [͵kæfə`tɪrɪə] | *n.* [C] 自助餐廳 |

* The food in the *cafeteria* is not only delicious but
cheap.   這間自助餐廳的食物不只好吃還很便宜。

| 4. classic [`klæsɪk] | *adj.* 經典的；*n.* [C] 經典作品 |

* *Romeo and Juliet* is a *classic* story of love at first
sight.
《羅密歐與茱麗葉》是典型一見鍾情的故事。

| 5. court [kort] | *n.* [C][U] 法庭，法院 |

* There were a group of angry people gathering
outside the *court*.
有一群生氣的民眾在法院外聚集。

| 6. disagree [͵dɪsə`gri] | *vi.* 意見不合；不相符
 反義 agree |

* The members *disagreed* with one another on the
decision.   成員們在這項決策上彼此意見不合。

7. enemy [ˈɛnəmɪ]	*n.* [C] 敵人　同義 foe

* Ann made a lot of *enemies* in her new class only in a month.
Ann 一個月內就在新班級和很多人結了怨。

8. film [fɪlm]	*n.* [C] 電影　同義 movie

* Turn off your cell phone while watching a *film*.
看電影時要將手機關機。

9. glue [glu]	*n.* [U][C] 膠水；*vt.* 黏合

* Could you buy me a tube of *glue* on your way home?　你在回家的路上可以幫我買一罐膠水嗎?

10. household [ˈhaʊsˌhold]	*adj.* 家庭的，家用的；*n.* [C] 家庭

* The store sells a wide variety of *household* products.　這間商店販售各式各樣的家用產品。

11. jet [dʒɛt]	*n.* [C] 噴射機

* The rich woman has a private *jet*.
這位富有的女子擁有一架私人噴射機。

12. litter [ˈlɪtɚ]	*n.* [U] 垃圾，廢棄物　同義 trash, garbage, rubbish

* Those students picked up all the *litter* on campus.

那些學生撿起校園裡所有的垃圾。

13. **merry** [ˋmɛrɪ]	*adj.* 愉快的，歡樂的 同義 happy, pleasant

* In the end of the party, people sang a ***merry*** song together.
在晚會的最後，人們一起唱了一首歡樂的歌。

14. **noble** [ˋnobl̩]	*adj.* 高尚的，崇高的

* It was ***noble*** of Bess to help people in need.
Bess 幫助有需要的人的行為很高尚。

15. **passenger** [ˋpæsn̩dʒɚ]	*n.* [C] 乘客，旅客

* Luckily, no ***passengers*** were injured in this car accident.　幸運地，沒有乘客在這次車禍中受傷。

16. **poll** [pol]	*n.* [C] 民意調查

* The team carried out a ***poll*** to find out what people think about the new policy.　這個小組做了一項民意調查來瞭解人們對新政策的看法。

17. **punch** [pʌntʃ]	*vt.* 用拳打　同義 hit；*n.* [C] 一擊，一拳

* Sally ***punched*** the robber in the face.
Sally 一拳打在搶匪臉上。

18. **rent** [rɛnt] *vt.* 租賃；*n.* [C][U] 租金

∗ To save time, Frank *rented* an apartment near his office. 為了省時，Frank 在辦公室附近租公寓。

19. **scarf** [skɑrf] *n.* [C] 圍巾

∗ Collin wore a *scarf* because it was cold this morning.

因為今天早上很冷，所以 Collin 戴了圍巾。

20. **signal** *vi.; vt.* 發出信號，示意；*n.* [C]
[ˋsɪɡn̩] 信號 同義 sign

∗ My brother pointed at the watch and *signaled* to us to leave. 我哥哥指了指手錶，示意我們該走了。

21. **souvenir** [ˌsuvəˋnɪr] *n.* [C] 紀念品

∗ At the end of her trip, Amber bought some *souvenirs* for her family.

旅程結束的時候，Amber 買了一些紀念品給家人。

22. **surf** [sɝf] *vi.* 衝浪

∗ People like to go *surfing* when there are big waves. 人們喜歡在浪大的時候去衝浪。

23. **thunder** [ˋθʌndɚ] *n.* [U] 雷聲

∗ After the *thunder* came the rain.

打雷之後，開始下雨。

24. **urban** [ˋɝbən]	*adj.* 城市的　反義 rural

* Jeff has been tired of the busy ***urban*** life and wants to move to the countryside.
Jeff 厭倦了忙碌的城市生活，想搬到鄉下去。

25. **wonder** [ˋwʌndɚ]	*vt.* 想要知道；*n.* [U] 驚奇；[C] 奇景

* Have you ever ***wondered*** who invented the computer? 你有想過是誰發明電腦嗎？

Unit ▶ 59

1. **angle** [ˋæŋgl̩]	*n.* [C] 角度

* A right ***angle*** is an angle of 90 degrees.
直角是 90 度的角。

2. **beer** [bɪr]	*n.* [U] 啤酒

* It is illegal to sell ***beer*** to people under 18.
賣啤酒給未成年是不合法的。

3. **cage** [kedʒ]	*n.* [C] 籠子

* The bird I kept has escaped from the ***cage***.
我養的鳥從籠子裡逃走了。

| 4. clay [kle] | *n.* [U] 黏土，陶土 |

* ***Clay*** can be used for making many kinds of containers.
黏土可以被用來製作很多不同種類的容器。

| 5. coward [ˋkaʊɚd] | *n.* [C] 膽小鬼，懦夫 |

* Don't be a ***coward***. You have to face your mistake. 不要當懦夫，你必須要面對自己的錯誤。

| 6. disappear [ˏdɪsəˋpɪr] | *vi.* 消失 [同義] vanish [反義] appear |

* The moon ***disappeared*** behind a cloud.
月亮消失在雲朵之後。

| 7. energy [ˋɛnɚdʒɪ] | *n.* [C][U] 精力；[U] 能源 |

* Doing the experiment has taken a great amount of time and ***energy***.
做這個實驗花費了大量的時間和精力。

| energetic [ˏɛnɚˋdʒɛtɪk] | *adj.* 充滿活力的 [同義] lively |

* After a good night's sleep, Craig felt ***energetic*** again. 一夜好眠後，Craig 再次覺得活力充沛。

| 8. fireman [ˋfaɪrmən] | *n.* [C] 消防人員 (複數形為 firemen) [同義] firefighter |

* I would like to be a *fireman* saving people from danger. 我想成為從危險中拯救人們的消防員。

---

9. **goal** [gol]　　　*n.* [C] 目標　　同義 aim, target

* Ben has set a *goal* of losing eight kilos in three months.
Ben 設了一個三個月內減肥八公斤的目標。

---

10. **housekeeper** [ˋhaʊsˌkipɚ]　*n.* [C] 管家

* We need to find a *housekeeper* to cook and clean the house.
我們需要找一個管家來煮飯和打掃房子。

---

11. **jewel** [ˋdʒuəl]　　*n.* [C] 寶石　　同義 gem

* The *jewel* on Kelly's necklace is precious.
Kelly 項鍊上的寶石很珍貴。

- -

jewelry [ˋdʒuəlrɪ]　*n.* [U] 珠寶，首飾

* Maggie put her *jewelry* away in the drawer.
Maggie 把首飾收到抽屜裡。

---

12. **lively** [ˋlaɪvlɪ]　　*adj.* 活潑的　　同義 energetic

* Ms. Lee enjoyed teaching those *lively* children.
Ms. Lee 很享受教導那些活潑的小孩。

---

13. **mess** [mɛs]　　*n.* [U] (*sing.*) 混亂，髒亂

* The place was a complete *mess* after the party.
派對過後，這地方一片凌亂。

14. **nod** [nɑd]　　*vi.*; *vt.* 點頭；*n.* [C] 點頭

* When I asked Jean if she could lend me her bicycle, she *nodded*.
當我問 Jean 是否能借我腳踏車時，她點頭同意。

15. **passion** [ˋpæʃən]　*n.* [U][C] 熱情，激情

* Dean talked about his dream with *passion*.
Dean 熱情地訴說他的夢想。

16. **pollute** [pəˋlut]　*vt.* 污染　同義 contaminate

* Don't throw trash into the river. It will *pollute* the water.　不要往河裡丟垃圾，會污染水質。

　　pollution [pəˋluʃən]　*n.* [U] 污染

* The government has made laws against air *pollution*.　政府已制定防治空氣污染的法律。

17. **punish** [ˋpʌnɪʃ]　*vt.* 處罰，懲罰

* Jimmy was *punished* for being late again.
Jimmy 因為再次遲到而受到處罰。

　　punishment　*n.* [C][U] 處罰，懲罰
　　[ˋpʌnɪʃmənt]

＊ Chris told a lie and his mother had him clean the
floor as a *punishment*.

Chris 說謊，所以他媽媽要他清理地板作為處罰。

---

18. **repair**　　　　　*vt.* 修理　同義 fix, mend；

[rɪ`pɛr]　　　　　*n.* [U][C] 修理

＊ Our TV set was out of order, so we had it
repaired.　我們的電視壞了，所以我們把它送修。

---

19. **scatter** [`skætɚ]　*vt.* 撒；*vi.* 散開，分散

＊ The gardener *scattered* the flower seeds over the
garden.　園丁將花種撒滿整個花園。

---

20. **significant**　　　*adj.* 重大的，重要的　同義

[sɪg`nɪfəkənt]　　important　反義 insignificant

＊ My grandfather has had a *significant* influence
on me.　我的祖父對我有重要的影響。

---

21. **spot** [spɑt]　　　*n.* [C] 地點；斑點

＊ This area is a good *spot* for camping.
這個地區是露營的好地點。

---

22. **superb**　　　　　*adj.* 極好的，傑出的

[sʊ`pɝb]　　　　　同義 wonderful, excellent

＊ The sweater is more expensive because it's of
superb quality.

這件毛衣比較貴因為它的品質極為上等。

---

23. tickle [ˋtɪkḷ]   *vt.* 搔⋯癢

* The baby laughed when I *tickled* her feet.
  當我搔這個寶寶的腳時她就笑了。

---

24. used [juzd]   *adj.* 二手的   同義 second-hand

* Colin likes to buy *used* books because they are much cheaper than new ones.
  Colin 喜歡買二手書，因為它們比新書便宜很多。

---

25. wood [wʊd]   *n.* [C] 樹林；[U] 木頭

* Mr. and Mrs. Smith love taking a walk in the *woods*.　史密斯夫婦喜歡在樹林間散步。

  wooden [ˋwʊdṇ]   *adj.* 木頭的，木製的

* The *wooden* chair is heavy and strong.
  這張木椅又重又堅固。

Unit ▶ 60

1. ankle [ˋæŋkḷ]   *n.* [C] 腳踝

* Camilla twisted her left *ankle* in the basketball game yesterday.
  昨天 Camilla 在籃球比賽中扭傷左腳踝。

2. **beetle** [`bitl̩]   *n.* [C] 甲蟲

* Phil did some research on different kinds of *beetles*.　Phil 對不同種類的甲蟲做了些研究。

3. **calculate** [`kælkjə,let]   *vt.* 計算　同義 count

* The farmers were *calculating* their losses during the typhoon.　農夫們正在計算颱風期間的損失。

4. **cleaner** [`klinɚ]   *n.* [C] 吸塵器；洗衣店

* The shop sells a variety of vacuum *cleaners*. 這家店販賣各種吸塵器。

* Could you take the dress to the *cleaner's* when you go out? 你出去時可以把這件洋裝拿到洗衣店嗎？

5. **crab** [kræb]   *n.* [C] 螃蟹；[U] 蟹肉

* The kids walked along the beach to collect *crabs*. 這群孩童沿著沙灘撿螃蟹。

6. **disappoint** [,dɪsə`pɔɪnt]   *vt.* 使 (某人) 失望

* The father *disappointed* his daughter because he failed to show up at her graduation ceremony. 這父親因為沒有出席女兒的畢業典禮而讓她失望。

7. **engage** [ɪn`gedʒ]   *vt.* 從事，參與

* The scientists are *engaged* in the study of a new drug. 科學家們正在從事新藥的研究。

8. **fireplace** [`faɪr‚ples`]　*n*. [C] 壁爐

* There is an ancient *fireplace* in Mr. Wilson's house.　Mr. Wilson 的房子裡有一座古老的壁爐。

9. **gold** [gold]　　*n*. [U] 黃金

* The price of *gold* has gone up in recent years.
近幾年來金價一直上漲。

　golden [`goldn̩`]　*adj*. 金色的

* The sunshine turned the river *golden*.
陽光把河水映成金黃色。

10. **hug** [hʌg]　*vt*. 擁抱；*n*. [C] 擁抱　同義 embrace

* Thcy *hugged* each other when they said goodbye.
他們互相擁抱道別。

11. **joint** [dʒɔɪnt]　　*adj*. 共有的；*n*. [C] 骨關節

* Ben and his wife opened a *joint* bank account with Union Bank.　Ben 和他的老婆在聯邦銀行開了一個共有的帳戶。

12. **liver** [`lɪvɚ`]　　*n*. [C] 肝臟

* Drinking a lot may cause *liver* cancer.

大量飲酒可能導致肝癌。

13. message [ˋmɛsɪdʒ] *n.* [C] 訊息，口信

* I left a *message* for Taylor saying that I couldn't attend the meeting tonight.
我留言給 Taylor，跟她說我無法出席今晚的會議。

14. nevertheless *adv.* 然而，不過
[ˌnɛvɚðəˋlɛs]　　同義 however, nonetheless

* My grandma is 80 years old. *Nevertheless*, she still loves learning new things.　我的祖母 80 歲了。然而，她卻依然熱愛學習新事物。

15. passport [ˋpæs‚port] *n.* [C] 護照

* Richard found that he left his *passport* at home.
Richard 發現他把護照忘在家裡。

16. pond [pɑnd] *n.* [C] 池塘

* Several ducks were floating on the *pond*.
數隻鴨子漂浮於池塘上。

17. pupil [ˋpjupḷ] *n.* [C] 學童　同義 student

* There are 30 *pupils* in this class.
這個班級有 30 位學生。

18. repeat [rɪˋpit] *vt.* 重複

* Wise people do not *repeat* the mistakes of the past.   聰明人不會重複過往的錯誤。

19. **scene** [sin]   *n.* [C] 景色   同義 view

* Mina stood on the top of the hill and enjoyed the *scene* of the city below.
  Mina 站在山頂上，享受下面的城市景色。

  scenery [ˋsinərɪ]   *n.* [U] 風景，景色

* Jerry rode his bicycle to admire the wonderful *scenery* in eastern Taiwan.
  Jerry 騎著腳踏車欣賞東台灣的美麗風景。

20. **silent** [ˋsaɪlənt]   *adj.* 沉默的   同義 quiet

* The boy remained *silent* until he saw his mother.
  在男孩看到母親之前，他一直保持沉默。

21. **sprain** [spren]   *vt.* 扭傷 (關節)   同義 twist

* Do a warm-up before running or you will *sprain* your ankle.   在跑步前暖身，否則你會扭傷腳踝。

22. **superior**   *adj.* 更好的；上級的
    [səˋpɪrɪə]   反義 inferior

* Teresa's social skills are *superior* to ours.
  Teresa 的社交技巧比我們好。

339

| 23. **tide** [taɪd] | *n.* [C] (*usu. sing.*) 潮汐 |

* Fanny's slippers were swept out to sea by the *tide*.
Fanny 的拖鞋被潮水捲到海裡了。

| 24. **usual** [`juʒʊəl] | *adj.* 慣常的，平常的
同義 normal　反義 unusual |

* Though today is Sunday, I got up at my *usual* time.　雖然今天是星期天，我還是和平常一樣的時間起床。

| 25. **wool** [wʊl] | *n.* [U] 羊毛 |

* The *wool* socks make my feet itch.
羊毛襪讓我的腳很癢。

Unit ▶ 61

| 1. **anniversary** [͵ænə`vɝsərɪ] | *n.* [C] 週年紀念 (日) |

* The couple celebrated their twentieth wedding *anniversary* in May.
這對夫妻在五月慶祝他們結婚二十週年。

| 2. **beg** [bɛg] | *vi.*; *vt.* 懇求，乞求 |

* Not knowing how to save her drowning kid, the

340

anxious mother **begged** for help.　不知該如何救她溺水的孩子，這位焦急的媽媽懇求幫忙。

beggar [`bɛgɚ]　*n.* [C] 乞丐

* The **beggar** lives alone and asks for food from door to door.
這個乞丐獨自生活，並且挨家挨戶乞討食物。

3. calm [kɑm]	*vt.* 使安靜，使鎮靜；*adj.* 冷靜的

* The police officer tried to **calm** the crying boy down with toys and candy.
警員試著用玩具和糖果讓哭泣的男孩冷靜下來。

4. clever ［`klɛvɚ]	*adj.* 聰明的　同義 smart, wise, intelligent

* Alice put forward a **clever** idea to solve this problem.
Alice 提出一個聰明的點子來解決這個問題。

5. cradle ［`kredl]	*n.* [C] 搖籃　同義 crib；*vt.* 輕輕地抱

* Joan rocked the **cradle** gently to comfort the crying baby.　Joan 輕輕搖著搖籃安撫哭泣的嬰兒。

6. disk [dɪsk]	*n.* [C] (電腦) 磁碟

* How much data can you store onto your **disk**?

你的磁碟可以存多少資料呢？

7. **engine** [`ɛndʒən]　*n.* [C] 引擎

* Cathy turned off the car *engine* and waited for her daughter.　Cathy 關掉引擎等候她的女兒。

engineer [͵ɛndʒə`nɪr]　*n.* [C] 工程師

* They will send an *engineer* to fix the problems immediately.
他們會立刻派遣一位工程師來解決這些問題。

8. **firework** [`faɪr͵wɝk]　*n.* [C] (*usu. pl.*) 煙火

* The festival started with a *fireworks* display.
這個慶典以煙火表演做為開始。

9. **gossip** [`gɑsəp]　*n.* [U] 流言蜚語；*vi.* 說閒話

* There has been much *gossip* about their divorce.
對於他們的離婚有很多的流言蜚語。

10. **hum** [hʌm]　*vi.*; *vt.* 哼曲

* Tony likes to *hum* to himself when he walks to school every morning.
Tony 每天早上走路上學時喜歡哼著歌曲。

11. **journal** [`dʒɝnl̩]　*n.* [C] 期刊；日記　同義 diary

* The doctor has contributed to several medical

journals.　這位醫生寫了好幾篇的醫學期刊。

| 12. **load**
[lod] | *vt.*; *vi.* 載貨　反義 unload；
n. [C] 裝載物 |

* The workers *loaded* the ship with coal.
工人將船裝滿了煤。

| 13. **metal** [ˋmɛtl] | *n.* [C][U] 金屬 |

* The chair is made of *metal* instead of wood.
這張椅子是用金屬做的而不是木頭。

| 14. **neglect** [nɪˋglɛkt] | *vt.* 忽略；*n.* [U] 疏忽 |

* Sue has been so busy with her career that she
neglects her family.
Sue 是如此忙於事業，以至於忽略了她的家庭。

| 15. **password** [ˋpæs͵wɝd] | *n.* [C] 通行密碼 |

* Make sure no one knows the *password* of your
account.　要確保沒有人知道你的帳戶密碼。

| 16. **pony** [ˋponɪ] | *n.* [C] 矮種馬，小馬 |

* Nina likes to ride her *pony* in her spare time.
Nina 在空閒時喜歡騎她的小馬。

| 17. **puppet** [ˋpʌpɪt] | *n.* [C] 木偶 |

* To be proficient at manipulating a glove *puppet*,

you need a couple of years of practice. 要精於
操作布袋戲偶，你需要好幾年的練習。

18. **replace** [rɪ`ples] *vt.* 更換，取代

* For our health, my mom *replaces* butter with vegetable oil when she cooks food. 為了我們的健康，我媽媽用蔬菜油取代奶油來烹煮食物。

19. **schedule** [`skɛdʒʊl] *n.* [C] 行程表　同義 timetable；*vt.* 安排，預定

* The president had a very tight *schedule*, and he didn't even have time for dinner.
  總裁的行程非常緊湊，他甚至沒有時間吃晚餐。

20. **silk** [sɪlk] *n.* [U] 絲綢

* The dress of fine *silk* feels smooth and soft.
  這件用上等絲綢製成的洋裝摸起來光滑又柔軟。

21. **spray** [spre] *vt.* 噴灑；*n.* [C][U] 噴霧 (液體)

* Mark *sprays* some pesticide on the trees every month. Mark 每個月都對這些樹噴灑殺蟲劑。

22. **superstition** [ˌsupɚ`stɪʃən] *n.* [C][U] 迷信

* A lot of young people don't believe in the old *superstition* that Friday the thirteenth is an unlucky day. 很多年輕人不相信十三號星期五

是不吉利的這個古老迷信。

---

23. **tidy**　　　　*adj.* 整潔的　同義 neat, clean
['taɪdɪ]　　　　反義 untidy, unclean, messy

* Our homeroom teacher asked us to keep the classroom clean and ***tidy***.
我們班導師要求我們保持教室乾淨整潔。

---

24. **vacant**　　　*adj.* 空的，未被佔用的
['vekənt]　　　　同義 empty, unoccupied

* There are only a few ***vacant*** apartments in this area.　這個地區幾乎沒有空的公寓套房。

---

25. **workplace** ['wɝk,ples]　*n.* [C] 工作場所

* The report said that there are still some women facing gender discrimination in their ***workplace***.
報導指出仍有一些女性在職場受到性別歧視。

Unit ▶ 62

1. **announce**　　*vt.* 發佈，宣佈　同義 declare
[ə'naʊns]

* The principal ***announced*** the winner of the speech contest to all the students.
校長對學生宣佈演講比賽的優勝者。

announcement   *n.* [C] 宣佈

[ə`naʊnsmənt]   同義 declaration

* The mayor made an *announcement* about the new policy. 市長發佈關於新政策的聲明。

2. **behave**   *vt.*; *vi.* 行為檢點；*vi.* 表現

[bɪ`hev]   同義 act

* Jenny asked the kids to *behave* themselves when their uncle visited their house.

Jenny 要求孩子們在他們的叔叔來訪時表現良好。

behavior [bɪ`hevjɚ]   *n.* [U] 行為，舉止

* The student was punished because of his bad *behavior*. 這學生因為不守規矩而被處罰。

3. **camera** [`kæmərə]   *n.* [C] 照相機，攝影機

* Hedy's father bought her a new digital *camera* as a birthday gift. Hedy 的爸爸買給她一台新的數位相機作為生日禮物。

4. **click** [klɪk]   *vi.*; *vt.* 發出卡嗒聲；點擊 (滑鼠)

* The wind blew from the window, and the door *clicked* shut behind us. 風從窗戶吹來，因此門在我們背後卡嗒一聲就關上了。

5. **crash**   *vi.*; *vt.* 撞擊   同義 collide ； *n.*

[kræʃ]　　　　　　　[C] 相撞　同義 collision

* The airplane *crashed* into the mountain and caused seven deaths.

這架飛機撞上山壁，並且造成七人死亡。

6. discount [`dɪskaʊnt]　*n.* [C] 折扣

* The *discount* only applies to students.

這項折扣只適用於學生。

7. enjoy [ɪn`dʒɔɪ]　*vt.* 享受；喜歡

* The kids *enjoyed* themselves at the Halloween party.　孩子們在萬聖節派對上玩得很愉快。

8. firm　　　　*n.* [C] 公司　同義 company；
[fɝm]　　　　*adj.* 堅定的

* The businessman set up his own *firm* at the age of 20.　這名商人在二十歲時創立了自己的公司。

9. govern [`gʌvɚn]　*vt.*; *vi.* 統治，治理　同義 rule

* The country is *governed* by military leaders now.

這個國家目前是由軍事領導者統治。

- -

government [`gʌvɚnmənt]　*n.* [C] 政府

* The local *government* is planning to build a gym in this neighborhood.

地方政府決定在這地區蓋一座體育館。

10. **human** [ˋhjumən]	n. [C] 人類 同義 mankind, human being ; adj. 人類的

* ***Humans*** have existed on Earth for more than millions of years.
人類生存在地球上已經超過數百萬年。

11. **journey** [ˋdʒɝnɪ]	n. [C] 旅程，旅行 同義 trip

* Morton decided to go on a ***journey*** across Europe next year. Morton 決定明年要環遊歐洲。

12. **loaf** [lof]	n. [C] 一條 (麵包) (複數形為 loaves)

* Mr. Smith took out a ***loaf*** of bread to prepare breakfast for his children. Mr. Smith 拿出一條麵包，為他的孩子們準備早餐。

13. **meter** [ˋmitɚ]	n. [C] 公尺，米

* The basketball player is 2 ***meters*** tall.
那位籃球員身高兩公尺。

14. **noon** [nun]	n. [U] 正午 同義 midday

* We have to complete the task by ***noon***.
我們必須在中午前完成這項任務。

15. **paste** [pest]	n. [C][U] 糊狀物 ; vt. 黏貼

* When we made bread, we first mixed the flour with some butter to make a *paste*.

做麵包時，我們先把麵粉和一些奶油混合成麵糰。

---

16. **pool** [pul]　　*n.* [C] 泳池　同義 swimming pool

* The boy jumped into the *pool* excitedly.

那男孩興奮地跳進泳池裡。

---

17. **puppy** [ˋpʌpɪ]　　*n.* [C] 小狗，幼犬

* Neil tried to teach his *puppies* where to pee and poop.　Neil 試著教他的小狗們該去哪裡上廁所。

---

18. **reply**　　　　　*vi.; vt.* 回答　同義 respond；
[rɪˋplaɪ]　　　　*n.* [C] 回覆　同義 response, answer

* The shy girl *replied* to my greeting with a smile.

這個害羞的女孩對我的問候報以微笑。

---

19. **scholar** [ˋskɑlɚ]　　*n.* [C] 學者

* The program invited some renowned *scholars* to discuss the issue.　這個節目邀請了幾位著名的學者來討論這項議題。

---

20. **silly** [ˋsɪlɪ]　　　*adj.* 愚蠢的　同義 foolish, stupid

* It's *silly* of you to make the same mistake again and again.　你一再犯同樣的錯誤是很愚蠢的。

21. **spread** [sprɛd]   *vi.* 散播；*vt.* 展開

* The virus **spread** quickly among people.
病毒很快地在人群中散播開來。

22. **supervisor**   *n.* [C] 監督者，管理者
[ˌsupəˈvaɪzə]

* Cathy was fired by the **supervisor** because of her laziness.　Cathy 因為懶惰而被管理者開除了。

23. **tight** [taɪt]   *adj.* 緊的　反義 loose

* Helen wore a **tight** shirt and could hardly breathe.
Helen 穿著一件緊身的襯衫使她難以呼吸。

··

　　tighten [ˈtaɪtn̩]　*vt.* 拉緊，束緊　反義 loosen

* You have to **tighten** the ropes, so the things won't fall down.
你必須要綁緊繩子，這樣東西才不會掉下來。

24. **vague** [veg]   *adj.* 含糊的　同義 unclear

* When I asked Tom when he would pay me back, he only gave me a **vague** answer.　當我問 Tom 什麼時候要還我錢，他只給了我一個含糊的答案。

25. **worldwide**   *adj.* 全世界的；*adv.* 遍及世界地
[ˈwɝldˈwaɪd]

* The violent crime has attracted *worldwide* attention.　這起暴力犯罪已經引起全世界的注意。

Unit ▶ 63

1. anxiety　　　*n.* [U][C] 焦慮，不安
   [æŋˋzaɪətɪ]　　同義 concern, worry

* Jane felt a lot of *anxiety* about her job interview.
Jane 對於她的求職面試感到很焦慮。

anxious　　　*adj.* 焦慮的
[ˋæŋkʃəs]　　同義 worried, concerned

* Ella is *anxious* about her math exam next week.
Ella 很擔心她下星期的數學考試。

2. being [ˋbiɪŋ]　*n.* [U] 存在；[C] 生物

* The organization came into *being* in 1990.
這個組織在 1990 年成立的。

3. campus [ˋkæmpəs]　*n.* [U][C] 校園，校區

* Smoking is not allowed on *campus*.
校園內禁止抽菸。

4. client [ˋklaɪənt] *n.* [C] 客戶　同義 customer

* The company offered great service to its *clients*.
這家公司提供很好的服務給顧客。

5. **crawl** [krɔl]　　　*vi.* 爬行

＊ In general, babies learn to *crawl* at about 8 months old.
一般來說，寶寶約在八個月大時學會爬行。

6. **discourage**　　*vt.* 勸阻　反義 encourage
[dɪsˋkɝɪdʒ]

＊ To save the environment, the government *discourages* the use of disposable tableware.
為了保護環境，政府勸阻免洗餐具的使用。

7. **enlarge** [ɪnˋlɑrdʒ]　*vt.*; *vi.* 擴大　同義 expand

＊ John *enlarged* his vocabulary by reading English papers every day.　John 藉由每天閱讀英文報紙來擴展自己的字彙量。

8. **fisherman**　　*n.* [C] 漁民，漁夫 (複數形為
[ˋfɪʃɚmən]　　　fishermen)

＊ Three *fishermen* were missing during the typhoon.　三位漁民在颱風天失蹤了。

9. **gown** [gaʊn]　　*n.* [C] (女) 長禮服

＊ The bride looked so beautiful in that white wedding *gown*.
穿著白色結婚禮服的新娘看起來真美。

10. **humankind** [ˋhjumən͵kaɪnd]	*n.* [U] 人類 同義 mankind

* The invention of the Internet was a great
contribution to ***humankind***.
網路的發明對人類是一大貢獻。

11. **joyful** [ˋdʒɔɪfəl]	*adj.* 高興的，歡樂的 同義 happy, pleasant

* Susan talked about her married life with a ***joyful***
look in her eyes.
Susan 以愉悅的神情談論她的婚姻生活。

12. **lobby** [ˋlɑbɪ]	*n.* [C] 大廳，門廊 同義 foyer

* Anna and I are going to meet up in the hotel ***lobby***
tonight. 今晚我和 Anna 將在旅館大廳碰面。

13. **method** [ˋmɛθəd]	*n.* [C] 方法，辦法 同義 way

* We have tried several ***methods***, but none of them
worked.
我們已經試過好幾種方法，卻沒有一個有用。

14. **nuclear** [ˋnjuklɪɚ]	*adj.* 核能的

* ***Nuclear*** waste is waste that contains radioactive
material. 核廢料是一種含放射性物質的廢料。

15. **pat** [pæt]	*vt.* 輕拍；*n.* [C] 輕拍

＊ Jacky *patted* his son's shoulder and told him not to give up.

Jacky 輕拍他兒子的肩膀，並告訴他不要放棄。

---

16. pop [pɑp]　　　　*vi.* 突然出現；*n.* [C] 砰的一聲

＊ As soon as Melody opened the box, a rabbit *popped* up.

Melody 一打開盒子時，一隻兔子跳了出來。

---

17. purchase
[`pɝtʃəs]　　　*vt.* 購買　同表 buy；*n.* [C][U] 購買

＊ You can *purchase* train tickets on the Internet.

你可以在網路上購買火車票。

---

18. report [rɪ`pɔrt]　*vt.; vi.* 報導；*n.* [C] 報導；報告

＊ It was *reported* that more than 200 people were killed in the airplane crash.

根據報導，超過兩百人在這次空難中喪生。

reporter [rɪ`pɔrtɚ]　*n.* [C] 記者

＊ Many *reporters* were waiting for the President to make a statement.　許多記者在等總統做出聲明。

---

19. scholarship [`skɑlɚ͵ʃɪp]　*n.* [C] 獎學金

＊ Kevin won a *scholarship* to the university because of his excellent performance.

Kevin 因為卓越的表現而贏得大學的獎學金。

---

20. **silver** [ˋsɪlvɚ]　　*n.* [U] 銀

* Mr. Carter showed us his collection of teapots which were made of ***silver***.

Mr. Carter 向我們展示他收藏的銀製茶壺。

---

21. **sprinkle** [ˋsprɪŋkl]　*vt.* 灑 (小水滴或小片固體)

* Some people like to ***sprinkle*** some pepper on their corn chowder.

有些人喜歡在他們的玉米濃湯上灑些胡椒粉。

---

22. **supper** [ˋsʌpɚ]　　*n.* [U][C] 晚餐　同義 dinner

* My friends and I went to a movie after ***supper***.

我和朋友們在晚餐後去看電影。

---

23. **timber** [ˋtɪmbɚ]　　*n.* [U] 木材　同義 lumber

* The furniture in Ted's house was all made of ***timber***.　Ted 家裡的傢俱都是木製的。

---

24. **valley** [ˋvælɪ]　　*n.* [C] 山谷

* The view of this ***valley*** is beautiful beyond description.　這山谷的景色美得無法形容。

---

25. **worm** [wɝm]　　*n.* [C] 蠕蟲

* This kind of bird feeds on ***worms***.

這種鳥以蠕蟲為食。

Unit ▶ 64

1. **anyhow** [ˈɛnɪˌhaʊ]	*adv.* 無論如何，不管怎樣 **同義** anyway

＊ It's cold outside but I will wash my car ***anyhow***.
外面很冷，但無論如何我還是會洗我的車。

2. **belief** [bəˈlif]　　*n.* [U] (*sing.*) 信心，信念

＊ The corruption scandal has shaken many people's ***belief*** in the new mayor.
這件貪污醜聞動搖了許多人對新市長的信任。

3. **cancel** [ˈkænsl]　　*vt.* 取消

＊ The outdoor concert has been ***cancelled*** because of the bad weather.
這場戶外演唱會因為天氣不好而取消了。

4. **climate** [ˈklaɪmɪt]　　*n.* [C][U] 氣候

＊ The harsh ***climate*** here makes it hard for plants to grow.　這裡惡劣的氣候使植物難以生長。

5. **crayon** [ˈkreən]　　*n.* [C] 彩色蠟筆

＊ The little boy drew a Mother's Day card with ***crayons***.　這個小男孩用蠟筆畫了一張母親節卡片。

6. **discover** [dɪˋskʌvɚ]　*vt.* 發現　同義 find

* Ed finally *discovered* the movie ticket in his wallet.　Ed 終於在他的皮夾裡找到電影票。

discovery
[dɪˋskʌvrɪ]　*n.* [U] 發現；[C] 被發現的事物

* The *discovery* of electricity changed the world.
電的發現改變了世界。

7. **enormous**
[ɪˋnɔrməs]　*adj.* 巨大的，大量的
同義 huge

* An *enormous* amount of money was collected to help those who had lost their homes in the flood.
大筆募捐而來的錢被用來幫助在水災中失去家園的人們。

8. **fist** [fɪst]　*n.* [C] 拳頭

* Jean was so angry that her hands were clenched into *fists*.
Jean 太生氣了以至於她的手握成了拳頭。

9. **grab** [græb]　*vt.* 抓取　同義 snatch

* The girl *grabbed* a bun from my basket and ran away.　那個女孩從我的籃子裡抓了一塊麵包，然後逃跑了。

| 10. **humble**
[`hʌmbl] | *adj.* 謙虛的　同義 modest
反義 proud；卑微的 |

* The Nobel Prize winner is a very ***humble*** person.
  這位諾貝爾獎得主是個很謙虛的人。

| 11. **judge** [dʒʌdʒ] | *vt.*; *vi.* 評判，判斷；*n.* [C] 法官 |

* Don't ***judge*** a book by its cover.
  【諺】不要以貌取人。

judgment [`dʒʌdʒmənt]　*n.* [C][U] 意見

* Samuel refused to make any ***judgment*** about the matter.　Samuel 拒絕對這件事表示意見。

| 12. **lobster** [`lɑbstɚ] | *n.* [C][U] 龍蝦 (肉) |

* A ***lobster*** is an animal that lives in the sea and has a pair of large claws.
  龍蝦是一種生活在海中且擁有一對大螯的動物。

| 13. **metro**
[`mɛtro] | *n.* [C] 地鐵　同義 subway, the
Underground |

* The new ***metro*** system reaches every corner of this city.
  新的地鐵系統能抵達這個城市的每個角落。

| 14. **needy** [`nidɪ] | *adj.* 貧困的　同義 poor |

* The organization raised money to help *needy* families.　這個組織募款來幫助貧困的家庭。

15. **path** [pæθ]　　*n.* [C] 小徑，小道

* The government decided to build the new bike *path* along the river.
政府決定沿著河岸設計這條新的腳踏車道。

16. **permanent**　　*adj.* 永久的，長期的
['pɝmənənt]　　反義 temporary

* The car accident left Andrew with *permanent* damage to his hearing.
這場車禍讓 Andrew 的聽力受到永久的損害。

17. **pure** [pjʊr]　　*adj.* 純的　反義 impure

* Olympic medals used to be made of *pure* gold.
奧運獎牌曾經是以純金打造。

18. **represent** [ˌrɛprɪ`zɛnt]　　*vt.* 代表

* The official *represented* the government to attend the meeting.　這位官員代表政府參加會議。

19. **science** [`saɪəns]　　*n.* [U] 科學

* Professor Wang spent his whole life studying *science*.　王教授終身都在研讀科學。

scientific [ˌsaɪənˈtɪfɪk]   *adj.* 科學的

* ***Scientific*** developments in the twentieth century have changed our lives greatly.　二十世紀科學的發展已經大大地改變了我們的生活。

20. **similar** [ˈsɪmələ]   *adj.* 相似的   反義 different

* The two diamonds are very ***similar*** in color. 這兩顆鑽石的顏色很相似。

similarity [ˌsɪməˈlærətɪ]   *n.* [U][C] 相似，類似   反義 difference

* Zack's new backpack bears some ***similarity*** to mine.　Zack 的新背包跟我的有些相似之處。

21. **spy** [spaɪ]   *n.* [C] 間諜；*vi.* 當間諜，監視

* They sent a ***spy*** to gather their enemy's secret information.　他們派一個間諜去收集敵人的情報。

22. **supply** [səˈplaɪ]   *vt.* 供應，提供　同義 provide；*n.* [C] 供應量

* The charity ***supplies*** food to those in need every day.　這慈善機構每天提供食物給那些有需要的人。

23. **tiny** [ˈtaɪnɪ]   *adj.* 極小的   同義 small, little

* The father held the ***tiny*** baby carefully in his

arms.　這位父親小心翼翼地將小嬰兒抱在懷裡。

| 24. **value** [ˋvæljʊ] | *n.* [C][U] 價值；*vt.* 重視 |

* The good location is the house's main *value*.
這房子的最大價值在於它絕佳的地點。

| **valuable** [ˋvæljəbl] | *adj.* 貴重的；珍貴的 同義 precious |

* The ring is very *valuable*, and it costs a fortune.
這個戒指非常貴重，價值連城。

| 25. **worth** [wɝθ] | *prep.* 值…錢；值得…；*n.* [U] 價值 |

* This painting is *worth* millions of US dollars.
這幅畫價值數百萬美金。

Unit ▶ 65

| 1. **apart** [əˋpɑrt] | *adv.* 分開地，拆散地 |

* The teacher pulled the two boys *apart* the moment they started fighting.
老師在這兩個男孩開始打架的時候將他們分開。

| 2. **belly** [ˋbɛlɪ] | *n.* [C] 胃　同義 stomach |

* Betty overslept and rushed to school with an empty *belly*.　Betty 睡過頭，沒吃東西就趕去上學了。

3. **cancer** [`kænsɚ] *n.* [C][U] 癌症

* Ken smoked a packet of cigarettes a day for years and was diagnosed with lung *cancer*.
  Ken 一天抽一包菸多年後被診斷出罹患肺癌。

4. **clinic** [`klınık] *n.* [C] 診所

* The worried father brought his son to the *clinic* for treatment.
  這位擔憂的父親帶他的兒子到診所接受治療。

5. **cream** [krim] *n.* [U] 奶油

* *Cream* is a dairy product which is often used to make desserts.
  奶油是一種常被用來製作甜點的乳製品。

6. **discuss** [dı`skʌs] *vt.* 討論

* Ellen felt relieved after she *discussed* her condition with the doctor.
  和醫生討論過病情後，Ellen 鬆了一口氣。

- -

discussion [dı`skʌʃən] *n.* [C][U] 討論

* After a long *discussion*, the company decided to hire some part-time workers.
  經過漫長的討論後，公司決定僱用一些臨時工。

7. **entertain** [ˌɛntɚ`ten] *vt.* 使歡樂

* The magician ***entertained*** the children with some jokes and tricks.

魔術師用笑話和戲法讓孩子開心起來。

8. **fit** [fɪt]	*vt.; vi.* 適合　同義 suit；*adj.* 適合的 同義 suitable

* This red dress ***fits*** you perfectly.

這件紅色洋裝很適合你。

9. **gradual** [ˋgrædʒʊəl]	*adj.* 逐漸的　反義 sudden

* You will make ***gradual*** progress if you practice English every day.

如果你每天練習英文，你會慢慢進步的。

10. **humid** [ˋhjumɪd]	*adj.* (天氣) 潮濕的　反義 dry

* Most of the areas near the equator are hot and ***humid***.　赤道附近的地區大部分都潮濕悶熱。

11. **juicy** [ˋdʒusɪ]	*adj.* 多汁的

* The steak this restaurant serves is tender and ***juicy***.　這家餐廳的牛排鮮嫩多汁。

12. **local** [ˋlokl]	*adj.* 當地的；*n.* [C] (*usu. pl.*) 當地居民

* Ben got a job at the ***local*** hospital.

Ben 在當地的醫院找到工作。

13. **microphone** [ˈmaɪkrəˌfon]　　*n.* [C] 麥克風

* In order to make everyone hear him, Avery used a ***microphone***.

為了讓大家聽到他的聲音，Avery 使用麥克風。

14. **normal**　　　　*adj.* 正常的　同義 usual
[ˈnɔrml̩]　　　　反義 abnormal

* It's ***normal*** to feel nervous when speaking to the public.　公開演講時感到緊張是正常的。

15. **patient**　　　*adj.* 有耐心的　反義 impatient；
[ˈpeʃənt]　　　*n.* [C] 病人

* The parents are ***patient*** with their kids. They seldom get angry.

這對父母對小孩很有耐心。他們很少生氣。

· ·

patience　　　*n.* [U] 耐心　反義 impatience
[ˈpeʃəns]

* In the end, Lisa lost her ***patience*** and yelled at her sister.　最後 Lisa 失去耐心，對她的妹妹大吼大叫。

16. **plot** [plɑt]　　　*n.* [C] 情節；陰謀

* The movie had a very complicated ***plot*** and made me feel dizzy.

這部電影的情節很複雜，讓我覺得頭暈。

17. **popular**
[ˋpɑpjələ˞]

adj. 受歡迎的　　反義 unpopular

* Jeans are always *popular* with young people.
牛仔褲總是很受年輕人歡迎。

18. **republic**
[rɪˋpʌblɪk]

n. [C] 共和國，共和政體

* Dr. Sun Yat-sen is the founder of the *Republic* of China.　孫中山先生是中華民國的創立者。

19. **scissors** [ˋsɪzə˞z]　*n.* (*pl.*) 剪刀

* To protect kids from danger, parents must put *scissors* and knives in places where kids can't reach.　為避免危險，家長必須將剪刀及刀子放在孩子碰不到的地方。

20. **simply** [ˋsɪmplɪ]　*adv.* 只不過　　同義 just, only

* This violent incident is not *simply* about money, but an issue of racial discrimination.
這起暴力事件不僅僅是錢的問題 ，而是一個關於種族歧視的議題。

21. **square** [skwɛr]　*n.* [C] 正方形；廣場

* Chocolate brownies are usually cut in *squares*.
巧克力布朗尼通常被裁切成正方形。

22. **support** [sə`port]	*vt.* 支持 反義 oppose；撫養； *n.* [U] 支持 反義 opposition

* I gave Eva some help and *supported* her in creating a new school club.

我幫 Eva 的忙，並支持她成立新社團。

23. **tip** [tɪp]	*n.* [C] 小費；建議 同義 advice； *vt.* 給小費

* Since the service was terrible, we didn't leave a *tip* for the waiter.

因為服務很糟糕，所以我們沒給服務生小費。

24. **van** [væn]	*n.* [C] 小型貨車

* The *van* driver drove through the red light and crashed into another car.

小貨車司機闖紅燈並撞上另一輛車子。

25. **wound** [wund]	*n.* [C] 傷口；*vt.* 受傷

* It took a long time for Eric to recover from the knife *wound*.

Eric 花了很長一段時間才從刀傷中復原。

Unit ▶ 66

1. **apology** [ə`pɑlədʒɪ]	*n.* [C] 道歉

* I owed you an *apology* for forgetting your birthday. 我應該為忘記你的生日而向你道歉。

....

apologize [əˋpɑləˌdʒaɪz] *vi.* 道歉

* Luke *apologized* to his girlfriend for his bad temper yesterday.

Luke 為他昨天的壞脾氣向他的女友道歉。

2. belt [bɛlt] *n.* [C] 腰帶

* Don't forget to fasten your seat *belt* before you drive. 開車前別忘了繫上安全帶。

3. candle [ˋkændl̩] *n.* [C] 蠟燭

* During the power outage caused by the typhoon, Ian lit some *candles* to light up his room.

在颱風造成的停電期間，Ian 點上幾根蠟燭來照亮他的房間。

4. clip [klɪp] *n.* [C] 迴紋針；*vt.*; *vi.* 夾住

* Eva usually fastens the receipts with a paper *clip*. Eva 都用迴紋針將收據夾好。

5. create [krɪˋet] *vt.* 創造

* The practical bag was *created* by a student. 這個實用的袋子是由一位學生所設計的。

creative [krɪ`etɪv]   *adj.* 有創造力的

* The *creative* writer wrote a book about aliens.
  這個有創意的作家寫了一本關於外星人的書。

creation [krɪ`eʃən]   *n.* [C][U] 創造 (品)

* The statue is the artist's latest *creation* and is widely praised by the public.   這個雕像是這位藝術家的最新作品，而且廣受讚揚。

6. **disease** [dɪ`ziz]   *n.* [C][U] 疾病   同義 illness

* Thousands of people are suffering from starvation and *disease* in this war-torn area.
  在這個被戰爭摧殘的地區，數以千計的人們正飽受飢餓和疾病所苦。

7. **enthusiasm** [ɪn`θjuzɪ͵æzəm]   *n.* [U] 熱忱

* The hostess greeted every guest with great *enthusiasm*.   女主人很熱情和每一位客人打招呼。

8. **fix**
[fɪks]   *vt.* 修理   同義 mend, repair；
使牢固

* The washing machine was out of order, so we sent someone to *fix* it.
  洗衣機故障了，所以我們找人來修理。

9. **grain** [gren]   *n.* [U] 穀物；[C] 穀粒

* The *grain* harvest is good this year.
今年穀物大豐收。

---

10. **humor** [ˈhjumɚ]   *n.* [U] 幽默，風趣

* Jack has a great sense of *humor*. It is fun to be with him.   Jack 很有幽默感。跟他在一起很有趣。

- -

humorous [ˈhjumərəs]   *adj.* 幽默的

* The teacher's *humorous* story made everyone in the class laugh.
老師幽默的故事讓教室裡每個人都笑了。

---

11. **jungle** [ˈdʒʌŋgl̩]   *n.* [C][U] 熱帶叢林

* The Amazon *jungle* is the largest rainforest on Earth.   亞馬遜叢林是世界上最大的雨林。

---

12. **locate** [ˈloket]   *vt.* 位於⋯；找出⋯的位置

* The bank is *located* in the center of the city.
這家銀行位於市中心。

- -

location [loˈkeʃən]   *n.* [C] 地點，位置

* This store has very good business because its *location* is next to the MRT station.
這家商店因為位於捷運站旁邊，所以生意很好。

---

13. **microwave** [ˈmaɪkrəˌwev]   *n.* [C] 微波爐

* **Microwaves** are now the essential equipment in convenient stores.
微波爐是現在便利商店裡不可或缺的設備。

14. **north** [nɔrθ]　　*n.* [U] (*sing.*) 北方　　反義 south

* The wind is blowing from the **north**.
風正從北方吹來。

northern
[`nɔrðən]
adj. 北方的
反義 southern

* I have never been to **Northern** Europe.
我從來沒有去過北歐。

15. **pattern** [`pætən]　　*n.* [C] 花樣；模式

* Monica wore a dress with a beautiful flower **pattern**.　Monica 穿的洋裝有漂亮的花卉樣式。

16. **population** [ˌpɑpjə`leʃən]　　*n.* [C] 人口

* The elderly people make up a larger and larger proportion of Taiwan's **population**.
老年人口占臺灣人口的比例越來越大。

17. **purpose** [`pɝpəs]　　*n.* [C] 目的　　同義 aim

* The **purpose** of this demonstration is to raise people's awareness of gender inequality.
這場遊行的目的是為了提倡性別平等的意識。

18. request [rɪˋkwɛst]	vt. 要求　同義 ask, demand；n. [C] 請求　同義 demand

* Visitors are *requested* not to take pictures in the museum.　遊客被要求不能在博物館裡拍照。

19. shrug [ʃrʌg]	vi.; vt. 聳肩

* When the politician was asked about the bribery scandal, he just *shrugged* his shoulders and said nothing.　當被問及賄賂醜聞時，這位政客只是聳肩不發一語。

20. sin [sɪn]	n. [C][U] 罪惡，罪孽

* Lucas confessed his *sin* of theft and asked for forgiveness.　Lucas 坦承偷竊的罪過並請求寬恕。

21. squeeze [skwiz]	vt. 擠出 (液體)；vi.; vt. 擠進，塞入　同義 squash

* Rebecca *squeezed* some lemon juice into her tea.　Rebecca 擠一些檸檬汁到她的茶中。

22. suppose [səˋpoz]	vt. 認為，應該

* Grandma's health condition is worse than we *supposed* it would be.
祖母的健康狀況比我們認為的還要糟。

23. tire [taɪr]	n. [C] 輪胎

* The first thing you should do when you find you
get a flat *tire* is to ensure your safety.
當你發現你的車子爆胎時，該做的第一件事是確
保你的自身安全。

---

24. **vanish** [`vænɪʃ]　*vi.* 消失　同義 disappear

* Everyone was hungry, so the food on the table
vanished in just a few minutes.　大家都很餓，所
以桌上的食物在短短幾分鐘內就消失無蹤了。

---

25. **wrap** [ræp]　　*vt.* (用布或紙等) 包裹

* Justin *wrapped* the present in beautiful paper and
gave it to his girlfriend.　Justin 將禮物用漂亮的
紙包裝好，然後送給他的女朋友。

Unit ▶ 67

1. **apparent**　　*adj.* 明顯的　同義 obvious
[ə`pærənt]

* It's *apparent* that the girl has a talent for painting.
很明顯的，這女孩有繪畫的天份。

---

2. **bend** [bɛnd]　　*vi.* 彎腰　反義 straighten

* Eunice *bent* down to pick up the ball and threw it
back to the girl.

Eunice 彎下腰撿起球並將它丟回給那女孩。

3. **canyon** [ˈkænjən]　*n.* [C] 峽谷

* The Grand *Canyon* is considered to be one of the greatest natural wonders in the world.

大峽谷被認為是世界上最偉大的自然奇景之一。

4. **closet** [ˈklɑzɪt]　*n.* [C] 壁櫥，衣櫥

* Wade loves shopping so much that he has two closets full of *clothes*.　Wade 太愛逛街購物，以致於他有兩個滿滿都是衣服的衣櫥。

5. **creature** [ˈkritʃɚ]　*n.* [C] 生物

* Deforestation affects all the wild *creatures* living in the forest.

濫伐森林會影響生活在森林裡所有的野生生物。

6. **dislike** [dɪsˈlaɪk]　*vt.* 不喜歡，討厭　反義 like；
n. [C][U] 不喜歡　反義 like

* Ian *dislikes* going shopping with his girlfriend in the department store.

Ian 討厭跟他女朋友去百貨公司購物。

7. **entire** [ɪnˈtaɪr]　*adj.* 全部的　同義 whole

* Iris spent an *entire* day finishing reading the novel.　Iris 花了一整天看完這本小說。

8. **flag** [flæg]	*n.* [C] 旗子

* In Taiwan, it's illegal to burn the national ***flag***.
在台灣燒毀國旗是違法的。

9. **grand** [grænd]	*adj.* 宏偉的，盛大的 反義 humble, shabby

* The Olympic Games are ***grand*** affairs held every four years.　奧運是四年舉辦一次的盛會。

10. **hush** [hʌʃ]	*vt.; vi.* (使) 安靜下來

* Those noisy students were asked to ***hush*** their voice in the library.
那些吵鬧的學生在圖書館裡被要求安靜下來。

11. **junk** [dʒʌŋk]	*n.* [U] 垃圾，廢棄舊物 同義 trash, garbage

* We must clean out our yard this weekend—it is full of ***junk*** now!　這週末我們一定要清理院子—它現在堆滿了沒用的舊物！

12. **lock** [lɑk]	*vt.; vi.* 鎖上；*n.* [C] 鎖

* I forgot to ***lock*** the door this morning.
我今天早上忘記鎖門了。

13. **mighty** [ˋmaɪtɪ]	*adj.* 強大的，強而有力的

* No one could stop the *mighty* army from winning the victory.

沒有人能阻止這支強大的軍隊贏得勝利。

14. **notice** [ˈnotɪs]	*vt.* 注意到；*n.* [U] 注意；[C] 佈告

* I *noticed* the girl's diamond ring and guessed she was married.

我注意到這個女孩的鑽戒，所以猜想她已婚。

* The *notice* on the wall says, "No parking."

牆上的佈告寫著：「請勿停車」。

15. **pause** [pɔz]	*vi.* 停頓，暫停；*n.* [C] 暫停

* Eason *paused* for a deep breath and then proposed to his girlfriend.

Eason 暫停下來深呼吸，然後就向他的女友求婚。

16. **publicity** [pʌbˈlɪsətɪ]	*n.* [U] (媒體，大眾的) 關注 同義 attention

* The marriage of the famous actress received a great deal of *publicity*.

這位著名女演員的婚姻受到媒體極大的關注。

17. **purse** [pɝs]	*n.* [C] (女用) 錢包

* June found her *purse* disappeared when she got out

of the bus.　June 下公車時發現她的錢包不見了。

18. **require** [rɪ`kwaɪr]	*vt.* 需要　同義 need；要求 同義 ask, demand

* Mark thinks that it *requires* courage to travel alone in India.　Mark 覺得在印度單獨旅行需要勇氣。

19. **score** [skɔr]	*vt.*; *vi.* (比賽中) 得分 ; *n.* [C] (比賽中得的) 分數

* Kevin *scored* three points at the last five seconds, so his team won the basketball game.
Kevin 在最後五秒鐘得三分，所以他的隊伍贏得這場籃球比賽。

20. **sincere** [sɪn`sɪr]	*adj.* 真誠的，由衷的 同義 genuine　反義 insincere

* Chad gave me a *sincere* smile after I apologized to him.　在我道歉後，Chad 給了我一個真誠的笑容。

21. **sob** [sɑb]	*vi.* 啜泣

* Richard began *sobbing* after having a fight with his girlfriend.　跟女友吵架後，Richard 開始啜泣。

22. **surface** [`sɝfɪs]	*n.* [C] 表面，外觀

* There are some leaves floating on the *surface* of the pond.　有幾片葉子漂浮在池塘的表面上。

23. **tissue** [ˈtɪʃu]　　　*n.* [C] 面紙，紙巾

* You should use a *tissue* when you sneeze.
　你打噴嚏時要用面紙。

24. **vary** [ˈvɛrɪ]　　　*vi.* 變化　　同義 differ

* The prices of vegetables *varied* greatly after the
　typhoon.　颱風過後，蔬菜價格變動很大。

　various [ˈvɛrɪəs]　　*adj.* 各式各樣的

* Spencer has *various* interests, such as writing,
　singing, and dancing.
　Spencer 的興趣很廣泛，像是寫作、唱歌和跳舞。

　variety [vəˈraɪətɪ]　　*n.* (*sing.*) 種種；[U] 變化

* New Zealand has a *variety* of landscapes,
　including volcanoes and glaciers.
　紐西蘭有各種景觀，包括火山和冰河。

25. **wrist** [rɪst]　　　*n.* [C] 手腕

* The wealthy lady wore a diamond watch on her
　wrist.　這位富有的女士手腕上戴著鑽石手錶。

Unit ▶ 68

1. appeal [əˈpil]	*n.* [C] 懇求；[U] 吸引力；*vi.* 懇求；吸引

* The President made an *appeal* for help worldwide after the earthquake.

地震過後，總統向世界各地的人求援。

* The employees *appealed* to their employer to raise their salaries.

這些員工請求雇主給他們加薪。

2. beneath [bɪ`niθ]	*prep.* 在…下面　同義 under, underneath　反義 above

* Jim hid the comics *beneath* the pillow in a hurry when his mom came into his room.　當媽媽走進他的房間時，Jim 倉促地將漫畫藏到枕頭底下。

3. capable [`kepəbl̩]	*adj.* 有能力的　同義 skilled 反義 incapable

* Only you are *capable* of making this decision for yourself.　只有你有能力為你自己做這個決定。

4. cloth [klɔθ]	*n.* [U] 布料；[C] 一塊布

* This bright *cloth* is suitable for making a dress.

這塊亮色的布料適合做洋裝。

clothing [`kloðɪŋ]	*n.* [U] 衣服 (總稱)

* The workers in the factory should wear special *clothing* to protect themselves from chemicals.

這間工廠的工人必須穿著特製衣物，以保護自己免受化學製品的傷害。

---

5. **credit** [ˋkrɛdɪt]   *n.* [U] 賒帳；稱讚   同義 praise

* Nowadays, many people like to buy things on *credit*. 現今有許多人喜歡賒帳購物。

---

6. **dismiss** [dɪsˋmɪs]   *vt.* 開除   同義 fire, sack

* The manager was *dismissed* from his job for abusing his power. 這經理因濫用職權而被解雇。

---

7. **entrance** [ˋɛntrəns]   *n.* [C] 入口   反義 exit；[U] 入學許可

* I'll meet you at the *entrance* to the movie theater at 6 p.m. 我晚上六點和你約在電影院的入口處。

---

8. **flame** [flem]   *n.* [C][U] 火焰

* The plane exploded and burst into *flames* in the sky. 那架飛機在空中爆炸並燃燒了起來。

---

9. **grasp** [græsp]   *vt.* 抓緊   同義 grip

* The baby *grasped* my finger suddenly and smiled at me.
這個小嬰兒突然抓緊我的手指並對我微笑。

---

10. **hut** [hʌt]   *n.* [C] 小屋   同義 shack

* Olive spent two weeks living in a mountain *hut* to get closer to nature. 為了更接近大自然，Olive 在山間小屋裡住了兩週。

---

11. **justice** [ˈdʒʌstɪs]　　*n.* [U] 正義　反義 injustice

* The government must stick to the principles of *justice* and fairness. 政府必須信守公平公正原則。

---

12. **log** [lɔg]　　*n.* [C] 原木，大木頭

* The Whites stay in the *log* cabin by the lake every summer.
懷特一家人每年夏天都在湖邊的小木屋度過。

---

13. **mile** [maɪl]　　*n.* [C] 英里

* The nearest convenience store is five *miles* away.
最近的便利商店在五英里外。

---

14. **notion** [ˈnoʃən]　　*n.* [C] 概念　同義 idea

* People in the past had the wrong *notion* that the earth was the center of the universe.
以前人們有地球是宇宙中心的這個錯誤觀點。

---

15. **pave** [pev]　　*vt.* 替…做準備；鋪路

* The meeting *paved* the way for the cooperation between the two companies.
這場會議為兩個公司的合作做準備。

pavement [ˋpevmənt]	*n.* [C] 人行道　同義 sidewalk

* Warren was fined for parking his car on the *pavement*.
Warren 因為把車子停上人行道而被罰款。

16. **port** [port]	*n.* [C] 港口

* The ferry is leaving *port* in ten minutes.
這艘渡輪將在十分鐘內離開港口。

17. **pursue** [pɚˋsu]	*vt.* 追求

* Linda quit her job and decided to *pursue* her goal of becoming an actress.
Linda 辭掉工作，決定去追求成為女演員的目標。

18. **research** [ˋrisɚtʃ]	*n.* [U] 研究

* Dr. Cage is doing *research* into the cause of brain cancer.　凱吉醫生正在對腦癌的成因做研究。

research [rɪˋsɚtʃ]	*vt.* 研究

* Doctors all over the world are *researching* the possible treatments for AIDS.
各國的醫生都在研究愛滋病的可能療法。

19. **scout** [skaʊt]	*n.* [C] 童軍

* The boy *scouts* have learned some practical skills during their camping trip.

男童軍在露營中學會一些實用的技能。

20. **single**
['sɪŋgl̩]

adj. 單身的　[反義] married；單一的

* Adam has remained *single* since his wife died ten years ago.　自從十年前他的妻子過世後，Adam 一直保持單身。

21. **species** ['spiʃɪz]　*n.* [C] 物種 (複數形為 species)

* It is everyone's responsibility to protect endangered *species*.

保護瀕臨絕種的物種是每個人的責任。

22. **surround** [sə`raʊnd]　*vt.* 圍繞，包圍

* The pop singer was *surrounded* by his fans as soon as he arrived at the airport.

這位流行歌手一到機場就被他的粉絲包圍起來。

23. **title** ['taɪtl̩]　*n.* [C] 題目，標題

* After several months of thinking, the author finally decided the *title* of his new book.　想了幾個月後，這位作者終於決定了他新書的書名。

24. **vase** [ves]　*n.* [C] 花瓶

* Antony put the flowers in the *vase* at his grandpa's bedside.
  Antony 把花放進他祖父床邊的花瓶裡。

| 25. wreck | n. [C] 殘骸；vt. 破壞 (計畫等) |
| [rɛk] | 同義 ruin |

* The *wreck* of the *Titanic* wasn't located until 1985. 鐵達尼的殘骸直到 1985 年才被找到。

Unit ▶ 69

1. appear [ə`pɪr]   vi. 似乎 同義 seem；出現

* Shane *appears* confident about the speech contest.   Shane 似乎對演講比賽很有信心。

| appearance | n. [C][U] 外表；[C] (*usu. sing.*) |
| [ə`pɪrəns] | 出現，到來 |

* Sarah cares about her *appearance* very much.
  Sarah 非常在乎她的外表。

2. benefit [`bɛnəfɪt]   n. [C][U] 利益；vt. 有益於…

* The new library will bring *benefits* to the residents of the town.
  新的圖書館將為鎮上居民帶來好處。

3. capital [`kæpətl]   n. [C] 首都

* Washington D.C. is the *capital* of the United States.　美國的首都是華盛頓哥倫比亞特區。

| 4. **clown** [klaʊn] | *n.* [C] 小丑 |

* The colorful costume Ruby wore made her look like a *clown*.
Ruby 色彩繽紛的服裝令她看起來像個小丑。

| 5. **creep** [krip] | *vi.* 悄悄地行進　同義 slip；*vi.* 爬行　同義 crawl |

* The little boy *crept* toward the butterfly in order to catch it.　小男孩躡手躡腳靠近蝴蝶要去抓牠。

| 6. **disorder** [dɪsˋɔrdɚ] | *n.* [U] 混亂　反義 order |

* The whole class was in a state of *disorder* when the teacher was not here.
當老師不在的時候，整個班級陷入了混亂。

| 7. **entry** [ˋɛntrɪ] | *n.* [C] 入口；[U] 進入某處的資格　同義 entrance　反義 exit |

* The *entry* of the tunnel was blocked with garbage.
隧道的入口被垃圾塞住了。

| 8. **flash** [flæʃ] | *vi.*; *vt.* (使) 閃光；*n.* [C] 閃光 |

* The lighthouse *flashes* twice a minute.
這個燈塔一分鐘閃光兩次。

9. **grassy** [ˈɡræsɪ]　*adj.* 長滿草的

* Glen likes to ride a bicycle along the *grassy* river bank on Sunday afternoon.　Glen 喜歡在星期日下午沿著長滿草的河岸騎腳踏車。

10. **icebox**
[ˈaɪsˌbɑks]

n. [C] 冰箱，冰桶
同義 fridge, refrigerator

* The kid was so hungry that she ate everything she could find in the *icebox*.　這個小孩太餓了，以至於她吃了所有能在冰箱裡找到的東西。

11. **ketchup** [ˈkɛtʃəp]　*n.* [U] 番茄醬　同義 catsup

* Yvonne likes to put a lot of *ketchup* on her burger. Yvonne 喜歡在她的漢堡上加很多番茄醬。

12. **lonely** [ˈlonlɪ]　*adj.* 寂寞的　同義 lonesome

* Coral felt *lonely* in the first year she studied abroad in Japan, but now she has many friends there.　去日本留學的第一年 Coral 感到寂寞，但現在她在那裡有很多朋友。

13. **military** [ˈmɪləˌtɛrɪ]　*adj.* 軍事的，軍隊的

* The government is planning to use *military* force to maintain order in the region.
政府打算動用軍事力量來維持這個地區的秩序。

14. **novel** [`nɑvl̩] *n.* [C] (長篇) 小說；*adj.* 新奇的

* The publisher decided to publish Dan's new
  novel. 出版社想要出版 Dan 的新小說。

15. **paw** [pɔ] *n.* [C] (動物的) 爪子

* The wound was scratched by a dog's **paw**.
  這個傷口是被狗的爪子抓傷的。

16. **portion** [`porʃən] *n.* [C] 部分 <u>同義</u> part

* A major **portion** of the school's budget is spent
  on the new library.
  這間學校大部分的預算都花在新的圖書館上。

17. **puzzle**   *vt.* 使…困惑 <u>同義</u> confuse；
    [`pʌzl̩]   *n.* [C] 謎，難解之事

* Jill's strange behavior **puzzled** me and made me
  worry about her.
  Jill 奇怪的行為令人費解，也讓我替她擔憂。

18. **reserve** [rɪ`zɝv] *vt.* 預訂 <u>同義</u> book；保留

* Joe **reserved** a hotel room before he took a trip to
  Tainan. Joe 去台南旅遊前先預訂了旅館房間。

reservation [ˌrɛzɚ`veʃən] *n.* [C] 預訂

* You have to make a **reservation** if you want to

have dinner at the restaurant.

如果你想要在那家餐廳用餐的話，你要先訂位。

19. **scream** [skrim]	*vi.* 尖叫，大叫　同義 shriek；*n.* [C] 尖叫聲

* The woman ***screamed*** for help when the burglar broke into her house.

當盜賊闖入她的家時，這位婦女尖叫求救。

20. **sink** [sɪŋk]	*vi.* 下沉；*n.* [C] (廚房的) 洗滌槽

* The ship hit an iceberg and then ***sank*** to the bottom of the ocean.

這艘船撞上冰山，然後沉入海底。

21. **stable** [`stebl]	*adj.* 穩定的，安定的　同義 steady　反義 unstable

* The couple has been in a ***stable*** relationship for five years and is getting married now.　這對情侶已經維持五年的穩定關係，現在即將結婚了。

22. **survey** [`sɝve]	*n.* [C] 調查

* A recent ***survey*** shows that 70 percent of people agree with the new traffic rule.　最近調查顯示，有百分之七十的人贊成這項新的交通規則。

survey [sɚ`ve]	*vt.* 調查

* Of the one hundred students *surveyed*, only fifteen of them wanted to have a part-time job.

一百名受調查的學生中，只有十五名想要去打工。

23. **toast** [tost]   *n.* [U] 吐司

* Simon only had a slice of *toast* for breakfast so he got hungry very soon.

Simon 早餐只吃一片土司，所以很快就餓了。

24. **vehicle** [`viɪkl̩]   *n.* [C] 運輸工具，車輛

* The police found the stolen *vehicle* was abandoned by the roadside.

警方發現這台失竊的車輛被遺棄在路邊。

25. **X-ray** [`ɛks `re]   *n.* [C] X 光 (片)

* The basketball player broke her leg during the game and was taken to the hospital for an *X-ray*.

這名籃球選手在比賽中傷到腳，並被送到醫院做 X 光檢查。

Unit ▶ 70

1. **appetite** [`æpə͵taɪt]   *n.* [U][C] 食慾，胃口

* The awful music in the restaurant totally spoiled my *appetite*.

餐廳裡糟糕的音樂讓我完全沒了胃口。

2. **besides** [bɪˋsaɪdz]	*adv.* 此外 同義 moreover, furthermore；*prep.* 除了⋯之外

* I don't have time for lunch. ***Besides***, I am not hungry. 我沒有時間吃午餐。此外，我也不餓。

3. **captain** [ˋkæptɪn]	*n.* [C] 機長；隊長

* The ***captain*** of the plane asked the passengers to be seated before the landing.
機長要求乘客在飛機降落前在位子上坐好。

4. **club** [klʌb]	*n.* [C] 俱樂部；社團

* Paul loves playing golf, so he joins the local golf ***club***. Paul 喜歡打高爾夫球，所以他加入當地的高爾夫俱樂部。

5. **crew** [kru]	*n.* [C] 全體船員 / 機組人員

* All the ***crew*** got into the lifeboats when the ship started to sink.
當船開始下沉時，所有船員都跳到救生艇上。

6. **display** [dɪˋsple]	*vt.* 展示；*n.* [U][C] 展出

* The windows of the bookstore always ***display*** the best-sellers of the month.
這間書店的櫥窗總是展出當月的暢銷書。

7. envelope [ˋɛnvəˌlop]　　*n.* [C] 信封

＊ Amanda put the letter in an *envelope* and sealed
  it carefully.
  Amanda 小心翼翼地把信裝進信封裡並彌封。

8. flashlight [ˋflæʃˌlaɪt]　　*n.* [C] 手電筒　同義 torch

＊ It is necessary to prepare a *flashlight* before typhoon
  days.　颱風天前準備一隻手電筒是必要的。

9. greedy [ˋgridɪ]　　*adj.* 貪心的，貪婪的

＊ The hungry boy looked at the cake with *greedy*
  eyes.　這飢餓的男孩用饞渴的眼神盯著蛋糕看。

10. icy [ˋaɪsɪ]　　*adj.* 冰冷的　同義 frosty, freezing

＊ The *icy* wind made Ben get a severe headache.
  冰冷的風讓 Ben 的頭痛得很厲害。

11. kettle [ˋkɛtl̩]　　*n.* [C] 水壺　同義 teakettle

＊ Mr. Jones put the *kettle* on to make some tea.
  為了泡些茶，Mr. Jones 燒了開水。

12. loose [lus]　　*adj.* 寬鬆的　反義 tight

＊ Ella wore a *loose* T-shirt after taking a bath.
  洗完澡後，Ella 穿了一件寬鬆的 T 恤。

loosen [ˋlusn̩]　　*vt.*; *vi.* 鬆開　反義 tighten

* You can *loosen* the screw by turning it to the left.
  你可以將螺絲向左轉動來鬆開它。

13. **million** [`mɪljən]   *n.* [C] 百萬

* The movie star donated two *million* dollars to the
  charity.   這位影星捐了兩百萬元給慈善機構。

14. **nowadays** [`nauə,dez]   *adv.* 現今   同表 today

* *Nowadays*, more and more people are aware of
  the importance of exercise.
  現在有越來越多人意識到運動的重要性。

15. **payment** [`pemənt]   *n.* [C][U] 付款，支付

* The product will be sent on receipt of *payment*.
  收到款項後商品就會寄出。

16. **portrait** [`portret]   *n.* [C] 肖像，畫像

* The artist painted a *portrait* of her beloved
  husband.
  這位藝術家為她摯愛的丈夫畫了一張畫像。

17. **quality** [`kwɑlətɪ]   *n.* [U][C] 品質

* The products in that store vary in *quality*.
  那間商店的商品品質參差不齊。

18. **resident** [`rɛzədənt]   *n.* [C] 居民，住民

* The local ***residents*** are complaining about the air pollution caused by the new factory.

當地居民正抱怨新工廠造成的空氣汙染。

| 19. **screen** [skrin] | *n.* [C] 螢幕 |

* Staring at a computer ***screen*** for a long time made Tom feel dizzy.

長時間盯著電腦螢幕讓 Tom 感到暈眩。

| 20. **sip** [sɪp] | *vi.*; *vt.* 啜飲；*n.* [C] 一小口 |

* The wine was very strong, so Fanny ***sipped*** (at) it slowly.　這個酒非常濃烈，因此 Fanny 慢慢啜飲。

| 21. **stadium** [ˋstedɪəm] | *n.* [C] 體育場，運動場 |

* Lots of fans crowded into the ***stadium*** to watch the baseball game.　很多球迷擠進球場看棒球賽。

| 22. **survive** [səˋvaɪv] | *vt.*; *vi.* 倖存，倖免於難 |

* Only fifteen soldiers ***survived*** the battle.

只有十五名士兵在這場戰役中倖存下來。

| **survival** [səˋvaɪvl̩] | *n.* [U] 倖存 |

* The patient suffering from brain cancer only had a 20 percent chance of ***survival***.

這名罹患腦癌的病人只有百分之二十的存活率。

23. **tobacco** [tə`bæko]	*n.* [U] 菸草

* Stores are not allowed to sell ***tobacco*** products to teenagers under eighteen.

商店不能賣菸草製品給十八歲以下的青少年。

24. **verse** [vɝs]	*n.* [C] 詩節；[U] 韻文，詩體

* In this poem, the first three *verses* are about my family and the other three are about my dream.

在這首詩中，前三節是在講我的家庭，後三節是講我的夢想。

25. **yam** [jæm]	*n.* [C] 山芋類植物

* In some areas of central Africa, people live on ***yams***. 在非洲中部的某些地區，人們靠山芋類植物為生。

Unit ▶ 71

1. **apply** [ə`plaɪ]	*vi.* 申請

* If you want to ***apply*** for the job, you should fill in the form first. 若是你想申請這份工作的話，你應該先填這份表格。

2. **bet** [bɛt]	*vt.* 下賭注；*n.* [C] 打賭
	同義 gamble

* I *bet* that the baseball team will win the game.
我打賭這支棒球隊會贏這場比賽。

3. capture [`kæptʃɚ]	*vt.* 逮捕　同義 arrest, catch 反義 free, release

* We are sure that the police will *capture* the killer
soon.　我們確信警方很快就會逮捕到這名殺手。

4. clue [klu]	*n.* [C] 線索，提示　同義 hint

* The detective found a vital *clue* to the murder in
a short time.　這名偵探在短時間內找到了這起謀
殺案的關鍵線索。

5. crime [kraɪm]	*n.* [C] 罪行；[U] 犯罪活動

* The man committed a serious *crime* and was put
in jail.　這名男子犯了嚴重的罪行並且入獄服刑。

criminal [`krɪmənl̩]　*n.* [C] 罪犯

* The dangerous *criminal* was finally captured by
the police.　這名危險的罪犯最後被警方逮捕了。

6. distant [`dɪstənt]	*adj.* 遠處的，遠方的 同義 faraway　反義 nearby

* The children like to see the bright stars in the
distant sky at night.
孩童們喜歡在夜晚看著遙遠的星空。

distance [`dɪstəns]　*n.* [C][U] 距離

* Alisa traveled a long **distance** to visit the temple.
  Alisa 旅行了很長的距離來參觀這座廟宇。

7. **environment** [ɪn`vaɪrənmənt]　*n.* [C][U] 環境

* Parents have to create a happy and safe **environment** for their children.　父母必須為他們的孩子營造一個快樂且安全的環境。

8. **flat** [flæt]　　　*adj.* 平的；(輪胎) 洩氣的

* People used to believe that the Earth was **flat**.
  人們過去相信地球是平的。

9. **greenhouse** [`grin,haʊs]　*n.* [C] 溫室

* Hogan planted several kinds of rare flowers in his **greenhouse**.
  Hogan 在他的溫室裡種植數種稀有花卉。

10. **ideal** [,aɪ`dɪəl]　*adj.* 理想的　同義 perfect

* The park is **ideal** for walking dogs.
  這個公園適合遛狗。

11. **keyboard**　　　*n.* [C] (樂器或機器上的) 鍵盤
    [`ki,bɔrd]

* I don't like to use a laptop because the **keyboard**

is too small. 我不喜歡用筆電，因為鍵盤太小了。

| 12. loser [ˋluzɚ] | n. [C] 失敗者　反義 winner |

* Bess considered herself a *loser* after failing the history exam again. 歷史考試又一次不及格後，Bess 認為自己是個失敗者。

| 13. millionaire [͵mɪljənˋɛr] | n. [C] 百萬富翁，富豪 |

* Only *millionaires* can afford to buy those enormous mansions.
只有富豪們才能買得起那些大豪宅。

| 14. numerous [ˋnjumərəs] | adj. 許多的，很多的　同義 many |

* There are *numerous* kinds of toys for kids to choose from in this department store.
這間百貨公司提供很多種類的玩具供孩子挑選。

| 15. pea [pi] | n. [C] 豌豆 |

* Grace roasted chicken with some *peas* and carrots for dinner.
Grace 烤了雞肉搭配一些豌豆及胡蘿蔔當晚餐。

| 16. pose [poz] | n. [C] 姿勢　同義 posture |

* The photographer asked the model to strike a *pose* for the camera.

攝影師要求模特兒擺個姿勢拍照。

| 17. **quantity**
[ˋkwɑntətɪ] | *n.* [C][U] 數量
同義 amount, number |

* Large *quantities* of food and water are needed in the disaster area.　這個災區需要大量的食物和水。

| 18. **resist** [rɪˋzɪst] | *vt.* 抗拒，對抗　反義 accept |

* It is hard for Aries to *resist* buying new clothes. Aries 很難抗拒買新衣服。

| 19. **screw** [skru] | *vt.* (用螺絲) 將…固定；*n.* [C] 螺絲 |

* The boy *screwed* all the parts together to make a robot.　這男孩用螺絲將所有零件鎖緊，做成一個機器人。

| 20. **site** [saɪt] | *n.* [C] (重要事件發生的) 場所 |

* The ambulance rushed to the *site* of the accident after getting the report.
接獲報案後，救護車迅速趕到事故現場。

| 21. **staff** [stæf] | *n.* [C] 全體職員 |

* The hotel *staff* is well-trained and very friendly to customers.
飯店員工受過良好訓練且對顧客都很友善。

22. **suspect** [ˈsʌspɛkt]   *n.* [C] 嫌犯

* A photo of the *suspect* was placed in the newspapers.   嫌疑犯的照片被刊登在報紙上。

   suspect [səˈspɛkt]   *vt.* 懷疑，猜想

* The salesclerk *suspected* that the woman stole from the store, but he couldn't prove it.   店員懷疑婦人從店裡偷東西，但是他無法提出證明。

23. **toe** [to]   *n.* [C] 腳趾

* The little boy stood on his *toes*, trying to reach the candies on the shelf.
  小男孩墊起腳尖，試著要拿到架上的糖果。

24. **vertical** [ˈvɝtɪkl̩]   *adj.* 垂直的   反義 horizontal

* Goats climb up the almost *vertical* cliff to protect themselves from predators.
  山羊爬上陡峭的山崖，保護自己不被捕食者攻擊。

25. **yard** [jɑrd]   *n.* [C] 庭院；碼 (長度單位)

* My brother and I usually play basketball in the *yard*.   我哥哥和我通常在院子裡打籃球。

Unit ▶ 72

1. **appreciate**   *vt.* 欣賞   同義 admire ；感激

[əˋprɪʃɪˏet]   同義 be grateful, be thankful

* The audience really ***appreciated*** the singer's performance and gave him a big hand.

觀眾非常欣賞歌手的表演，並給他熱烈的掌聲。

- -

appreciation	*n.* [U] 欣賞　同義 admiration；
[əˏprɪʃɪˋeʃən]	感謝　同義 thankfulness, gratitude

* We showed our ***appreciation*** by sending David a thank-you card.

我們寄給 David 一張謝卡以表示我們的謝意。

2. **bill**	*n.* [C] 帳單　同義 check；紙鈔
[bɪl]	同義 note

* I usually have a lot of ***bills*** to pay at the end of every month.

我在每個月的月底通常有很多帳單要支付。

3. **career**	*n.* [C] 職業，事業　同義 job,
[kəˋrɪr]	profession, occupation

* The ***career*** woman needs a babysitter to take care of her baby.

這名職業婦女需要一位褓母來照顧她的嬰兒。

4. **coach** [kotʃ]	*n.* [C] (體育) 教練

* An experienced *coach* is important to a professional athlete. 一個有經驗的教練對職業運動員來說是很重要的。

5. crisis [`kraɪsɪs]	n. [C][U] 危機，緊要關頭 (複數形為 crises) 同義 emergency

* Since crude oil price keeps rising, the country's industry faces a *crisis*.
因原油價格不斷上漲，這個國家的工業面臨危機。

6. distinguish [dɪ`stɪŋgwɪʃ]	vt.; vi. 分辨，區分 同義 tell

* The scientist invented a new method to *distinguish* cancer cells from normal ones. 科學家發明一種分辨癌細胞和正常細胞的新方法。

7. envy [`ɛnvɪ]	vt. 羨慕，嫉妒 同義 be jealous of；n. [U] 羨慕，嫉妒 同義 jealousy

* Annie always *envies* her sister's good luck.
Annie 總是羨慕她妹妹的好運氣。

8. flavor [`flevɚ]	n. [C] 口味，味道

* The juice has *flavors* of apple and carrot.
這果汁有蘋果跟胡蘿蔔的味道。

9. **greet** [grit]　　*vt.* 問候，打招呼

＊ The little girl *greeted* me with a shy smile.
小女孩用靦腆的微笑和我打招呼。

greeting [ˋgritɪŋ]　*n.* [C] 問候，招呼

＊ The two old friends exchanged *greetings* when
they met on the street.
這兩個老朋友在街上遇到時互相問候。

10. **identity** [aɪˋdɛntətɪ]　*n.* [U] 某人的身份

＊ After discovering the *identity* of the dead man,
the police informed his family immediately.
發現死者的身份後，警方馬上就通知他的家人。

11. **kick** [kɪk]　　*vt.* 踢

＊ Iris *kicked* the ball alone in the park.
Iris 在公園獨自一人踢著球。

12. **loss** [lɔs]　　*n.* [C][U] 喪失；死亡　　同義 death

＊ The main reason of Colin's failure is the *loss* of
confidence.
Colin 失敗的主要原因是因為失去信心。

13. **miner** [ˋmaɪnɚ]　*n.* [C] 礦工

＊ A lot of *miners* work underground in order to

look for gold.　許多礦工在地底下工作以找尋黃金。

| mine [maɪn] | n. [C] 礦井 |

* The country has the largest coal *mine* in the world.　這個國家有世界上最大的煤礦。

14. **nun** [nʌn]　　　n. [C] 修女，尼姑　反義 monk

* Students in the Catholic school are taught by *nuns*.
就讀這所天主教學校的學生被修女所教導。

15. **peace**　　　　n. [U] 和平；安靜　同義 quiet,
　　[pis]　　　　　　stillness

* After years of war, the two countries finally made *peace* with each other.
經過多年戰爭後，這兩個國家終於和解了。

| peaceful [ˈpisfəl]　*adj.* 平靜的　同義 quiet, still |

* I enjoy reading in the *peaceful* garden when I have free time.
有空閒時，我喜歡在這平靜的花園看書。

16. **position** [pəˈzɪʃən]　n. [C] 姿勢　同義 way

* The baby fell asleep in a comfortable *position*.
嬰兒以一個舒服的姿勢睡著了。

17. **quarrel**　　　　*vi.* 爭吵，吵架；n. [C] 爭吵

[`kwɔrəl]　　　同義 fight

* The wife often *quarrels* with her husband about money.　這名妻子經常為了錢和丈夫吵架。

18. **resource** [rɪ`sors]　*n.* [C] (*usu. pl.*) 資源

* The country is very small and lacks natural *resources*.　這個國家很小，並缺乏天然資源

19. **scrub** [skrʌb]　*vt.* (用刷子) 擦洗

* My father *scrubbed* the bathroom floor after dinner.　晚餐後爸爸刷了浴室的地板。

20. **situation**　　　*n.* [C] 形勢，狀況
[ˌsɪtʃʊ`eʃən]　　同義 condition

* After rushing into the ladies' room, Steven found himself in an embarrassing *situation*.　慌張闖入女廁後，Steven 發現自己處於尷尬的狀況。

21. **stage**　　　*n.* [C] 階段　同義 step；舞台
[stedʒ]　　　同義 platform

* The medicine is still in the early *stages* of its development.　這個藥仍在初步發展階段。

22. **swallow** [`swɑlo]　*vt.* 吞下，嚥下

* Bard *swallowed* the pills at one time with a lot of

water.　Bard 用很多水同時吞下這些藥丸。

23. thoughtful [`θɔtfəl]	*adj.* 體貼的　同義 considerate

* It's very *thoughtful* of you to remind me about the exam tomorrow.　你提醒我明天的考試,真體貼。

24. vest [vɛst]	*n.* [C] 背心　同義 undershirt

* The man took off his *vest* and jumped into the pool.　那男人脫下他的背心跳進泳池裡。

25. yawn [jɔn]	*vi.* 打呵欠

* The boring movie made all the audience keep *yawning*.
這部無聊的電影讓所有的觀眾一直打呵欠。

Unit ▶ 73

1. approach [ə`protʃ]	*vi.*; *vt.* 接近　同義 near ; *n.* [C] 方法　同義 method

* When the ship was *approaching*, the survivors waved for help.　當船隻接近時,倖存者揮手求救。

2. billion [`bɪljən]	*n.* [C] 十億

* The country has spent *billions* of dollars on the traffic infrastructure this year.

這個國家今年已花費數十億元在交通建設上。

3. **carpenter** [ˋkɑrpəntɚ]	n. [C] 木匠

* The wooden chair made by the *carpenter* is of high quality.　這個木匠做的木椅品質很好。

4. coal [kol]	n. [U] 煤

* Put more *coal* on the fire if you still feel cold.
如果你還覺得冷，就多加點煤炭到火中。

5. crisp [krɪsp]	adj. 鬆脆的　同義 crispy；n. [C] (英式) 洋芋片　同義 potato chip

* My mother baked the cookies until they became golden and *crisp*.　媽媽將餅乾烤到金黃鬆脆。

6. disturb [dɪˋstɝb]	vt. 打擾　同義 bother, interrupt

* Please don't *disturb* me. I'm doing my homework now.　請不要打擾我，我正在做功課。

7. equal [ˋikwəl]	adj. 相等的；平等的

* One dollar is *equal* to one hundred cents.
一塊錢等於一百分錢。

8. flaw [flɔ]	n. [C] 瑕疵，缺點　同義 defect, fault

* One *flaw* cannot obscure the splendor of the jade.　瑕不掩瑜。

9. grin [grɪn]　　*vi.* 露齒而笑

* The kids *grinned* at me when I gave them some chocolate.　當我給這些小孩一些巧克力時，他們對我露齒而笑。

10. idiom [ˋɪdɪəm]　*n.* [C] 慣用語，成語

* You should learn the *idioms* because they all have specific meanings.　你應該要學習這些成語，因為它們都有特殊的意義。

11. kidney [ˋkɪdnɪ]　　*n.* [C] 腎臟

* The patient was getting better after the stones in his *kidneys* were removed.
病人的病情在腎結石被取出後就逐漸好轉。

12. lotion [ˋloʃən]　*n.* [U][C] 乳液

* Clair applied some suntan *lotion* to her skin before going out.
Clair 出門前先在皮膚上塗一些防曬乳。

13. mineral [ˋmɪnərəl]　　*n.* [C] 礦物質

* Humans need vitamins and *minerals* to stay healthy.　人類需要維他命及礦物質來維持健康。

14. **nut** [nʌt]   *n.* [C] 堅果

* Noel cracked some *nuts* for his brother.
  Noel 為他的弟弟敲開堅果。

15. **peach** [pitʃ]   *n.* [C] 桃子

* A soft and juicy *peach* is an ideal fruit for old
  people.   軟而多汁的桃子是老年人的理想水果。

16. **positive** [ˈpɑzətɪv]   *adj.* 積極的   反義 negative

* Zoe's *positive* attitude helps her get through the
  tough times in life.
  Zoe 積極的態度幫助她度過了人生中艱難的時刻。

17. **quarter** [ˈkwɔrtɚ]   *n.* [C] 四分之一；十五分鐘

* Mrs. Carlson cut the apple into *quarters* for her
  four kids.   卡森太太將蘋果切成四份給四個孩子。

18. **respect** [rɪˈspɛkt]   *vt.* 尊敬；*n.* [U] 敬意，尊敬

* We all *respected* Mr. Lin for his generosity and
  kindness.   我們尊敬林先生的慷慨和仁慈。

19. **seal** [sil]   *n.* [C] 海豹；*vt.* 把…封住

* With a thick layer of fat, *seals* are able to survive
  the bitter cold.   因為有一層厚厚的脂肪，海豹能
  在嚴寒的氣候生存。

20. **skate** [sket]　　　*vi.* 溜冰；*n.* [C] 溜冰鞋

* In winter, many children *skate* on the frozen lake.
冬天時，很多孩子在結冰的湖上溜冰。

21. **sneaker** [ˋsnikɚ]　　*n.* [C] 膠底運動鞋，球鞋

* Molly likes to wear jeans and a pair of *sneakers*
when she goes out.
Molly 外出時喜歡穿牛仔褲和一雙球鞋。

22. **stair** [stɛr]　　　*n.* [C] (*usu. pl.*) 樓梯，階梯

* Rod ran up the *stairs* to see what happened when
he heard his sister screaming.　Rod 聽到姐姐的
尖叫聲就跑上樓查看發生什麼事。

23. **toilet**　　　　　*n.* [C] 馬桶；廁所　同義
[ˋtɔɪlɪt]　　　　　bathroom, restroom, rest room

* Remember to flush the *toilet* after using it.
使用完後記得沖馬桶。

24. **vice president**　　*n.* [C] 副總統
[ˏvaɪs ˋprɛzədənt]

* The *vice president* is responsible for performing
duties when the president is unable to do them.
當總統無法實行職責時，副總統必須負起責任。

25. **yell** [jɛl]　　　*vi.* 喊叫；*n.* [C] 叫喊　同義 shout

* The couple *yelled* at each other during the fight last night.　這對夫妻昨天晚上吵架時互相叫罵。

Unit ▶ **74**

1. **appropriate** [ə`proprɪ・ɪt]	*adj.* 適當的　同義 suitable 反義 inappropriate

* Jeans are not *appropriate* for formal occasions.
牛仔褲並不適合正式場合。

2. **bind** [baɪnd]	*vt.* 綁，束縛　同義 tie

* The kidnapper *bound* the child to the chair.
這名綁架犯將小孩綁在椅子上。

3. **carpet** [`karpɪt]	*n.* [C] 地毯　同義 rug

* Please be careful not to spill your coffee on the *carpet*.　請小心不要將你的咖啡灑在地毯上。

4. **coast** [kost]	*n.* [C] 海岸

* The scenery along the *coast* was gorgeous.
海岸的風景很美。

5. **crop** [krap]	*n.* [C] 農作物；收成 同義 harvest

* The main *crop* in this area is rice.
這個區域的主要農作物是稻米。

6. **dive** [daɪv]　　　*vi.* 跳水；潛水

* Jack *dived* into the river to search for the lost watch.　　Jack 跳入河中尋找遺失的手錶。

7. **erase**　　　　*vt.* 刪除　同義 delete；擦掉
   [ɪ`res]　　　　　　　　同義 wipe

* The computer virus *erased* all the files stored on the hard disk.
這種電腦病毒讓儲存在硬碟中的檔案都不見了。

eraser [ɪ`resɚ]　*n.* [C] 橡皮擦

* The student removed the wrong spelling with an *eraser*.　學生用橡皮擦擦掉錯誤的拼字。

8. **flea** [fli]　　　*n.* [C] 跳蚤

* Dogs might have *fleas*, so remember to wash your hands after touching them.
狗可能有跳蚤，所以摸過牠們之後記得要洗手。

9. **grocery**　　　*adj.* 食品雜貨的；*n. (pl.)* 食品
   [`grosərɪ]　　　　雜貨

* William bought some sugar and eggs at the *grocery* store around the corner.
William 在轉角的雜貨店買些糖和蛋。

10. **ignore** [ɪg`nor]　*vt.* 忽視，不理

* I said "Hi!" to Mark, but he just *ignored* me.
我跟 Mark 說「嗨！」，但他卻不理我。

---

11. **kilogram** [ˋkɪləˏɡræm] *n.* [C] 公斤 (可簡稱 kg)

* Scott weighs over 90 *kilograms*, so he will go on a diet next month. Scott 體重超過九十公斤，所以他將在下個月開始節食。

---

12. **lottery** [ˋlɑtərɪ] *n.* [C] 樂透

* Vicky has been dreaming of winning the *lottery*.
Vicky 一直夢想著中樂透。

---

13. **minor** [ˋmaɪnɚ] *adj.* 小的，輕微的 反義 major

* You are lucky to suffer only *minor* injuries in the crash. 你很幸運地在這場撞擊中只受了輕傷。

- -

minority
[məˋnɔrətɪ]
n. (*sing.*) 少數 反義 majority

* Only a *minority* of people can speak the dialect.
只有少數人會說這個方言。

---

14. **overnight**
[ˋovɚˋnaɪt]
adv. 夜裡，在夜間；突然間
同義 suddenly

* It's raining hard outside. Why don't you just stay *overnight*? 外面下大雨。你何不留下來過夜？

| 15. **peak** [pik] | *n.* [C] 山頂;(*usu. sing.*) 高峰,頂點 同義 top |

* The mountain ***peaks*** are covered with snow all year round. 群峰終年覆蓋白雪。

| 16. **possible** [`pasəbl] | *adj.* 可能的 同義 likely, probable 反義 impossible |

* Come as early as ***possible*** so that we can have a discussion about our project.
盡量早到以便我們可以討論一下計畫。

possibility [ˌpasə`bɪlətɪ] *n.* [C] 可能性

* Because of the cloudy sky, there is a strong ***possibility*** of rain.
因為天空烏雲密布,很有可能會下雨。

| 17. **queen** [kwin] | *n.* [C] 皇后;女王 反義 king |

* The beautiful girl became the ***queen*** when she married the king.
這名漂亮女子嫁給國王就成了皇后。

| 18. **respond** [rɪ`spand] | *vi.* 反應,回應 同義 react |

* I waved at Rose, and she ***responded*** with a smile.
我向 Rose 揮手,她以微笑回應。

response *n.* [C][U] 回應,反應

[rɪ`spɑns]   同義 reaction

＊ In *response* to the customers' request, the restaurant starts to serve hot drinks.
回應顧客要求，這家餐廳開始供應熱飲。

19. **search** [sɜtʃ]	*vi.*; *vt.* 尋找 同義 seek, look for；*n.* [C] (*usu. sing.*) 搜尋

＊ I've *searched* everywhere for my identity card for hours.   我已四處尋找我的身分證好幾個鐘頭了。

20. **ski** [ski]	*vi.* 滑雪

＊ Tracy has been good at *skiing* since she was little.   Tracy 從小就擅長滑雪。

21. **stale** [stel]	*adj.* 不新鮮的 反義 fresh

＊ Don't eat the bread that has gone *stale*.
不要吃不新鮮的麵包。

22. **swear** [swɛr]	*vt.* 發誓 同義 vow

＊ I *swear* I will not tell anyone else about your secret.   我發誓不會告訴別人你的秘密。

23. **ton** [tʌn]	*n.* [C] 噸 (美制為 907 公斤，英制為 1016 公斤)

＊ The huge rock which weighed three *tons* was

immovable. 這顆重達三噸的巨石根本無法移動。

24. **victim** [`vɪktɪm]   *n.* [C] 受害者

* The ***victims*** of the car accident were taken to the hospital immediately.
  這場車禍中的受害者被立即送醫。

25. **yolk** [jok]   *n.* [C][U] 蛋黃

* Michelle doesn't like the ***yolk***, so she always picks it out when eating an egg.   Michelle 不喜歡蛋黃，所以她吃蛋時都會將它挑出來。

Unit ▶ 75

1. **approve**   *vi.* 同意，贊成
   [ə`pruv]   反義 disapprove, object

* My parents ***approved*** of my choice of college.
  我的父母同意我所選擇的大學。

2. **bitter** [`bɪtɚ]   *adj.* 苦的　反義 sweet；慘痛的

* Black coffee without sugar tastes ***bitter***.
  不加糖的黑咖啡嚐起來很苦。

3. **carriage** [`kærɪdʒ]   *n.* [C] 四輪馬車

* In this small village, ***carriages*** are still a common way to transport goods.   在這個小村莊裡，馬車

依然是一種普遍的貨運方式。

4. **cocktail** [`kɑk͵tel] *n.* [C] 雞尾酒

∗ After work, Sophia went to a bar for some *cocktails*. 下班後，Sophia 到酒吧喝點雞尾酒。

5. **crowd** [kraʊd]　*vi.* 聚集；*n.* [C] 群眾

∗ Thousands of fans *crowded* into the square to see the superstar. 數千名粉絲擠進廣場一睹巨星丰采。

6. **divide** [də`vaɪd]　*vt.* 把⋯分成

∗ The teacher *divided* his students into five groups for discussion.
老師將學生們分成五組來進行討論。

7. **error** [`ɛrɚ]　*n.* [C] 錯誤　同義 mistake

∗ The professor found several spelling *errors* in Paul's paper.
教授發現在 Paul 的論文中有好幾個拼字錯誤。

8. **flesh** [flɛʃ]　*n.* [U] 肉

∗ The knife cut into my *flesh* and caused a wound.
我的肉被刀子割傷且造成傷口。

9. **growth** [groθ]　*n.* [U] 生長　同義 development

∗ Water and sunshine are essential for the *growth*

of plants.　水份和陽光是植物生長不可或缺的。

| 10. **ill** [ɪl] | *adj.* 生病的　同義 sick |

＊ Amy didn't go to work today because she felt ***ill***.
Amy 今天沒有去上班，因為她生病了。

| **illness** [`ɪlnɪs] | *n.* [C][U] 疾病　同義 disease |

＊ Karen's biggest wish is to recover from the ***illness***
soon.　Karen 最大的願望就是能快速康復。

| 11. **kilometer** [`kɪlə,mitɚ] | *n.* [C] 公里 (可簡稱 km) |

＊ The length of the Hsuehshan Tunnel is about
12.9 ***kilometers***.　雪山隧道總長約 12.9 公里。

| 12. **loud** [laʊd] | *adj.* 大聲的　反義 quiet |

＊ The sleeping baby was woken up by the ***loud***
noise downstairs.
正在睡覺的嬰兒被樓下的噪音吵醒了。

| 13. **minus** [`maɪnəs] | *prep.* 減去　反義 plus |

＊ Forty ***minus*** thirty is ten.　四十減三十等於十。

| 14. **obey** [ə`be] | *vt.* 服從，遵守　反義 disobey |

＊ It is everyone's responsibility to ***obey*** the traffic
rules.　遵守交通規則是每個人的責任。

| 15. **peanut** [`pi,nʌt] | *n.* [C] 花生 |

* Rita likes eating *peanuts* while watching TV.
Rita 喜歡在看電視時吃花生。

| 16. **post**
[post] | *n.* [U] 郵政，郵遞　同義 mail；
vt. 張貼，貼出 |

* If Peter sends the book by *post* today, I can get it by Wednesday.　如果 Peter 今天郵寄這本書的話，我星期三之前就可以拿到了。

postage [ˋpostɪdʒ]　*n.* [U] 郵資，郵費

* How much is the *postage* for this letter to Canada?　這封寄到加拿大的信需要多少郵資？

| 17. **queer** [kwɪr] | *adj.* 奇怪的　同義 strange |

* The student made a *queer* sound to attract the teacher's attention.
這個學生發出奇怪的聲音吸引老師的注意。

| 18. **responsible**
[rɪˋspɑnsəbl] | *adj.* 負責任的
反義 irresponsible |

* The manager is *responsible* for the running of the restaurant.　這位經理負責餐廳的營運。

responsibility [rɪ͵spɑnsəˋbɪlətɪ]　*n.* [U] 責任

* Taking care of patients is a nurse's *responsibility*.　照顧病人是護士的責任。

19. **senior**
   [`sinjɚ]

adj. 年長的 反義 junior；*n.*
[C] (中學或大學) 最高年級學生

* My husband is *senior* to me by ten years.
  我的丈夫大我十歲。

20. **skill** [skɪl]   *n.* [C][U] 技能，技巧

* To be a carpenter, Sam learned the basic *skills* in woodworking.
  為了要成為木匠，Sam 學習木工的基本技能。

skilled
   [skɪld]

adj. 熟練的，有技巧的
同義 skillful 反義 unskilled

* A *skilled* engineer helped me with the machine.
  一位熟練的工程師協助我使用這臺機器。

21. **stamp** [stæmp]   *n.* [C] 郵票

* You can't mail a letter without sticking a *stamp* on it.   你不貼郵票就無法將信寄出。

22. **sweat** [swɛt]   *n.* [U] 汗水；*vi.* 出汗，流汗

* The tennis player wiped the *sweat* from his forehead.   那名網球選手擦掉額頭上的汗。

23. **tone** [ton]   *n.* [C] 語氣，語調

* The soldier spoke to the general in a respectful

tone. 士兵以尊重的語氣和將軍說話。

24. **victory** [ˋvɪktərɪ]　*n.* [C][U] 勝利　反義 defeat

* We were excited to know that our school basketball team won a *victory*.
我們很興奮得知我們的籃球校隊贏得了勝利。

25. **youngster** [ˋjʌŋstɚ]　*n.* [C] 年輕人

* The old man complained that the *youngsters* these days seemed lazy.
老先生抱怨現在的年輕人似乎很懶惰。

Unit ▶ 76

1. **apron** [ˋeprən]　*n.* [C] 圍裙

* My father wore an *apron* and cleaned the house.
我爸爸穿著圍裙打掃房子。

2. **blame**　*n.* [U] (對錯誤應負的) 責任；
[blem]　*vt.* 責備

* Ian should take the *blame* for the fire because he forgot to turn off the gas.
Ian 該為這場火災負責，因為他忘記關瓦斯。

3. **celebrity** [səˋlɛbrətɪ]　*n.* [C] 名人　同義 star

* Jeff became a national *celebrity* because of his

good singing voice.
Jeff 因為擁有絕佳的嗓音而成為全國知名人物。

4. **cocoa** [ˋkoko]   *n.* [U] 可可 (粉)

* It's wonderful to drink a cup of hot *cocoa* before sleeping.　睡前喝一杯熱可可很棒。

5. **crown** [kraʊn]   *n.* [C] 皇冠；*vt.* 為…加冕

* The queen always wore her gold *crown* to attend formal occasions.
皇后出席正式場合總是戴上她的金皇冠。

6. **dizzy** [ˋdɪzɪ]   *adj.* 頭暈的，暈眩的

* Perry felt *dizzy* due to the side effects of the medicine.　因為藥的副作用，Perry 覺得頭暈。

7. **escape** [əˋskep]   *vi.*; *vt.* 逃走　同義 get away

* The prisoner has been planning to *escape* from the jail for a long time.
那名囚犯已經計畫逃獄很久了。

8. **flight** [flaɪt]   *n.* [C] (飛機) 航班；[U] 飛行

* Our *flight* to London was cancelled due to the typhoon.　由於颱風，我們飛往倫敦的班次取消了。

9. **guard** [gɑrd]   *n.* [C] 警衛；*vt.* 守衛　同義 protect

* The President has a team of *guards* around to protect him.　總統有一組守衛在身邊保護他。

10. **image** [ˋɪmɪdʒ]　*n.* [C] (某人或產品等的) 形象

* The rich businessman tried to improve his *image* by taking part in many charity events.　那位富商想藉由參加許多慈善活動來改善自身形象。

imagine [ɪˋmædʒɪn]　*vt.* 想像

* Can you *imagine* how it feels to travel in outer space?　你可以想像在外太空旅行的感覺嗎？

imagination [ɪ͵mædʒəˋneʃən]　*n.* [C][U] 想像力

* Children usually use their *imagination* to draw colorful pictures.
孩童通常用想像力畫出多采多姿的圖畫。

11. **kindergarten** [ˋkɪndɚ͵gɑrtṇ]　*n.* [C][U] 幼稚園

* Lisa's dream is to be a teacher in a *kindergarten*.
Lisa 的夢想是當個幼稚園老師。

12. **loudspeaker** [laʊdˋspikɚ]　*n.* [C] 擴音器

* The principal spoke to the students over a *loudspeaker* in order to be heard.　校長透過擴音器和學生說話，以讓大家聽到她的聲音。

13. **miracle** [ˈmɪrəkḷ]　　*n.* [C] 奇蹟

＊ It's a ***miracle*** that the baby survived the fire.
　這名嬰兒在火災中存活真是一個奇蹟。

14. **object**　　　　　　*n.* [C] (*sing.*) 目標
　　[ˈɑbdʒɪkt]　　　　同義 aim, goal

＊ The only ***object*** in Frank's life is to make as
　much money as he can.
　Frank 人生的唯一目標是盡可能賺很多錢。

15. **portable** [ˈportəbḷ]　　*adj.* 手提式的，便於攜帶的

＊ The ***portable*** radio let the old man listen to music
　everywhere.
　這臺手提收音機讓這老人隨處可以聽音樂。

16. **privilege** [ˈprɪvḷɪdʒ]　　*n.* [C] 特權

＊ The president's daughter has no special
　privileges at school.
　總統的女兒在學校並沒有享有特權。

17. **quit** [kwɪt]　　*vt.*; *vi.* 放棄，中止　同義 give up

＊ After a big fight with his colleague, Will ***quit*** his
　job.　和同事大吵一架之後，Will 辭職了。

18. **restrict** [rɪˈstrɪkt]　　*vt.* 限制，限定　同義 limit

---

* In order to stay in shape, May *restricted* herself to a small amount of food every day.

為了保持身材，May 限制自己每天只吃一點食物。

---

19. **secret** [`sikrɪt]　*n.* [C] 秘密；*adj.* 秘密的

* My brother promised me that he would keep my *secret*.　哥哥答應我他會守住我的秘密。

---

20. **skillful** [`skɪlfəl]　*adj.* 技術好的　同義 skilled

* This tailor is *skillful* at making evening dresses.

這名裁縫師很會縫製晚禮服。

---

21. **standard** [`stændəd]　*n.* [C][U] 標準，規範

* In order to meet his parents' high *standard*, Jay has to study hard.

為了達到他父母的高標準，Jay 必須努力讀書。

---

22. **sweater** [`swɛtə]　*n.* [C] 毛衣

* Maria put on her wool *sweater* before she went out.　Maria 在出門前穿上她的羊毛衣。

---

23. **tongue** [tʌŋ]　*n.* [C] 舌頭；語言　同義 language

* The naughty boy stuck out his *tongue* at the stranger.　這名頑皮的男孩對著陌生人吐舌頭。

---

24. **video**　*n.* [C] (電影的) 錄影帶

[ˋvɪdɪˏo] | 同義 videotape

* Eric likes to stay at home and watch *videos* on weekends.　Eric 週末喜歡待在家裡看影片。

| 25. **youth** [juθ] | *n*. [U] 青少年時期　反義 old age；(總稱) 年輕人 |

* Phil used to be a good tennis player in his *youth*.　Phil 在年輕時曾是位傑出的網球選手。

Unit ▶ 77

| 1. **aquarium** [əˋkwɛrɪəm] | *n*. [C] 魚缸；水族館 (複數形為 aquariums 或 aquaria) |

* My father keeps many tropical fish in the *aquarium*.　我的爸爸在魚缸裡養了很多熱帶魚。

| 2. **blank** [blæŋk] | *adj*. 空白的；*n*. [C] 空白處 |

* Please sign in the *blank* space after you read the document.　請你看完文件後，在空白處簽名。

| 3. **cart** [kɑrt] | *n*. [C] 手推車　同義 trolley |

* In a supermarket, people usually use shopping *carts* to carry the items they want.　在超市裡，人們通常會使用購物車裝他們要的商品。

| 4. **coin** [kɔɪn] | *n*. [C] 硬幣，錢幣 |

* The girl gave the beggar some *coins*.
  那女孩給了乞丐一些錢幣。

5. cruel [`kruəl]　　*adj.* 殘忍的　反義 kind

* Those who are *cruel* to animals will be punished
  by the law.
  那些殘忍對待動物的人將受到法律的懲罰。

6. dodge [dɑdʒ]　　*vt.* 避開，躲開

* In the movie, the agent moved very fast to *dodge*
  the bullets.
  電影裡，那個特務快速移動以閃避子彈。

7. essay [`ɛse]　　*n.* [C] 論說文，短文

* The *essay* on global warming reminds people of
  the importance of environmental protection.
  這篇關於全球暖化的短文提醒人們環境保護的重
  要性。

8. float [flot]　　*vi.* 漂浮；*vt.* 使漂浮　反義 sink

* There are many empty bottles *floating* in the
  river.　有許多空瓶子漂浮在河流上。

9. guava [`gwɑvə]　　*n.* [C] 番石榴，芭樂

* Taiwan is famous for its fruits, such as *guavas*
  and bananas.　臺灣以水果聞名，例如芭樂和香蕉。

10. **immediate**   *adj.* 立即的，即時的
    [ɪ`midɪɪt]   同義 instant

* The firefighters took *immediate* action to put out the fire.　消防人員採取立即的行動去滅火。

11. **king** [kɪŋ]   *n.* [C] 國王，君主　反義 queen

* The great *king* had ruled his country for twenty years before he died.

這位偉大的國王生前統治了國家二十年。

kingdom [`kɪŋdəm]   *n.* [C] 王國

* This special tea is from the United *Kingdom*.
這種特別的茶來自英國。

12. **lovely** [`lʌvlɪ]   *adj.* 美麗的　同義 beautiful, pretty

* Ivy looks *lovely* in that pink dress.
Ivy 穿那件粉色洋裝看起來很漂亮。

13. **mirror** [`mɪrɚ]   *n.* [C] 鏡子

* Duncan looked at himself in the *mirror* to make sure everything was fine.
Duncan 照著鏡子，確定一切裝扮都沒問題。

14. **observe** [əb`zɝv]   *vt.* 觀察，注意　同義 watch

* The scientist spent six months *observing* the

behavior of the bears in the mountains.

這名科學家花了六個月在山裡觀察熊的行為。

---

15. **pearl** [pɝl]　　　　*n.* [C] 珍珠

* Mrs. Robinson wore a *pearl* necklace to go with her long dress.　Mrs. Robinson 戴了一串珍珠項鍊搭配她的長洋裝。

---

16. **postcard** [`post͵kɑrd]　*n.* [C] 明信片

* The traveler has collected a lot of *postcards* of the places he has visited.　這名旅行者已經收集了很多他曾去過的地方的明信片。

---

17. **quiz**　　　　*n.* [C] 小考　同義 test；益智競
[kwɪz]　　　賽 (複數形為 quizzes)

* The teacher gave her students a math *quiz* today, and most of them passed.

老師今天給學生數學小考，大部分學生都通過了。

---

18. **restroom**　　*n.* [C] 公共廁所
[`rɛst͵rum]　　同義 toilet, rest room

* Letitia went to the *restroom* to remove the stain on her skirt.　Letitia 到廁所把裙子上的污漬除掉。

---

19. **skin**　　　*n.* [C][U] (人或動物的) 皮膚；
[skɪn]　　　(蔬果的) 皮

* The baby's *skin* feels smooth.
這個嬰兒的皮膚摸起來很光滑。

---

skinny [ˋskɪnɪ]   *adj.* 皮包骨的   同義 thin

* Although the models are very *skinny*, they are still on a diet.
雖然這些模特兒瘦得皮包骨了，她們仍然在節食。

---

20. **sponge** [spʌndʒ]   *n.* [C][U] 海綿；海綿生物

* I usually do the dishes with a *sponge*.
我通常用海綿洗碗。

---

21. **stare** [stɛr]   *vi.* 盯著看   同義 gaze

* The parents *stared* at their ten-month-old baby in disbelief when she started to walk.
當這個十個月大的嬰兒開始走路時，她的父母不可置信地盯著她看。

---

22. **sweep** [swip]   *vt.* 打掃；*vi.* (風、雨等) 席捲

* Linda *sweeps* the floor of her house every day.
Linda 每天都掃家裡的地板。

---

23. **tool** [tul]   *n.* [C] 工具   同義 gadget, instrument

* Ivan bought his uncle some garden *tools*.
Ivan 買了一些園藝工具給他叔叔。

24. **view** [vju]	*n.* [C] 觀點 同義 opinion；視野 同義 sight；景色 同義 scenery

* My parents have different *views* on education.
  我的父母對教育有不同的觀點。

25. **yummy** [ˈjʌmɪ]	*adj.* 美味的 同義 delicious

* After dinner, we had some *yummy* chocolate.
  晚飯後，我們吃了些美味的巧克力。

Unit ▶ 78

1. **argue** [ˈɑrgju]	*vi.* 爭吵 同義 fight, quarrel

* Molly often *argues* with her sister over small things.　Molly 常常為了小事和她姊姊爭吵。

argument [ˈɑrgjəmənt]	*n.* [C] 爭論，爭吵 同義 fight, quarrel

* Kent went into an *argument* with his roommate about the electricity bill.
  Kent 因電費帳單而和他的室友吵了起來。

2. **bleed** [blid]	*vi.* 流血

* Your arm is *bleeding*. Let me take you to the hospital now.

你的手臂還在流血。我現在帶你去醫院。

blood [blʌd]　　*n.* [U] 血

* The man lost too much *blood* in the accident and died in the end.

這名男子在意外中因為失血過多最後死了。

3. **cartoon** [kɑrˋtun]　*n.* [C] 卡通片

* This animated *cartoon* is the most popular one among teenagers.

這部動畫片是最受青少年歡迎的一部。

4. **collar** [ˋkɑlɚ]　*n.* [C] 衣領；(寵物的) 項圈

* The man turned up his *collar* against the strong wind.　這名男子翻起衣領以抵禦強風。

5. **culture** [ˋkʌltʃɚ]　*n.* [C][U] 文化

* More and more young people like to travel abroad to meet people from different *cultures*.

越來越多的年輕人喜歡到國外旅行，認識不同文化的人。

cultural [ˋkʌltʃərəl]　*adj.* 文化的

* The couple think so differently because they come from two different *cultural* backgrounds.

這對夫妻想法如此不同是因為他們來自兩個不同

的文化背景。

| 6. **domestic**
[dəˋmɛstɪk] | *adj.* 國內的；馴養的；家庭的
同義 household |

* The company plans to develop both *domestic* and foreign business.
這家公司打算發展國內和國外的業務。

| 7. **establish** [əˋstæblɪʃ] | *vt.* 創立　同義 found |

* The university was *established* fifty years ago by the famous educator.　這所大學是五十年前由這位有名的教育家所創立。

| 8. **flock** [flɑk] | *n.* [C] 畜群；人群　同義 crowd |

* A huge *flock* of ducks are kept on the farmer's farm.　這位農夫在農場裡養了一大群鴨。

| 9. **guide**
[gaɪd] | *vt.* 指路　同義 direct；*n.* [C] 指
引；導遊 |

* Andy *guided* a lost traveler to the train station.
Andy 幫一名迷路的旅人指路到火車站。

| 10. **impact**
[ˋɪmpækt] | *n.* [C] 衝擊，影響
同義 effect, influence |

* The electronic book has begun to have an *impact* on traditional bookstores.

電子書開始對傳統書店造成衝擊。

11. **keen** [kin]　　*adj.* 敏銳的；渴望的　同義 eager

* An eagle has a ***keen*** sense of sight, which makes it a great predator.
老鷹敏銳的視力使它成為優秀的捕食者。

12. **lover** [ˋlʌvɚ]　　*n.* [C] 戀人；愛好者

* On Valentine's Day, there were many young ***lovers*** walking hand in hand on the streets.
情人節時，有很多年輕情侶手牽著手走在街上。

13. **misery**
[ˋmɪzərɪ]　　*n.* [U][C] 痛苦，不幸　同義 suffering

* The family have lived in ***misery*** since their father died.　自從父親過世後，這一家人就活在不幸中。

14. **obtain** [əbˋten]　　*vt.* 得到，獲得　同義 get

* You can ***obtain*** more information about the director from the interview.　你可以從這個訪談中得到更多關於這位導演的資訊。

15. **peel** [pil]　　*n.* [C][U] 果皮；*vt.* 剝去…的皮

* Wayne slipped on a banana ***peel***.
Wayne 踩到香蕉皮滑倒了。

16. **poster** [ˋpostɚ]   *n.* [C] 海報，廣告

* The students put up the *posters* for the debate contest around the campus.
學生們在校園裡到處張貼辯論比賽的海報。

17. **quote** [kwot]   *vt.*; *vi.* 引用，引述；*n.* [C] 引文
同義 quotation

* Jessie *quoted* some verses from the Bible to support his idea.   Jessie 引用了一些《聖經》的章節來支持他的論點。

18. **result** [rɪˋzʌlt]   *vi.* 因⋯而產生；導致；*n.* [C] 結果 同義 consequence

* The patient's stress *results* from work.
這位病人的壓力是因工作而產生的。

* Global warming *results* in climate change.
全球暖化導致氣候變遷。

19. **section** [ˋsɛkʃən]   *n.* [C] 部分 同義 part

* The place was divided into several *sections* for different types of exhibitions.   這個地方被劃分成數個區域來舉辦不同種類的展覽。

20. **skip** [skɪp]   *vt.*; *vi.* 略過；*vi.* 蹦蹦跳跳

* Leslie was very full, so she *skipped* dinner.

Leslie 肚子很飽，所以她跳過晚餐。

21. **starve** [stɑrv]   *vi.* 挨餓

∗ Can you get me something to eat? I'm **starving**.
你能幫我弄點吃的嗎？我好餓。

22. **sweet potato** [ˌswit pə`teto]   *n.* [C] 蕃薯

∗ **Sweet potatoes** are a good source of vitamins.
蕃薯是很好的維生素來源。

23. **toss** [tɔs]   *vt.* 拋，扔   同義 throw

∗ Andrew **tossed** the tissue into the garbage can.
Andrew 把衛生紙丟到垃圾桶裡。

24. **violent** [`vaɪələnt]   *adj.* 暴力的

∗ An increase in **violent** crime makes people worry about their own safety.
暴力犯罪的增加讓人們很擔心自身的安全。

violence [`vaɪələns]   *n.* [U] 暴力 (行為)

∗ Parents should keep their children from watching TV programs with **violence**.
父母親應該避免讓孩子看暴力的電視節目。

25. **zero** [`zɪro]   *n.* [C] 零；[U] (刻度、氣溫) 零度

∗ One thousand is written with a one and three

zeros. 一千的寫法是一個一再加三個零。

Unit ▶ 79

1. **army** [`ɑrmɪ]	*n.* [C] (the~) 陸軍

* Marvin joined the *army* after graduating from college. Marvin 在大學畢業後便加入陸軍。

2. **bless** [blɛs]	*vt.* 祝福，求神保佑

* People in the United States usually say "God *bless* you!" to someone who sneezes.
  美國人通常對打噴嚏的人說：「願上帝保佑你！」。

3. **case** [kes]	*n.* [C] 情況 同義 condition； 容器 同義 box

* In these *cases*, we can see that some children have trouble expressing their thoughts.
  在這些狀況中， 我們可以看到有些孩童有表達自己想法的障礙。

4. **collect** [kə`lɛkt]	*vt.* 收集，收藏 同義 gather

* Eric likes to *collect* coins from different countries.
  Eric 喜歡收集來自不同國家的硬幣。

collection [kə`lɛkʃən] *n.* [C] 收藏品

* The rich woman has a large *collection* of jewelry.

這位富有的女士有大量的珠寶收藏。

| 5. **cupboard** [ˋkʌbɚd] | n. [C] 櫥櫃，食品櫃 |

* The little girl tried to find some cookies in the kitchen *cupboard*.
小女孩試著從廚房的櫥櫃中找出一些餅乾。

| 6. **dose** [dos] | n. [C] (藥物的) 一次服用量 |

* According to the doctor, you only have to take one *dose* of this medicine a day.　根據醫生的指示，這個藥你一天只要服用一次即可。

| 7. **event** [ɪˋvɛnt] | n. [C] 事件 |

* Getting married is one of the most important *events* in my life.
結婚是我人生中最重要的大事之一。

| 8. **flood** [flʌd] | n. [C][U] 水災；vt. (水) 淹沒 |

* The local people cleared up the mess after the *flood*.　地方居民在水災過後清除髒亂。

| 9. **guy** [gaɪ] | n. [C] 傢伙，男人 |

* The *guy* over there has been staring at us for a while.
那邊的那個傢伙已經盯著我們看一陣子了。

| 10. **import** | n. [U] 進口；[C] 進口商品 |

| [`ɪmport] | 反義 export |

* The country depends on the *import* of vegetables.
   這個國家依賴蔬菜的進口。

| **import** [ɪm`port] | *vt.* 進口，輸入 反義 export |

* The company *imported* many high-quality electronics products from Japan.
   這間公司從日本進口了很多高品質的電子產品。

| 11. **kit** [kɪt] | *n.* [C] 成套工具 |

* Where is the first-aid *kit*? My finger is bleeding!
   急救箱在哪裡？我的手指正在流血！

| 12. **lower** [`loə] | *vt.* 減低，減少 反義 raise；
adj. 較低的 反義 upper |

* If you want to talk in the library, you have to *lower* your voice.
   如果你想要在圖書館說話，就必須要降低音量。

| 13. **missile** [`mɪsl̩] | *n.* [C] 飛彈，導彈 |

* Many innocent children were killed during the *missile* attack.
   許多無辜的孩子在飛彈攻擊中喪生。

| 14. **obvious** [`ɑbvɪəs] | *adj.* 明顯的，顯而易見的
同義 clear, evident |

* It was *obvious* that Olive was angry with her boyfriend.　Olive 很明顯在生她男朋友的氣。

15. peep [pip]	vi. 偷看；n. [C] 窺視　同義 peek

* The curious boy *peeped* through the gate to see the garden.　這好奇的男孩從門縫中往花園裡看。

16. postpone [post`pon]	vt. 延期，延遲　同義 put back 反義 bring forward

* Our trip has to be *postponed* to next month because of the typhoon.
因為颱風的關係，我們的旅行要延期到下個月。

17. race [res]	n. [C] 種族；賽跑

* People of different *races* live peacefully in this country.　不同種族的人在這個國家和平地生活。

18. reveal [rɪ`vil]	vt. 顯露，揭露　同義 show

* The movie star refused to *reveal* who he was dating.　這位影星拒絕透露交往對象。

19. secure [sɪ`kjʊr]	adj. 安全的　同義 safe　反義 insecure；vt. 使安全，保護

* With the protection of the police, we are *secure* from attack.　有了警察的保護，我們是安全的。

20. **skyscraper** [ˋskaɪ͵skrepɚ]	*n.* [C] 摩天大樓

* Taipei 101 is the most renowned *skyscraper* in Taiwan. 台北 101 是臺灣最著名的摩天大樓。

21. **state** [stet]	*vt.* 陳述；*n.* [C] 狀態；州

* The witness *stated* that this driver was the one who hit the old lady.
  目擊者陳述說這名駕駛就是撞倒老婦人的人。

* The road is in a bad *state* after the snow.
  大雪過後這條路的路況很糟。

---

statement [ˋstetmənt] *n.* [C] 陳述，聲明

* The police officer made a *statement* about the crime. 這名警員對這起犯罪做說明。

22. **swell** [swɛl]	*vi.* 腫起，腫脹

* Raymond sprained his ankle, and it started to *swell* right away.
  Raymond 的腳踝扭傷了，且馬上就腫了起來。

23. **total** [ˋtotl̩]	*adj.* 總計的；完全的 同義 complete；*n.* [C] 總數

* The *total* cost of the trip was twenty thousand NT dollars. 這次旅行的費用總計是台幣兩萬元。

24. **vegetarian**	*adj.* 素食的；*n.* [C] 素食主義者

[ˌvɛdʒə`tɛrɪən]　同義 vegan

* The restaurant only serves ***vegetarian*** meals.
這家餐廳只供應素食餐點。

25. zipper [`zɪpɚ]　*n.* [C] 拉鍊　同義 zip

* I can't take off my jeans because the ***zipper*** got
stuck.　我無法脫下我的牛仔褲，因為拉鍊卡住了。

Unit ▶ 80

1. arrange [ə`rendʒ]　*vt.*; *vi.* 安排，籌備

* Lisa ***arranged*** a three-day trip for her family.
Lisa 為家人安排了三天的旅行。

arrangement　*n.* [C] (*usu. pl.*) 安排，籌劃
[ə`rendʒmənt]

* We have made ***arrangements*** for our parents'
wedding anniversary.
我們為父母的結婚紀念日做了安排。

2. blind [blaɪnd]　*adj.* 失明的

* Guide dogs are trained to lead ***blind*** people
safely around obstacles.
導盲犬被訓練來引導盲人安全地繞過障礙。

3. cash [kæʃ]　*n.* [U] 現金；*vt.* 把⋯兌成現金

* Our store will offer you a 10 percent discount if you pay in *cash*. 您如果付現就可享九折優惠。

4. college [`kɑlɪdʒ]	n. [C][U] 大學，學院 同義 university

* Aries chose to find a job instead of going to *college* after graduating from high school.
Aries 高中畢業後選擇去找工作而不是上大學。

5. cure [kjʊr]	vt. 治癒　同義 heal；n. [C] 療法

* This special treatment could *cure* this disease.
這個特殊的療法可以治療這種疾病。

6. dot [dɑt]	n. [C] 小圓點；vt. 佈滿，分佈

* The blue shirt with white *dots* is very cute.
那件有白圓點的藍襯衫很可愛。

7. eventual [ɪ`vɛntʃʊəl]	adj. 最後的，最終的 同義 final

* After the fierce competition, Derek was the *eventual* winner of the game.
在激烈的競爭後，Derek 成為比賽的最後勝利者。

8. flour [flaʊr]	n. [U] 麵粉

* The baker mixed some *flour*, milk, and sugar to make bread.

麵包師傅把一些麵粉、牛奶和糖混和來做麵包。

9. **gymnasium** [dʒɪm`nezɪəm]	*n.* [C] 體育館，健身房 (可簡稱為 gym)

* The *gymnasium* allows students to do sports on rainy days. 體育館讓學生在雨天也可以運動。

10. **importance** [ɪm`pɔrtn̩s]	*n.* [U] 重要 (性) 同義 significance

* Doctors always emphasize the *importance* of regular exercise.
醫生們總是強調規律運動的重要性。

11. **kitten** [`kɪtn̩]	*n.* [C] 小貓

* Henry found three *kittens* sleeping under his car.
Henry 發現有三隻小貓在他的車底下睡覺。

12. **luck** [lʌk]	*n.* [U] 好運 同義 fortune

* I had the *luck* to find my lost purse.
我很幸運找到我遺失的皮包。

lucky [`lʌkɪ]	*adj.* 幸運的，好運的 同義 fortunate 反義 unlucky

* It's *lucky* that no one was hurt in the accident.
幸運的是，沒有人在這場意外中受傷。

13. **missing** [`mɪsɪŋ] *adj.* 失蹤的 同義 lost

* Most sailors survived the storm, but two were still *missing*. 大部分的水手都從暴風雨中存活下來，但是仍有兩個人失蹤。

14. **occasion** *n.* [C] 重要的社交活動；時刻
[ə`keʒən]

* My elder sister only wears skirts on special *occasions*. 我姊姊只在特殊場合穿裙子。

15. **penguin** [`pɛngwɪn] *n.* [C] 企鵝

* The number of *penguins* is decreasing due to global warming.
因為全球暖化，企鵝的數量正在減少中。

16. **pot** [pɑt] *n.* [C] 罐，壺，鍋

* Mr. White made a *pot* of tea for us after lunch.
Mr. White 在午餐後為我們泡了一壺茶。

17. **radar** [`redɑr] *n.* [U][C] 雷達

* The captain found a strange object on the *radar* screen. 船長在雷達畫面上發現一個奇怪的物體。

18. **review** *n.* [U][C] (新書、戲劇等的) 評
[rɪ`vju] 論；*vt.* 複習 (功課)；審查

* The writer's new book got favorable *reviews*.
  這位作家的新書大受好評。
* The students were asked to *review* the lessons
  before the test.　學生們被要求在考前複習功課。

19. seed [sid]	*n.* [U][C] 種子

* My grandpa planted some strawberry *seeds* in the
  yard.　我的祖父在院子裡種了一些草莓的種子。

20. slave [slev]	*n.* [C] 奴隸　反義 master

* No one should be treated like a *slave*.
  沒有人應該被當成奴隸對待。

21. station [`steʃən]	*n.* [C] 車站；(機構或設施的) 站，所

* We should get off at the next *station*.
  我們應該在下一站下車。

22. swift [swɪft]	*adj.* 迅速的　同義 fast, quick

* The girl made a *swift* movement to catch the
  puppy.　小女孩動作很迅速地捉住了小狗。

23. tough [tʌf]	*adj.* 艱苦的　同義 difficult；堅 強的

* Life was *tough* when Bally's father was out of
  work.　Bally 的父親失業時，生活是很艱苦的。

24. **violin** [ˌvaɪə`lɪn]   *n.* [C] 小提琴

* Andrea plays the *violin* very well.

Andrea 小提琴拉得很好。

25. **zone** [zon]   *n.* [C] 地帶，地區   同義 area

* Both Taiwan and Indonesia are located in the earthquake *zones*.　台灣和印尼都位於地震帶。

20分鐘稱霸統測
英文對話

劉妃欽、莊靜軒／編著

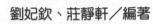

- 十五回單元設計,完整收錄近年共60個統測對話必考情境。
- 獨家主題式情境對話編寫,並搭配跨頁圖解實用句,使讀者身歷其境,學習效果加倍。
- 版面編排活潑,配合中文翻譯,方便讀者完整對照。
- 豐富的小知識補充及英語加油站,增進知識、提升英語能力,完整瞄準統測對話延伸學習。
- 全新撰寫的單元試題,可測驗對話熟悉度,並附歷屆試題,有助掌握統測出題脈絡。
- 獨家附贈對話手冊,完整蒐集日常生活及統測實用問答句,重點迅速複習。

20分鐘稱霸統測
英文綜合測驗

莊靜軒、蕭美玲／編著

- 全書共12單元、24篇內容多元的文章，並收錄48個統測關鍵句型，參考測驗中心近年公布的歷屆試題撰寫。
- 仿照統測設計，期望運用每天20分鐘，連續完成兩篇綜合測驗試題。
- 每回皆精心整理字彙補給站及文法加油站，讓你寫完綜合測驗之後，學習單字、例句超省時。
- 附解析夾冊，方便取下對照文章及題目，內容包含文章中文翻譯及詳盡的試題解析。